잇츠 빌런스 코리아 **8**

초판 1쇄 인쇄일 2023년 7월 3일 | **초판 1쇄 발행일** 2023년 7월 6일

지은이 초촌 | **펴낸이** 곽동현 | **담당편집 팀장** 이범수
편집부 정요한 김승건 조혜진

펴낸곳 (주)조은세상 | 출판등록 제2002-23호
주소 서울특별시 동작구 동작대로1길 27 5층
TEL 02)587-2966 | FAX 02)587-2922
E-mail bukdu@comics21c.co.kr

초촌ⓒ2023
ISBN 979-11-391-1968-8 | ISBN 979-11-391-1390-7(set)
값 9,000원

8

북두
더 큰 세상

잇츠
초촌 현대판타지 장편소설
빌런스 코리아

초촌 현대판타지 장편소설

MODOERN FANTASY STORY

CONTENTS

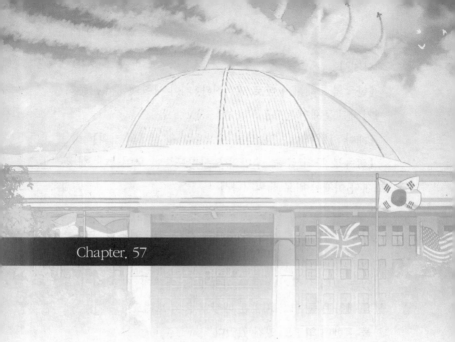

【대한민국 교육부, 칼을 빼 들다. 우리 국사 교과서는 잘못됐다!】

【뿌리 깊은 식민 사관을 뽑아내겠다. '우리 역사 바로 세우기' 김은혜 교육부 장관】

【'우리 역사 바로 세우기' 공모 요강 대방출!】

【교육부가 '우리 역사 바로 세우기' 프로젝트를 기획한 배경은?】

【단군 이래 최대의 이벤트. '우리 역사 바로 세우기' 예산만 총 1조 원이라고?】

【'우리 역사 바로 세우기' 1등 상금이 1,000억 원. 교육부 특

채까지?】

　【한국의 고대사가 바로 세워진다. 재야 사학계에서 꾸준히
제기되던 문제점 관통】

　【재야 사학계 대환영. 식민 사학을 지울 절호의 기회】

　【교육부 문의 급증. 수만의 역사학도들이 모여들다. 한국
고대사 이제야 바로 세워지나?】

　사주부터 데스크까지 다 잡혀간 와중에도 언론의 순기능
은 유지됐다.

　있는 그대로 싣기만 해도 이렇게 참 예쁜데. 잘 보이려 최
선을 다하는 중이다. 처맞은 배상액 줄여 보려고.

　물론 반대 의견도 있긴 있었다.

　【국사편찬위원회. 교육부 방침 전면 반박!】

　【국사 교과서는 단 0.1%의 오차도 없는 정론이다. 국사편
찬위원회】

　【현 국사 교과서는 수십 년 한민족 역사 연구의 총화. 국사
편찬위원회 자신 있다!】

　【교육부는 엉뚱한 예산 낭비로 한민족 역사에 혼란을 주고
있다. 국사편찬위원회】

　【진짜 역사를 겨뤄 보자. 교육부의 이벤트는 국민의 관심
을 끌기 위한 치졸한 계획이다!】

　【국사편찬위원회, 역사의 지나친 오해석은 민족주의를 부

른다. 오직 실증만이 답이다】

　발칵 뒤집혀서는 달려들었다. 한판 붙자고.
　이러면 더 좋지. 오케이 해 줬다.
　날짜 잡아서 교육부 + 재야 사학계 vs 국사편찬위원회 TV
토론을 열기로 하였다.
　"대통령님."
　"예."
　"북한에서 참고 자료를 보내 준다는데요."
　"으응? 예?"
　도종현이 무슨 소리를 했나 싶었다.
　"북한에서 뭘 보낸다고요?"
　"역사 참고 서적이랍니다. 북한에 남아 있던 자료들을 추
려서 보내겠다고 연락이 왔습니다."
　"헐~."
　"예?"
　"우리 꼴을 재밌게 지켜보고 있나 보네요."
　"아, 예. 그런가 봅니다."
　"언제 온대요?"
　"바로 보낸다고 합니다."
　"흠……."
　쪽팔려라.
　장대운이 창밖으로 시선을 돌리며 대화가 잠시 끊겼다.

"여론은 어때요?"

"호의적입니다. 안 그래도 일본 경제 제재로 인해 일본 제품 불매 운동 조짐이 이는 마당에 진정한 한민족의 역사를 밝히겠다 하니 동조하는 이들이 아주 많습니다."

"반대는요?"

"뻔한 인사들 외 학부모들이 상당수 우려를 나타냈습니다."

"학부모들은 왜요?"

"그게 입시 때문입니다."

"아~~."

바로 이해했다.

여태 나눠 준 교과서대로 준비했는데 갑자기 바꾸면 어쩌나?

우리 아이 시험 점수는 어떻게?

학부모들의 근심이 눈에 읽혔다.

이는 분명 간과한 문제였다.

"학부모들을 생각 못 했네요. 맞아요. 그게 제일 문제네요. 현실적으로도."

"예, 저도 반응을 보고서야 아차 했습니다."

"이런 식이라면 제대로 만들어 놓고도 최소 2년은 이전 걸 써야 한다는 거잖아요."

교육 과정 개정에도 시간이 필요하다.

"그런 셈이죠."

"흐음, 이 문제는 조금 더 들여다봅시다. 아직 결론도 나지 않았는데 미리 설레발 떨면 안 될 것 같네요."

"옙."

"다른 문제는요?"

"일본 전범 기업에 대한 처리 방침입니다."

"강제 징용과 위안부 배상…… 말이죠?"

"예."

망설여지는 문제였다.

성질대로라면 마음껏 쳐 내고 싶은데 이게 쉽지가 않았다.

중국의 경우와는 달랐다. 그때는 우리가 기술적 갑의 위치라 마음대로 배짱을 부릴 수 있었지만.

일본은…… 특히나 정밀 기계 분야에서는 아직도 세계 원탑.

'첨단 분야에서야 자신감을 가져도 된다 해도 그 뒤를 받치는 강소기업의 수가 턱도 없어 적어. 일본이 정말 이 악물고 정밀 기계 수출을 막는다면 회복하는 데 시간이 꽤 걸릴 텐데.'

그렇다고 이런 기회를 놓칠 수도 없었다.

경제 제재로 국민의 일본 인식이 최악을 달리는 중이다. 시키지 않아도 알아서 불매 운동도 일어나려 하고.

이럴 때 일본과의 얽힌 문제를 풀지 않는다면 언제를 기다려야 할까? 더구나 임기도 겨우 3년 남았다.

장대운은 눈에 힘을 줬다.

"좋아요. 소송이 걸리는 순간 일본 전범 기업의 한국 내 자산을 동결하세요."

"아, 넵."

"민족은행장님은 언제 들어오죠?"

"곧 들어올⋯⋯."

문이 열리며 김문호와 얼굴 칼 흉터의 사나이 김두헌이 들어왔다.

함홍목 사후 김두헌이 2대 은행장이 됐다.

장대운은 일어나서 그를 반겼다.

"어서 오세요."

"부르심 받고 달려왔습니다."

허리를 90도로 굽힌다.

함홍목이 임종 직전 무슨 얘길 했는지 모르겠지만, 장례식을 마친 후 김두헌은 장대운을 마치 함홍목처럼 대했다.

"앉으세요."

"감사합니다."

저리도 조심스레 앉는 태도를 두고 누가 그를 은행장들의 저승사자라 말할 수 있을까.

"긴히 부탁드릴 게 있어요."

"부탁하실 필요 없습니다. 명령만 주시면 됩니다. 무슨 일이든 제 목숨을 다해 해내겠습니다."

"아유~ 아저씨, 아저씨 목숨을 원하는 게 아니에요. 그냥 살살해도 되는 일입니다."

장대운도 그에 대한 호칭을 '부행장' '실장'에서 '아저씨'로 바꿨다. 함홍목과 함께 오필승 타운에 들어온 후부터.

"아닙니다. 큰일을 하시는 분의 지시인데 어느 것에 허투루가 있을 수 있겠습니까. 무슨 일인지 말씀만 하십시오. 반드시 해내겠습니다."

"아이고…… 아저씨도."

조금 더 친근해지고 싶어도 김두헌은 이렇게나 벽을 쳤다.

자기가 감히 어떻게 겸상할 수 있냐고.

고집 하나는 함흥목도 혀를 내둘렀다는데.

아무래도 평생 평행선이지 않을까 싶다.

"금융권에 들어온 일본 자본이요."

"아!"

"제거하고 싶어요."

"말끔하게……를 원하십니까?"

"아니요. 악성은 남겨 두고요."

"우량만 민족은행으로 돌리라는 거군요."

"예."

"알겠습니다. 바로 진행하겠습니다."

"바로요? 계산도 안 하시고요?"

"언젠가 이럴 날이 올 줄 알고 준비해 뒀습니다. 우량만 챙
기시라는 건 몰랐지만요."

"악성을 남기라는 이유는 묻지 않으시고요?"

"그놈들도 고생해야 한다는 거 아닙니까?"

"맞아요. 일본 놈들이나 악성 채무자나 둘 다 피를 봐야겠죠."

"제가 교통정리 하겠습니다."

"고마워요."

점심이라도 한 끼 같이 하자 해도 김두헌은 손사래를 치며

15

돌아갔다. 저러고는 돌아가서 함흥목이랑 갔던 국숫집에서 3,000원짜리 국수나 먹는다.

마음이 짠했다. 함흥목이 죽고 삶의 반쪽을 잃어버린 듯 표정을 짓던 김두헌을 아직 기억한다.

자주 들여다보고 그 마음을 알아줬어야 하건만.

2년 만에 만나 한다는 말이 고작 일 얘기라니. 쯧쯧쯧.

"정홍식 장관께서 들어오셨습니다."

"으응?"

"모실까요?"

"아, 예."

활짝 웃으며 씩씩하게 들어오는 정홍식을 보는데 장대운도 왠지 기운이 났다.

참고로 정홍식은 부르지 않았다. 자기가 용무 있다는 것.

"무슨 일이세요?"

"인도에서 연락이 왔습니다. 정식 계약하자고요."

"아! 그것참, 더럽게 오래 걸렸네요. 말 꺼낸 지가 언젠데 언제 토목하고 언제 건물 올려요?"

"1년 전에 이미 공사에 들어갔답니다."

"예?"

"저번에 접견하시고 돌아가자마자 일부터 진행시켰답니다. 법안이 이번에 통과된 거고요."

"아~ 선 조치했군요."

"오성과 다른 그룹들도 만족하는 분위기입니다. 이번에 발표할 생각이랍니다."

　뭐야? 그런 건 진즉 알려 줬어야……

　아닌가? 당연히 알고 있을 거라 본 건가?

　"……나칸드라 몬디 총리가 단단히 힘을 줬나 보네요."

　"굉장한 치적이죠. 최소 10만 명의 일자리가 생기는 건데요. 그에 따른 경제적 효과는 얼마고요."

　"그렇죠. 다만 명심할 건 거긴 공장이어야만 합니다."

　"물론입니다. 핵심 기술은 전부 국내에 있을 겁니다."

　"좋네요. 진행하죠."

　"제가 인도로 넘어가겠습니다."

　"부탁드려요. 꼼꼼히 봐주시고요."

　"걱정 마십시오. 저 정홍식입니다."

　"파이팅!"

　다음 날로 이런 기사가 헤드라인을 장식했다.

　【한국과 인도 경제 협력 강화. 인도 나칸드라 몬디 총리, 한국 기업에 한해 최고의 혜택 마련】

　【오성그룹 회장 曰, 인도야말로 다음 세대를 책임질 한국의 협력자다】

　【인도 한국을 위해 반도체, 자동차, 제철이 들어간 종합 공업 단지 조성. 종합 공업 단지 내 입주 기업 10년간 세금 면제 검토】

　【인도 한국 기업을 위한 도시 건설 중. 한국과 인도는 언제 이렇게나 친해졌을까?】

【대박 러시. 한국 기업들 인도로 향한다!】

이런 와중 이런 기사도 슬그머니 올라왔다.

【한민족문제연구소. 강제 징용, 위안부 등 일본 전범 기업에 총체적 배상을 요구하는 소송】
【한민족문제연구소, 더는 사과를 기다릴 수 없다. 우리 손으로 직접 받아 내자】
【정부, 소송당한 일본 전범 기업의 한국 내 자산 동결 조치】
【정부, 적법한 절차를 준수 중. 해당 판결의 내용에 따라 강제 징수도 검토】

일본도 발끈해서 난리가 났다.

【선량한 기업의 정당한 활동마저 볼모로 잡는 한국. 드디어 본색을 드러내다】
【일본 기업에 대한 대대적인 자산 동결 조치. 한국의 야욕은 어디까지인가?】
【이미 합의에 이르러 배상한 건까지 들먹이는 한국, 얼마나 더 일본의 돈을 빼앗아야 만족하려는 건가?】
【일본 정부는 어째서 이에 대응해 한국 기업에 대한 자산 동결 조치를 하지 않나? 치졸한 상대를 언제까지 대인배로 대할 것인가?】

【한국 내 일본 제품 불매 운동 확산. 한국 정부는 더러운 음모의 온상인가?】

【한국 내 일본 기업들의 피해 심각. 모든 걸 뒤에서 주도하는 한국 정부는 당장 행동을 멈춰라!】

【비열한 한국인. 흉악한 한국인. 배신의 한국인……】

【한국인의 유전자적 결함. 결정적일 때 본색을 보인다】

신나서 한국을 까고 한국인을 매도한다.

일본 정부는 좋다고 이를 부채질하며 일본 국민의 여론을 끌어모으고 그 여론을 힘으로 권력을 공고히 하기 바빴다.

한일 분위기가 이렇게나 한창 엿 같을 때.

기다렸다는 듯 망언이 하나 터져 줬다.

주한 일본 총괄 공사 소마 히로히사란 놈이 한국 기자와의 간담회에서 '장대운 대통령이 청와대에서 마스터베이션을 하고 있다'라고 발언한 것.

한 나라의 대통령을 그 나라 주재 총괄 공사란 놈이 성적으로 모욕한 것이다.

그날로 바로 인도에 있던 정홍식이 달려와 초치했다.

초치는 외교적으로 불민한 사건이 일어났을 때 외교관을 외교 공관으로 부르는 것을 말한다. '너 이 새끼, 좋은 말로 할 때 와라'는 식.

"소마 총괄 공사는 무슨 의도로 이런 발언을 한 겁니까?"

"아니, 뭐…… 말하다 보니 개인적인 코미디가 튀어나왔을

뿐 의도하지는 않았스므니다."

"총괄 공사가 그 나라 기자를 불러 놓고 개인적인 코미디를 했다고요? 더구나 그 기자는 여성인데요. 우리 대한민국 대통령에 기자까지 성추행한 겁니다."

"무슨 말씀을 거기까지 부풀리시므니까. 단지 해프닝일 뿐이므니다."

능글능글하게 웃는다. 얼굴에 잔뜩 낀 개기름처럼.

정홍식은 조금도 흥분하지 않았다.

"해프닝이라고요? 아이고, 그거 좋네요. 그럼 나도 일본 왕을 두고 똑같이 발언해도 된다는 얘기네요. 아주 좋습니다."

"일본 왕이라뇨?! 천황 폐하를 두고 어딜!"

발끈.

"천황은 무슨. 그 뿌리가 백제 씨족이라는 걸 전 세계가 다 아는데."

"백제 씨족이라니?! 이는 분명한 외교적 모독이므니다. 향후 벌어질 일에 대해 한국이 그 책임을 질 수 있겠스므니까?!"

"책임은 너희가 지겠지. 먼저 전쟁을 걸었잖아."

"뭐이가 어째요?!"

"지랄은."

"뭐, 뭐라고요?!"

"중국과 미국이 한국과의 분쟁에서 물러난 걸 보고도 깨닫는 게 없어? 중국에 어째서 그 큰 금액을 배상금으로 지불했는지도 말이야."

"바, 반말을 자꾸……."

"주재국 대통령한테 쌍소리나 하는 놈이니까 세계정세에 어둡겠지. 넌 대체 뭘 믿고 까부는 거냐?"

"말조심하십시오. 마지막 경고이므니다."

검지로 가리킨다.

확 부러뜨릴까?

"경고 지랄하네. 왜? 너도 왕슈처럼 쥐 터지고 싶냐?"

"……!"

"바로 입 다무는 걸 보니 왕슈 건은 들었나 보네. 내 손에 걸려 병원으로 실려 간 중국 외교관만 두 놈이다. 내가 너 따위 하나 손 못 볼 것 같아?"

"……."

"감히 외교관 주제에 뒈질라고. 넌 아주 큰 실수를 했어. 앞으로 무슨 일이 벌어질 건지 내가 얘기해 주지. 네 이름은 곧 페르소나 논 그라타(Persona non grata)로 올려져 한국에서 추방당하게 될 거다."

"뭐 추방이므니까?! 부당하므니다! 고작 말실수 하나로 페르소나 논 그라타까지 언급하는 건 아니지 않스므니까!"

"그러면 니네 일본 왕한테도 똑같이 해 줘도 괜찮다는 거네. 네 의견을 일본 총리한테 전달해도 될까?"

"……."

입을 꾹 다무는 소마 히로히사에게 정홍식은 준엄한 표정으로 질책했다.

"외교 관계에 관한 비엔나협약 제9조."

1. 접수국은 언제든지 그리고 그 결정을 설명할 필요 없이 공관장이나 또는 기타 공관의 외교직원이 '불만한 인물(PERSONA NON GRATA)'이며 또는 기타의 공관직원을 '받아들일 수 없는 인물'이라고 파견국에 통고할 수 있다. 이와 같은 경우에, 파견국은 적절히 관계자를 소환하거나 또는 그의 공관 직무를 종료시켜야 한다. 접수국은 누구라도 접수국의 영역에 도착하기 전에 '불만한 인물' 또는 '받아들일 수 없는 인물'로 선언할 수 있다.

2. 파견국이 본조 제1항에 의한 의무의 이행을 거절하거나 또는 상당한 기일 내에 이행하지 못하는 경우에는 접수국은 관계자를 공관원으로 인정함을 거부할 수 있다.

"말도 안 되는 조치이므니다!"

"……."

"어떻게 이럴 수가 있스므니까?! 말실수에 대해 사과하고 유감을 표하면 끝날 일인데 어째서 사람을 이렇게까지 몰아넣는 거므니까?!"

따지며 저항하나 정홍식의 미소는 차갑기 그지없었다.

"아직 사태 파악이 안 되는 모양인데. 이미 결정됐어. 내 손으로 직접 널 페르소나 논 그라타로 지명했어. 네 이름이 올라가는 즉시 넌 국제 무대에서 '환영받지 못하는 사람', '불만한 인물', '받아들일 수 없는 인물'로 블랙리스트에 올라갈 거다. 왜? 네 앞에 있는 사람이 정홍식이고 네가 모욕한 분이 장대운이기 때문이지."

"말도 안 되므니다! 말도 안 되므니다!"

"말이 되는지 안 되는지 앞으로 겪어 보면 알 일이지. 어디 한번 실컷 돌아다녀 봐라. 널 받아 줄 국가가 있는지."

정홍식은 더 볼 것 없다는 듯 일어났다.

"아 참, 오늘까지 짐 싸서 일본으로 돌아가라. 널 외교관으로 대하는 건 딱 오늘까지다. 내일이 되는 순간 넌 불법 체류자로 분류돼 체포될 거다. 한국 법정에 서게 될 거란 얘기다. 명심해. 난 분명 오늘까지 떠나라고 알려 줬다."

불법 체류자로 잡혀가긴 싫었는지 소마 히로히사는 이날 바로 출국했다.

물론 문제 있는 인성의 보유자인 만큼 그냥은 끝나지 않았다.

일본에 도착하자마자 한국이 부당하게 일본의 외교관을 쫓아냈고 이는 일본인에 대한 한국의 인식이 얼마나 처참한 지경인지 명백하게 드러난 사건이라고 울었다. 자기만 쫓아냈는데도.

일본 언론은 또 이걸 신나게 각색해서 소마 히로히사가 한일 관계 정상화를 위해 애쓰다 비열한 한국 정부의 음모에 의해 희생당한 영웅으로 그려 댔고 극우들은 이런 기사들을 받아다 한국이 일본인을 테러하기로 결정했다는 등 그 사례도 만들어 내며 한층 더 부풀렸다. 일본 내 한국인의 인식을 망가뜨리려 소란을 피워 댔다.

재밌는 건 일본 국민이 민감하게 반응하지 않는다는 것이었다. 아무리 난리를 피워도 요지부동.

그러든 말든 한국은 신경 쓰지 않고 '우리 역사 바로 세우기' 프로젝트에 대한 TV 토론에 들어갔다.

다만 당초 계획대로 교육부 + 재야 사학계 vs 국사편찬위원회란 대결 구도는 펼쳐지지 않았다.

재야 사학계는 공신력이라는 이유로 제외되고 교육부 vs 국사편찬위원회 일 대 일 대결로 굳혔다.

놀라운 건 교육부 측 참석자였다.

예정돼 있던 인물은 어디로 갔는지 장대운이 전면에 나섰다.

대통령의 등장에 일순 TV 토론장은 경악에 들었고 시청률은 상승 곡선을 탔다. 국사편찬위원회 인물들은 긴장감을 보이며 서로 결의를 다졌다.

이렇게 또 본격적인 토론을 하기 전, 대통령의 기조 발언이 히트를 쳤다.

"국민 여러분 요즘 무척 시끄럽죠? 이웃 섬나라 족속 때문에 말입니다. 맞습니다. 몇천 년 역사를 두고도 우리 이웃은 하등 도움이 안 되는 족속들뿐이었습니다. 저 아래에서 똬리를 틀고 앉아 우리의 빈틈만 노리던 것들이…… 나는 이런 놈들에게 지난 중국의 배상금 중 일부인 30억 달러를 줬습니다. 호르무스, 말라카 해협을 막아 줬다는 이유 하나만으로요."

여유로운 미소로 카메라를 보는 장대운이 클로즈업됐다.

"왜 줬냐고요? 자고로 노동력을 썼으면 임금을 지불하는 게 마땅해서입니다. 노동에 대한 대가를 정당하게 제공하는 게 우리의 문화여서 그랬습니다. 그런데 말입니다. 저 섬나라 놈들은 우리 민족을 강제로 징용하고 위안부까지 동원해 놓고 또 3천 리 금수강산을 마른오징어 쥐어짜듯 수탈해 놓고 돈 1원 배상하는 것도 아까워하더군요. 1910년의 경제력이 1945년의 경제력보다 훨씬 더 좋았다는 이 비교표처럼 악랄하게 긁어가 놓고 말입니다."

피식 웃는다.

"한일 청구권 협정도 그렇습니다. 저들은 동남아 국가들에겐 몇억 달러씩 배상을 다했더라고요. 그런데 우린 35년을 강점해 놓고 고작 몇억 달러에, 그마저도 온갖 독소 조항을 넣은 계약서에, 자기들은 쓰지도 않는 기술과 자재를 찔끔찔끔 보내 주며 우리의 경제를 종속시키려 했습니다. 실제로 한동안 종속되어 숨도 못 쉬었죠."

웃는 장대운의 송곳니가 드러난다.

"그리고 오늘, 우린 별 시답잖은 이유를 다 들며 수출 규제를 하는 저들을 보게 됐습니다. 늘 느끼는 거지만, 참으로 상종을 못 할 쓰레기 국가인 걸 재확인합니다. 천하의 쌍놈들이죠. 그래서 오늘 선언하려 합니다. 진짜 독립을! 겉모양만이 아닌 일본으로부터의 진짜 독립! 그 완전한 독립을 위해 앞으로 걸어가겠음을 대한민국 정부 수반으로서 공표합니다. 이에 가장 첫 번째로 섬나라 놈들이 무기로 삼았던 반도체로부터의 독립을 선언합니다."

오성과 SY가 에칭 가스, 플루오린 폴리이미드, 리지스트에 대한 테스트를 완료했고 엄지를 척 올렸다는 건 얘기하지 않았다.

이후 필요한 자료는 배포할 거라 말하고 두고 보라고만 하였다.

사회자가 마이크를 잡았다.

"예, 논점에서는 조금 멀어졌지만 참으로 듣기 좋은 기조 발언이었습니다. 자, 시간 관계상 바로 토론으로 들어갈까 하는데요. 어느 진영에서 먼저 발언을 하실지……."

장대운이 척 손들었다.

"아, 대통령께서 먼저 하시겠다 하셨습니다. 마이크를 넘겨도 되겠지요?"

국사편찬위원회에서 나온 인물들을 슬쩍 보니 고개를 끄덕인다.

"그럼 시작하셔도 됩니다."

"예, 감사합니다."

인사를 마치자마자 장대운은 카메라를 다시 응시했다.

"제가 왜 나왔는지 궁금하실 겁니다. 역사학자도 아니고 그에 따른 전공자도 아닌 사람이 무슨 자격으로 이 자리에 앉았나 하고 말입니다. 사회자님은 안 그러신가요?"

"아, 뭐 궁금하긴 했습니다. 너무 놀랍기도 하고요."

"그렇군요. 국민 여러분도 그러실 거라 판단합니다. 하지만 나도 국민입니다. 국민의 한 사람으로서 교육부의 발표를

26 힘찬팝콘스크림이 8

보고 이런 생각을 했습니다. 내가 너무 우리 역사에 무심했던 게 아닌가? 수많은 나라를 떠돌며 보고 들은 게 얼마인데 그들이 말한 내용과 우리 역사 교과서가 다른 걸 외면했던가. 혹은 달라야 하는 이유가 있는 건가? 넌 대통령이 아닌가? 그래서 대통령으로서 살펴봤습니다. 아니, 너무 궁금해서 참을 수가 없었습니다. 국사편찬위원회 분들께 물어보고 싶었습니다. 한민족의 고대사 즉 삼한, 부여, 고구려, 읍루, 동예 같은 나라들의 사건은 도대체 어디에서 발췌하신 겁니까?"

"……."

"……그거야 수많은 기록을 토대로……."

겨우 대답하는 이의 말을 끊었다.

"그렇게 장황하게 설명하지 마시고요. 구체적으로 어느 사료에서 보고 어느 곳에서 확신을 얻었다고 해 주셔야죠. 그래야 나도 찾아보죠. 주로 찾아본 기록이 있을 거 아닙니까."

"그야…… 보통 중국의 삼국지 위지 동이전도 있고 후한서 동이전을 토대로 쓴 게 많습니다."

"그렇군요. 삼국지 위지 동이전과 후한서 동이전이 주류다?"

"그……렇다고 볼 수 있습니다."

"볼 수 있다는 게 무슨 뜻이죠? 아니라고도 할 수 있다는 겁니까? 좀 똑바로 얘기해 주세요. 그 내용이 어디에서 왔는지. 설마 아무 증거도 없이 교과서에 실은 건 아니시죠?"

화들짝 놀란 국사편찬위원회 인물은 서둘러 부인했다.

"아닙니다! 그 두 기록도 중요하지만 단지 두 기록만으로 한 나라의 역사를 판별할 수는 없습니다."

"그래 봐야 사마천의 사기 정도나 더 들어가는 거 아닌가요? 우리가 가진 역사서야 뻔한 걸 테고요."

"……일본의 역사책도 봐야 합니다!"

"갑자기 일본의 역사책은 왜 나오죠?"

"삼국의 역사서를 교차 검증해야 하기 때문입니다. 그래야 올바르고 객관적인 역사가……."

정론이긴 했다. 교차 검증론은.

"이상하네요. 동북아시아 고대사는 한민족과 유목민, 화족 간의 쟁탈전이 아니었나요? 내가 알기로 삼한시대에 일본은 아주 동떨어져 있던 거로 알고 있는데."

"그……렇긴 하지만 분명한 사료가 남아 있습니다."

"그런가요? 설사 있다 한들 그걸 믿을 수 있겠습니까? 오사카 성 같은 자기 문화재에다 엘리베이터 설치하고 금각사 탑에 금박 입히는 애들이 만든 역사를요? 애들 초상화를 보세요. 거기 인간이 어디에 있습니까? 죄다 외계인을 그려 놨잖아요. 아닌가요?"

"……."

입을 다문다.

"반면 중국의 인물화는 덩치 크고 눈이 부리부리 험악하게 그렸더군요. 애니메이션에서나 나오는 깡패처럼 말이죠. 이렇게 왜곡질을 해 대는데 그것들을 다 믿으라는 겁니까?"

"그러니까 참고로 하는 겁니다."

"그렇군요. 참고로만 하는군요."

장대운은 보는 앞에서 국사 교과서를 꺼냈다.

"그러면 한중일 역사 기록을 토대로 만든 이 교과서를 보며 몇 가지 질문해도 되겠습니까? 교과서는 국사편찬협의의 검증을 거치지 않으면 발행이 안 되게 돼 있더군요. 이도 맞습니까?"

"예."

"좋습니다. 멀리 가지 않겠습니다. 비교적 처음에 나오는 부분부터 볼까요?"

교과서를 들고 스르르 넘기다 탁 멈춘다.

우연히 걸린 것처럼.

"오호, 공교롭게도 삼한 얘기가 들어간 장입니다. 어디 보자. 여기에 삼한은 한반도 중남부에서 성장하였다. 라고 적혀 있네요. 첨부된 지도에도 남한의 경기도, 충청도, 전라도에 걸쳐 있는 게 마한(馬韓)이라, 가야국에 자리 잡은 게 변한(弁韓), 신라에 자리 잡은 게 진한(辰韓)이라 그려져 있어요. 그러니까 국사편찬위원회 말씀대로라면 삼국지와 후한서 동이 열전에 삼한이 여기에 있다고 기록돼 있다는 거네요."

"그건……."

"왜요? 내가 잘못 말했나요?"

"미리 말씀드렸다시피 고대사는 여러 자료를 토대로 교차 검증을……."

"이 교과서를 검증하셨다면서요. 그렇다면 이 지도를 입증할 만한 자료가 있다는 건데. 아닌가요?"

29

"……."

"왜 대답이 없죠? 설마 나를 우롱하시는 건 아니죠?"

"……."

어쩔 줄을 모른다.

그러든 말든 장대운은 지도를 보며 계속했다.

"근데 좀 이상하네요. 백제는 어디에 있는 건가요?"

교과서를 들어 화면에 보여 줬다.

백제가 있어야 할 자리에 마한이 있었다. 변한이라 가야국의 전신이라 우긴다 치더라도 백제는 분명히 있던 나라였다. 지도에 고구려가 있었으니.

실제로 삼한과 삼국(고구려, 백제, 신라)은 동시대를 같이 살았다.

"백제는…… 마한 아래쪽에 있었습니다."

"어디예요?"

"거기 아래에 위치했……죠."

"아, 전라남도와 탐라까지요?"

"예."

"역사서를 보면 고구려에서 분리된 게 백제라 하던데 이 지도대로라면 마한의 국경을 뚫고 백제가 이 아래까지 내려가 자리 잡은 게 되네요. 맞나요?"

"그건……."

또 더듬댄다.

"대답을 잘 못 하시네. 좋습니다. 다 맞다 치고요. 백제가 마한의 속국이라는 얘기도 똑같이 다 좋다 치고요. 하나 물어 봅시다. 백제는 존재하기는 한 나라입니까?"

"존재했습니다."

"그렇다면 그 논리대로라면 나중에 백제가 마한을 먹었다는 건데. 맞잖아요. 그래야 삼국이 성립되잖아요. 안 그래요?"

"……예."

"그런데 말이에요. 마한이라 하면 말 마(馬) 자가 들어가 요. 딱 봐도 말 타는 이들이라는 건데. 당시 최강의 무기가 기 병이 아니었나요?"

"그……렇습니다."

"상식적으로 말 달리는 이들이 한반도 남부에 국한돼 있는 것도 이해가 어렵고. 그렇지 않습니까? 남한엔 말 목장이 없 어요. 죄다 논밭 아니면 산악지대입니다. 그런 장소에 말 타 는 마한이라니. 더구나 말 타는 이들이 백제에 먹혔다고요? 역사적으로 중국을 먹은 나라는 전부 말 타는 국가였는데요? 그들이 남한을 통일하지 못한 것도 납득이 안 되네요."

"그야…… 내부 분열로 얼마든지……."

"마한이 내부 분열로 망한 것에 대한 사료가 있나요?"

"……."

"뭘 물어보면 자꾸 입을 다무는데. 왜 그러죠? 자료가 있으니 까 이게 교과서에 실린 거 아닙니까? 설마 소설 쓴 건 아니죠?"

"아닙니다!"

이건 또 얼른 대답한다.

"그럼 대답해 주세요. 사료가 있나요?"

"그건 제가 다시 살펴보고……."

"다시 살펴보다뇨. 한국 고대사 논란 때문에 여기 나온 거 아닙니까? 이력을 보니까 화려하던데. 교과서 검증에 직접 참여한 적도 있고. 근데 이걸 기억 못 한다고요?"

"워낙에 방대한 자료라서……."

"방대해서 기억을 못 한다? 고대사 삼한에 대한 기록이 수백 권이나 되나요?"

"……."

"이도 대답을 안 하시네. 그쪽 얼굴 지금 되게 뻔뻔한 거 아세요? 이런 식이라면 이 자리를 우롱하고 있다고밖에 볼 수 없는데. 열받게 말이죠."

"아닙니다. 아닙니다. 절대 대통령님을 우롱할 목적은 없습니다!"

"그럼 다시 묻겠습니다. 마한이 왜 망했나요?"

"……."

대답 못 하는 건 이해 갔다. 상대가 하필 대통령이라.

그것도 헌정사상 최강이라는 대통령. 게다가 무패의 토론왕까지 겸하고 있는 괴물.

섣불리 잘못 나댔다가 대통령의 분노를 사게 되는 순간 지금까지의 이력은 그야말로 먼지처럼 날아갈 거란 걸 모를 사람은 여기에 없었다.

그러든 말든 장대운은 계속 진행시켰다.

"좋아요. 그렇다고 치고 다시 교과서로 돌아가겠습니다. 계속 살펴보면 마한이 망한 이유 정도는 알게 되겠죠. 자, 여기 보면 한반도 중남부는 기후가 좋아 농사짓기 좋았다. 진국이 성장했는데 진국은 한(漢)과 교류하려 하였으나 고조선의 방해를 받았다. 고조선 멸망 후 철기 문화를 지닌 유이민들이 대거 유입되면서 커다란 사회 변동이 일었다. 이에 경기도, 충청도, 전라도 지역에 마한, 낙동강 중상류와 동해안 지역에 진한, 낙동강 하류 일대에 변한이란 연맹체가 생겨났다. 저술한 것까지는 맞나요?"

"옙."

"이 중 마한의 세력이 가장 컸는데 마한 목지국의 지배자가 삼한을 대표하였다. 이 문장이 나오는 건 후한서입니다. 맞나요?"

"⋯⋯예."

"내가 여기에서 이 목지국이란 게 뭔지 몰라 한참을 헤맸습니다. 찾다 찾다 나온 게 삼국지에 적힌 월지국이더군요. 삼국지 이후 150년 뒤에야 편찬한 후한서에서 목지국이라 적은 걸 우리가 그대로 인용한 걸 알게 됐습니다. 맞나요?"

月과 目.

한 획의 차이다.

"아⋯⋯ 그건⋯⋯ 후한서를 보고 쓴 게 맞을 겁니다."

"교차 검증은 안 하셨나요? 삼국지에는 월지국이라 쓰여 있던데. 왜 150년 뒤에 것만 인용한 거죠?"

"그건 저도⋯⋯."

"혹시 가르친 교수가 말하면 무조건 진실이어야 했던 건가요?"

"대통령님, 그건…… 말씀이 지나치십니다."

"발끈하기는. 역사가로서 소임마저 외면한 주제에."

"예?!"

장대운은 이젠 상대편을 보지 않았다.

카메라를 보며 뭐라 말하려는데 방송국에서 눈치도 좋게 지도를 크게 띄웠다.

맨 위, 부여로부터 고구려, 낙랑군, 대방군, 마한으로 쭉 이어지는 한반도 지도를.

"아이고, 이렇게 크게 보니 참으로 좋네요."

"시청자께서 보기 편하시라고 준비한 겁니다."

사회자가 거든다.

"좋아요. 자, 여기에서 보면 삼한과 고구려, 부여가 같은 시대에 있습니다. 실제로도 그렇고요. 이걸 부인할 사람은 없을 겁니다. 그런데 말이죠. 여기 이 그림대로라면 낙랑군은 평안도에 있고 대방군은 황해도에 있네요. 참고로 얘들은 중국 군현들입니다. 이게 맞다면 지금 북한 땅은 원래 중국 땅이라는 거죠. 이게 맞습니까?"

화면이 국사편찬위원회 인물들을 클로즈업했다.

쩔쩔매며 아무런 답도 못 한다.

장대운이 한숨을 쉬었다.

"어휴~~~~ 이런 놈들이 국사편찬위원회란 막중한 자리에 앉아 있었네요. 이게 뭐죠? 북한 땅이 왜 중국 땅이죠? 과거 한나라의 땅이 어디 뫼에 있었는지 진정 몰라서 이런 짓을 해 놨나요? 국민 여러분 중국이 현재 영토를 품게 된 건 청나라 이후부터입니다. 명나라 때도 저 만주지역은 중국의 영토가 아니었어요."

"……."

"……."

조용하다.

"자, 이 그림대로 보시죠. 우리가 북방을 지배했다고 믿던 부여와 고구려가 어떻게 보이시나요? 저 고구려가 개마고원 산간 지방의 아주 조그만 나라처럼 보이지 않나요? 부여는 어떻나요? 만주 일대의 소부족 국가인가요? 지도가 왜 이따위죠?"

카메라를 국사편찬위원회 인물을 주시하다 다시 돌아왔다.

"우리가 교과서에 차용한 후한서 동이 열전은 삼국지의 오환 선비 동이 열전을 보고 썼다는 게 정설입니다. 그러니 오타가 막 나오고 그런 거겠죠. 그 오타를 일부러 살려서 우리 역사에 혼선을 준 자들이 이렇게나 뻔뻔하게 우리 앞에 앉아 있고요. 그런데 말이죠. 제가 삼국지를 읽다 보니 이런 문장이 쓰여 있었습니다."

- 한(韓)은 대방의 남쪽에 있는데 동서는 바다로 한계를 삼고 남쪽은 왜와 접해 있다. 사방 4천 리다.

"다시 지도로 돌아가서 삼한이 대방의 남쪽에 있는 건 맞네요. 바다로 한계를 삼고 남쪽은 왜와 접해 있긴 하네요. 접하다는 건 붙었다는 건데 엄밀히 따지면 바다로 끊어졌죠. 어쨌든 문제가 여기에서 발생해요. 사방 4천 리. 남한에 사방 4천 리 땅이 어디에 있죠?"

"그건…… 한반도는 사방 4천 리에 달하지 않으니 삼한이 만주에 있었다는 주장 같으신데, 살펴보면 기사의 기본 설정부터 잘못되었다는 걸 알 수 있습니다. 사방이 4천 리(1,570km)에 달하면서 동쪽과 서쪽이 바다로 막힌 그런 지형은 동아시아에 존재하지 않습니다. 사방 4천 리에만 주목하면 반드시 오류에 빠질 수밖에 없습니다."

"맞습니다. 삼국지 왜인전을 보면 대마도(남북 70km, 동서 15km)를 사방 4백 리(160km)라고 설명하고 있습니다. 당시 중국인들이 특정 지역의 '둘레'를 '사방'으로 잘못 적은 게 아니라면 그저 그 당시 중국인들의 무지함만을 증명하는 내용에 불과합니다."

그러니 사방 4천 리는 신경 쓸 게 못 된다는 거다.

아주 입이 살아났다. 반격했다고 판단하는지 기세등등.

장대운은 비웃어 줬다.

"정말 재활용이 불가능할 정도로 멍청하군요."

"예?!"

"그게 무슨 말씀……."

"앞서 각 나라 초상화에 대해 언급했듯 중국, 일본 애들은 왜곡하기를 즐겨요. 지들 건 과장해서 부풀리고 남의 것은 축소하고 또 축소하고 계속 축소하죠. 당시 중국과 한민족의 관계를 봤을 때 적대 세력에 불과한 우리 영토를 중국이 어떻게 그려 놨을지 추측이 안 됩니까? 사방 4천 리가 최소한으로 줄어든 거라는 생각은 해 보지 않았나 봅니다."

"그것도 추측에 불과합니다! 중국의 왜곡 기조가 허다하게 나타난다고 하나 그것이 우리 역사와 밀접한 것이 아닌⋯⋯."

말을 하다 딱 멈춘다.

깨달은 것이다. 말을 하면 할수록 국사편찬위원회의 권위가 떨어진다는 걸.

지금 이놈이 하는 말은 국사편찬위원회가 증거로 드는 사료마저 유명무실로 만드는 행위다.

장대운은 실컷 비웃어 줬다.

"불리하면 꼭 입을 다무네요. 국민 여러분 이거 어디에서 많이 본 장면 아닙니까? 어디 청문회만 열었다 하면 기업인이고 정치인이고 자기 불리해지는 순간 조용해지죠. 방금까지 잘났다고 떠든 양반들. 나는 신성한 역사를 다루는 장소마저 이렇게나 정치화됐다는 게 무척 슬픕니다. 그나마 저 중국이 친절하게도 삼한을 4천 리라고 적어 놔 줬는데도 이들은 사방 1천 리도 안 되는 장소에 우리 역사를 구겨 넣었어요. 그 이유가 대체 뭘까요? 어째서 저런 놈들이 우리 역사를 손에 쥐고 있는 겁니까?"

"⋯⋯."

"……."

남한이란 좁은 땅덩이에 꾹꾹 눌러 담은 삼한처럼 잔뜩 일그러진 이들을 보다 짜증이 치밀어 오르는지 장대운은 화면에 비친 지도를 신경질적으로 가리켰다.

"좋습니다. 다 떠나서. 지금까지 우리가 국사편찬위원회 분들의 말이 맞다고 여겨 교과서를 그리 만들었듯 여기에 있는 삼국지의 사료가 맞다고 한번 쳐 봅시다. 이분들도 삼국지와 후한서를 기본으로 교과서를 만들었다고 했으니 그대로 도입해 보자고요."

"안 됩니다. 그리했다간 심각한 역사적 오류에 빠지게 됩니다."

"맞습니다. 그 순간부터 우리 역사의 상당 부분이 왜곡되게 됩니다."

바로 반대한다.

불리하면 묵비권, 자기 원하는 건 참견…… 뭐 이런 놈들이 다 있는지.

"역사 왜곡 좋아하시네. 너희들이 짜놓은 판이 일그러지는 거겠죠. 삼한 사방 4천 리. 고구려 사방 2천 리, 부여 사방 2천 리. 중국 애들이 적어 놓았잖아요. 이도 부인하시는 겁니까?"

"그건…… 아니지만 대통령님 이렇게 마음대로 하시면 안 됩니다. 이는 유사사학에 불과합니다. 진짜 사학은 이런 식으로 접근하면 안 됩니다."

"맞습니다. 무분별하게 유사사학을 입혔다간 우리 역사가 괴멸적 타격을 입게 될 겁니다. 이는 국가와 민족에 대죄를 짓는…….”

더럽게 쨍쨍대네.

“좋아요. 그렇다면 삼한이 사방 1천 리도 안 된다는 증거를 내놓아 보세요. 그럼 인정해 줄게요. 어디에 그런 문장이 있죠?”

“…….”

“…….”

또 입 다문다.

입 다물 수밖에 없을 것이다.

그런 증거는 없으니까. 어느 기록에도 삼한을 1천 리 이하로 표현한 문장은 없었다.

“정말 짜증 나네. 너희가 원하는 게 실증이라면서요. 왜 묵묵부답이죠? 그럼 여태 실증도 없이 교과서를 만든 겁니까? 이 사람들 정말 안 되겠네.”

“아닙니다. 이에 대한 내용은 차후 보고서로…….”

“지랄을 하세요. 내 이름이 장대운입니다. 나중에 찾아봤는데 증거가 없어요. 후폭풍을 감당하실 수 있겠어요?”

“…….”

“…….”

“내가 뭐 우리 땅을 무슨 2만 리라고 불렀습니까? 중국 애들이 적어 놓은 대로 보자는 거 아닙니까. 삼한 사방 4천 리. 고구려 사방 2천 리, 부여 사방 2천 리, 도합 8천 리라는 문장이 삼국지에 딱 박혀 적혀 있어요. 그럼 도합 8천 리가 가능한 곳에서 삼한과 고구려, 부여를 찾아야 하는 거 아닙니까! 한반도 어디에서 8천 리가 나와요?!"

"……."

"……."

"즉 이 교과서가, 저 지도가 다 쌩짜 구라라는 거 아닙니까!! 분명히 적혀 있는데 왜 적어 놓은 대로 안 합니까? 눈이 없어요? 공부가 부족해요? 역사 전공자가 아닌 사람도 며칠 만에 찾을 뻔한 내용인데 왜 꿈쩍을 안 해요? 뭐? 유사사학이요? 삼국지, 후한서가 유사예요? 그럼 너희가 주장하는 정통 사학은 어디에서 온 겁니까?"

"……."

"……."

"정말 답답합니다. 국민 여러분, 이 사람들이 역사학자랍니다. 이 사람들이 역사학자로서 사명감이 있었다면 당연히 삼한을 한반도에 가져다 놓으면 안 되겠구나 판단했을 겁니다. 그런데 왜 이런 일이 벌어졌을까요? 그 뿌리를 거슬러 올라가 보면 일본인 사학자들이 나옵니다. 일본인 사학자들이 물려준 꿀이 그만큼 달콤했다는 겁니다. 이 말 같지도 않은 뼈대를 지금까지 유지시킬 만큼, 한국 고대사를 기꺼이 저 식민 사관에다 구겨 넣을 만큼 말이죠. 하아~ 씨벌, 독립한 지 80년이 돼 가는데 아직도 역사학자라는 것들이…… 이런 개잡놈들이 나라의 스승인 것처럼 주둥이를 다 놀리고. 국적 박탈해서 추방시켜 버릴까 보다."

으르렁.

장대운이 여기까지 직접 나온 이유가 있었다.

그동안 사학계가 이런 비판을 제기 안 한 게 아니었음에도 재통석(再通釋. 다시 읽고)하고 변하지 않은 건 이놈들의 힘이 강해서였다.

세력으로 누르고 반론을 제기하는 자들을 이단이라 배척하고 아예 활동하지 못하도록 쫓아내서였다. 해서 다른 이들도 감히 고개를 못 든 것이다.

"나는 사실 저 섬나라 일본 놈들보다 이놈들이 더 악질이라고 생각합니다. 보십시오. 지들도 이런 내용이 있음을 알고 있음에도 민족의 역사를 제 입맛대로 바꾸잖아요. 우리 학생들에게 얼토당토않은 식민 사관을 가르쳐야 한다고 우겨요. 이게 매국노죠. 이게 민족반역자입니다. 하나하나 다 색출해서 뿌리까지 근절시켜야 할 겁니다."

상황이 매섭게 돌아가자.

"대, 대통령님……."

"저희는 결코……."

벌벌 떤다.

"시끄럽습니다! 내가 이 일을 위해 내 사재 1조 원을 기탁했어요. 너희가 돈으로 찍어 누르고 권위와 세력으로 밀어냈던 이들을 전부 불러 진짜를 가져오라 했습니다. 그들이 가져올 것들을 내가 직접 보고 직접 판단할 겁니다. 내 돈 받고 덤볐으니 돈값을 못 하면 그에 상응한 대가를 치르게 될 테니까요.

어떤 결과가 나오든 그것이 너희의 처우를 결정해 줄 겁니다."

아연실색한 그들을 두고 장대운은 다시 카메라를 보았다.

"지금쯤 국사편찬위원회와 그와 관련된 인물들의 압수 수색이 시작됐을 겁니다. 협의회고 개인 사무실이고 집이고 간에 전부 털어 낼 거예요. 아마도 드러나는 죄가 상당할 겁니다. 아, 경호원. 이놈들도 잡아가 주세요."

생방송 중임에도 시커먼 양복의 경호원들이 스튜디오로 들어와 두 사람을 잡았다. 방청석에서 비명이 나오고 이게 뭐하는 짓이냐고 반항하는 모습이 그대로 송출됐다.

그러든 말든 장대운은 한 치의 흐트러짐 없이 진행했다.

"잠시 물의를 일으킨 점 국민께 진심으로 사과드립니다. 제가 좀 병이 있어서요. 더러운 걸 보면 바로바로 치워야 하고 국가와 민족에 해가 되는 놈들을 보면 몸에 알러지가 올라와서…… 죄송합니다."

꾸벅.

사죄의 인사.

사회자를 보았다.

"쓰레기는 치웠지만…… 시간이 남았으니 계속할까 하는데 괜찮나요?"

"물론입니다. 얼마든지 하셔도 됩니다."

누구 청이라고 감히 거절할까.

하세요. 하세요.

"예, 감사합니다. 다시 돌아가서, 삼국지를 보면 이런 문장이 나옵니다."

- 한에는 세 종류가 있는데 마한, 변한, 진한이라.

"여기에서 마한(馬韓)은 말 타는 한을 말합니다. 말을 얼마나 많이 탔으면 나라 이름에다 말 마(馬)자를 붙였을까요? 자, 고대사에서 말이란 동물의 의미가 뭘까요? 강력한 국방력이 아니겠습니까? 그리고 '말을 탄다'란 이미지만으로도 저 광활한 초원이 연상되지 않으신가요?"

고개를 끄덕끄덕.

"다음 변한(弁韓)을 볼까요? 여기에서 변자는 고깔모자를 뜻합니다. 이 나라 사람들이 고깔모자를 즐겨 썼다는 뜻이 되겠죠. 옛 고전에서 상나라 사람 즉 상인(商人)이 현대어로 이어지며 물건을 사고파는 사람이 된 것처럼 그 이름에는 정체성이 드러납니다. 즉 변한도 문화가 연상되시죠? 고깔모자."

"……."

"다음이 진한(辰韓)인데요."

- 진한은 옛 진국인데 마한의 서쪽에 있다.

"진국의 맥을 이은 이들이 신라라고 합니다. 신라야 더 말해 봐야 입만 아프고. 어쨌든 이렇게 삼한이 대충 얼기설기 붙어 있었다는 뜻이 되겠죠. 따로 떨어져 있었으면 삼한이라 부르지도 않았을 테니. 마한이 대표적이라고 표현하지도 않았을 테고. 물론 이도 조사하면 다 나오겠죠? 자, 더 들여다보겠습니다."

- 환제(146~167)와 영제(167~189) 말년에 한예(韓濊)가 강성해서 군현을 제어하지 못하자 백성들이 다수 삼한에 유입되었다.

"이런 문장이 나옵니다. 환제와 영제란 후한 말기의 황제들입니다. 후한의 마지막 황제가 헌제고요. 여기에서 지칭한 후한 말기가 바로 우리가 잘 아는 삼국지연의의 무대입니다. 삼국지연의를 한 번이라도 읽어 본 분이시라면 이름이 익숙하실 겁니다. 이 시기 정치가 어땠는지, 백성이 어떤 꼴을 당했는지. 이쯤에서 아주 중요한 인물이 나오죠? 게임에서도 등장하는 빌런. 동탁입니다. 동탁이라는 걸물이 나타나 후한의 조정을 쑥대밭으로 만들죠."

그제야 방청객들도 와 닿는지 고개를 끄덕이는 이들이 많아졌다. 모름지기 설득은 공감에서부터 시작이다.

"방청객분들. 삼국지연의를 보면 동탁이 어디 출신이라고 했습니까?"

"서량이요."

방청석에서 나왔다.

"맞습니다. 서량이라면 현재 서안, 옛 장안이라 불리는 도

44

읍에서도 한참 서쪽이죠. 지도로 보면 아무리 보수적으로 잡아도 여기를 넘어서진 않을 겁니다."

장대운이 직접 지도를 가리켰다.

눈으로 봐도 황량해 보이는 지점을.

"장안성은 실제로 전한, 후한, 당나라 등의 수도였습니다. 즉 고대 중국의 중심지는 동해안을 기준으로 내려오는 현 중국의 경제 라인이 아닌 내륙 한참 안쪽이었죠. 코에이가 삼국지 게임에서 제시한 중국 전역을 대상으로 하는 지도도 틀렸다는 겁니다. 싹 다. 전부. 자, 이제 다시 돌아가서, 환제와 영제 말년에 한예가 강성해서 군현(群賢)을 제어하지 못하자 백성들이 다수 삼한에 유입되었다. 고 했습니다."

"……."

"여기에서 한예란 한과 예맥을 말합니다. 즉 우리 민족이죠. 또 여기에서 군현이란 낙랑군과 대방군을 말합니다. 특히 낙랑군이죠. 후한의 정치가 어지러워지고 삶이 도탄에 빠지자 먹고 살길이 막막해진 백성들이 다수 삼한으로 유입됐다고 했습니다. '다수'입니다. 한둘이 아닌 최소 수천 단위. 그런데 우리 지도에서 삼한의 위치가 어디죠? 남한이죠. 이게 이해가 가십니까? 후한의 배고픈 백성들이 산 넘고 물 건너이 먼 경기도까지 왔다고요? 그 거리를 이동해서요? 설사 이동했단들 이동할 기간 동안 먹을 식량은요? 먹을 게 없어서 유민이 된 자들이 몇 개월 치 식량을 바리바리 싸 들고 경기도까지 왔다고요? 이게 말이 됩니까?"

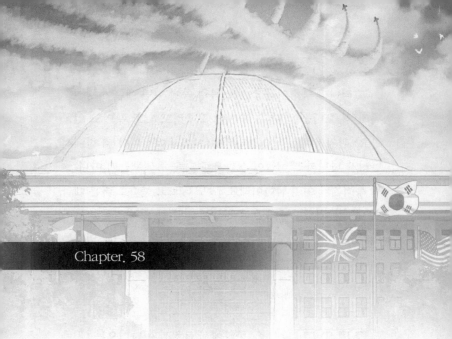

당연히 말이 안 된다.

공감하는지 입을 벌리며 고개를 끄덕이는 방청객들이 많아졌다. 시청자들도 비슷할 거라는 뜻이다.

"백번 양보해서 백성들이 이탈한 곳이 북경 부근이라고 치자고요. 참고로 후한 때의 북평이 북경인지 중국 애들도 헷갈려하더군요."

북평은 훗날 연경이나 대도 등으로 공식 명칭이 계속 바뀌지만, 북평이라는 지명은 북경을 부르는 또 다른 이름으로 계속 살아남아서 장개석의 국민당 정권 때도 북경을 북평이라고 부른다.

북평(北平)은 북쪽의 넓은 땅이란 뜻이다.

"그러니까 북경이라고 쳐도 북경 쪽에 있던 애들이 경기도까지 왜 오냐는 겁니다. 주변에 고구려도 있고 부여도 있잖아요. 위치 비정부터가 틀려먹었다는 거 아닙니까. 후한에서 난리가 나니까 백성들이 삼한으로 다수 유입됐는데 아니 글쎄 목적지가 여기 남한이래요. 말도 다르고 문화도 다른 애들이 대거 유입됐다는데 우리 역사에는 단 한 줄의 기록도 남아 있지 않아요. 한반도 어디에도 중국 애들 문화 지역이 없다는 겁니다."

"······!"

"······!"

"조선 시대 때 말이죠. 한양에서 북경까지 다녀오는 데 반년 걸렸답니다. 편도로 3개월의 대장정이라는 얘깁니다. 유민을 또 다수라고 표현했다면 최소 수천에서 수만 규모일 텐데 한반도에는 아무런 족적도 없어요. 설마 유민이 저 지도에 박힌 것처럼 평안도의 낙랑군과 황해도의 대방군에서 나왔다는 얘기는 아니겠죠? 낙랑군과 대방군의 인구수가 수백만이라는 겁니까?"

구당서(舊唐書. 945년에 완성) 동이전에 7세기 중엽 고구려와 백제가 멸망했을 때 고구려 176 城(성), 69만 戶(호), 백제 37郡 200城, 76만 戶였다는 기록이 있다. 1호당 4~5명으로 단순 계산하면 고구려는 약 276만~345만 명, 백제는 304만~380만 명이다.

후한 말기 무렵 인구수가 5,000만 명이다. 5,000만 인구수에서 가장 끝 쪽 낙랑군과 대방군이 수백만?

즉 삼한이 남한에 있다는 건 앞뒤가 하나도 안 맞는 낭설에 불과했다.

'고구려만 얼만데.'

고구려와 관련하여 가장 널리 인용되는 자료로서 삼국지는.

- 환도의 아래에 도읍하였는데 면적은 사방 2천 리이며…….

라고 하였다.

이 내용대로라면 고구려 영토가 약 64만 ㎢로 현 한반도의 3배에 가깝다는 얘기다. 즉 이 시기 고구려는 압록강 부근에서 점 하나 찍힌 것처럼 표현될 게 아니라 중국의 동북 3성과 러시아의 연해주 일대를 장악한 거대 국가로 보는 게 옳다.

"더 읽어 보죠. 건안(196년 ~ 220년). 이건 후한 마지막 황제 헌제 때네요. 220년이면 낙양에서 허도로 천도했을 때고요. 요때 '공손강이 둔유현 남쪽 황무지를 대방군으로 삼고'란 문장이 등장합니다."

둔유현은 낙랑군 산하의 25개 현 중 하나다.

공손강은 요동 태수.

"우리가 지금 요동이라 부르는 곳이 어디죠? 예, 맞아요. 산둥반도와 인접한 반도 지역을 말하죠? 단둥이 있는 곳. 그런데 말이에요. 우리가 고대사를 연구할 때 올바르게 접근하려면 이 지명에 관한 것도 정확하게 살펴야 한다는 겁니다. 즉 요동이라는 말이 왜? 어디에서? 나오는 건지부터 파고들어야 한다는 거죠. 왜냐하면 지명은 그 시대에 따라 요구에 따라 조금씩 달라지거나 완전히 바뀌기도 하니까요. 저 북한 산이 예전에 삼각산으로 불렸던 것처럼. 한반도 지명도 시대에 따라 엄청 달라졌잖아요. 저 중국은 말이죠. 거의 200년마다 왕조가 바뀌었어요. 고대와 현대가 똑같다는 게 더 웃긴 거 아니겠습니까?"

방청객과 사회자도 고개를 끄덕끄덕.

본래 요동이란 지명은 또 요서라는 지명은 요하라는 강을 기준으로 나뉘게 된 것이다. 요하의 동쪽을 요동으로, 서쪽을 요서라고. 고대 요동의 위치를 파악하려면 요하라는 강을 찾아봐야 한다는 뜻이었다.

"삼국사기에는 수 양제(煬帝)가 고구려 공격을 명령하는 조서를 발표하고 북경(北京)을 떠나 요수(요하)에 도착하기까지의 일정이 구체적으로 나와 있는데요. 그 일정은 당시의 요수가 어느 곳에 있는지를 밝혀 주는 중요한 정보를 담고 있죠."

수 양제가 고구려 공격을 명령하는 조서를 발표한 것은 612년 1월이다.

조서 발표 후 세 곳에서 승전을 기원하는 제사를 지냈는데.

"북경 부근에서 황제가 직접 주재하는 제사가 진행됐겠죠? 이때의 제사는 현대의 제사와는 성격이 완전히 다릅니다. 하룻밤 잠깐 절하고 음복하고 이런 유가 아닙니다. 거대 행사죠. 날을 잡아 황제가 하늘에 승전을 기원하는 것이니 최소 며칠입니다. 이 제사가 끝난 후에야 수 양제는 전 부대를 출발시키게 되는데 기록에는 마지막 한 명까지 움직이는 데까지 모두 40일이 걸렸다고 하네요."

100만 명이라 했다.

100만 전부가 정예병일 리가 없으니 군기가 바닥인 징집병에 보급병까지 합하면 기동성은 현저히 떨어진다. 게다가 그 시대에 자동차가 있나? 화물 열차가 있나? 비행기가 있나? 전부 소달구지나 등짐을 지고 가야 한다.

제사까지 치르고…… 출발하는 데만 45일 이상 소요된 전쟁.

"그런데 북경을 떠난 수 양제가 요수(遼水)에 도착한 것이 2월이랍니다. 도착하자마자 요수를 건너 고구려를 공격하기 시작했다는데요. 이 말대로라면 보급병에, 도하에 필요한 장비를 운용하는 부대를 포함한 모든 병사가 2월 말까지 요수에 집결해 있었다는 얘기가 성립되겠죠. 고구려가 옆 동네 똥개도 아니고 일부 부대만으로 진격할 수는 없었을 테니까요. 즉 2월에 군대가 완편됐다는 뜻입니다."

수 양제가 조서를 발표한 것이 1월 초이고 제사를 지내고 가장 늦게 출발한 부대가 요수에 도착한 것이 2월 말이라고 치면 아무리 늘려도 최대 55일 정도가 한계다.

출발하는 데 걸린 기간 45일 정도를 제외하면 가장 늦게 출발한 부대가 북경에서 요수까지 행군한 시간이 열흘 정도라는 건데. 여기에서 질문이 나온다.

중무장한 보병이 하루에 행군할 수 있는 거리가 얼마일까?

'……'

군대 행군을 경험해 본 사람들은 알 것이다. 일반병은 하루 최대 행군 거리가 30km에 불과하다는 걸.

그것만도 발에 물집 생기고 난리가 난다. 물론 특전사는 더 길겠지만, 행군이 하루 이틀 만에 끝나는 것도 아니고 열흘 연속이라 봤을 때 싸울 전력을 보존하려면 최대 하루 20km를 넘지 않았을 것이 합리적인 판단이다.

하루 50리(20km) 정도가 한계.

열흘 만에 갈 수 있는 거리도 500리를 넘기 어렵다.

북경을 떠나 열흘 만에 도착한 요수란 그럼 어느 강을 말하는 걸까? 북경에서 이동 거리로 500리 정도 떨어진 요수는 대체 어느 하천일까?

"중국 역사학자들은 대부분 수 양제가 도착한 요수를 요하(遼河)로 보고 있다네요. 하지만 북경에서 현대 요하로 불리는 강까지의 거리는 직선거리로만 2,000리가 넘습니다. 그 길엔 산, 계곡, 하천이 넘치도록 많죠. 100만 명이 산 넘고 물 건너 또 먹고 자고 할 물동량을 끌고 간다고 보세요. 우회도 하고 어쩌고 하다 보면 이동 거리만 3~4,000리(3,000리 기준 1,200km)에 달할 겁니다. 이 거리를 100만 명이 열흘 만에 도달할 수 있다 보십니까?"

불가능하다.

현시점, 세계에서 1티어급으로 불릴 부대도 이건 안 된다.

따라서 수 양제가 2월에 도착한 요수는 절대로 현대의 요하일 수가 없다는 결론이 나온다.

"참 신기하게도 북경 가까운 곳에 난하(灤河)라는 강이 하나 있네요. 이 강도 옛 시절엔 요수로 불렸다더군요. 현대 중국 역사학자들은 눈 질끈 감고 인정 안 하지만 뭐 걔들이야 고구려를 자기네 땅이라고 우기는 놈들인데 더 무슨 말을 합니까. 하지만 지도상으로도, 객관적으로 봐도 북경에서 열흘 만에 도착할 수 있는 강은 그나마 난하밖에 없어요."

수 양제의 조서에는 이런 내용도 있었다.

― 고구려의 하찮은 자들이 어리석고 불손하게도 발해와 갈석 사이에 모여 요동과 예맥의 땅을 잠식하여 왔다.

재밌는 건 당 태종의 조서에도 똑같은 내용이 있다는 것이다.

― 요동과 갈석에서 연개소문의 죄를 묻겠다.

"이 문장들은 고구려와의 전투가 발해, 갈석, 요동에서 시작될 것임을 예고하고 있죠. 발해는 지금의 발해이고 갈석은 난하의 동쪽 유역에 있는 갈석산입니다. 요동은 요수 즉 난하의 동쪽 유역이라야 퍼즐이 맞다는 겁니다. 기록 모두가 전부 난하를 요하라 가리키고 있다는 거죠."

삼국사기에는 고구려의 요동성이 한나라의 양평성(襄平

城)이었다고 설명하고 있다.

- 양평은 서진(西晉) 때 평주(平州)의 치소(治所. 지역의 행정 사무를 보는 곳. 시청 격)였다. 평주는 지금의 천진, 당산, 노룡, 창려에 이르는 지역을 관할했고…….

이도 또한 양평성이 난하 유역에 있었음을 가리키고 있는데 결국 수나라가 공격한 요동성은 난하 유역에 있었던 양평성이라는 게 성립된다.

여기까지 말한 장대운은 허리를 꼿꼿이 세우며 카메라를 노려봤다.

"국민 여러분 제가 역사학자입니까? 역사 전공자입니까? 아닙니다. 차라리 경제학자, 법학자라 부르시면 인정하겠습니다. 그런 비전공자인 제가 단지 중국 역사 서적 몇 권 끄적거린 것만으로도 이런 내용들이 마구 튀어나옵니다. 우린 대체 무엇을 보고 역사 공부를 한 걸까요?"

도저히 용서할 수 없었다.

"도대체 어디에서부터 잘못된 걸까요? 평생을 역사 연구에 매진했다는 새끼들이, 그것도 대를 이어 연구했다는 놈들이 이걸 진정 몰랐을까요? 아닐 겁니다. 그래서 더 꼼꼼히 살펴봐야 한다는 겁니다."

'진서(晉書) 지리지'에는 이런 내용도 들어가 있었다,

- 낙랑군은 한나라에서 설치했다. 6개 현을 다스리며 3,700호이다. 조선현(주나라가 기자를 봉한 땅), 둔유현, 혼미현, 수성현(遂城縣. 진나라 장성이 일어난 곳), 누방현, 사망현이 있다.

"진서 지리지는 일제강점기 식민 사학자 이나바 이와기치와 중국학자인 왕국량 그리고 오늘날 '중국역사지도집' 등에서 진나라 만리장성의 동단을 한반도 평양 일대로 비정하는 데 공통적으로 인용한 기록입니다."

이 '진서 지리지'로 현재 일본과 중국의 학자들이 진나라 만리장성의 동단을 한반도 평양 일대로 비정하였다는 것이다.

비정에 영향을 끼친 여러 사료 중 가장 핵심적인 사료라는 것

"그런데 과연 이 사료가 진나라 만리장성의 동단이 한반도 평양 일대임을 나타내는 사료일까요? 아니요. 전혀 그렇지 않습니다. 여기엔 저 간악한 일본 사학자도 간과한 함정이 있습니다. 제 판단엔 이 사료야말로 진나라 만리장성의 동단이 현 중국 하북성 보정시 수성(遂城) 일대임을 가리키는 가장 확실한 사료일 것 같습니다."

서진(西晉) 평주에 대한 기록에 이런 문장이 있었다.

- 평주는 생각건대 '우공의 기주 지역'이며, '주나라의 유주'이며, '한나라의 우북평군'에 속했다. 후한 말에 공손도가 스스로 평주목을 칭했다. 그의 아들 공손강과 강의 아들 공손

연이 모두 제멋대로 요동에 의거하니 동이 9종이 모두 복속하였다. 위나라는 동이 교위를 설치하여 양평에 거하였고, 요동·창려·현토·대방·낙랑 등 5개 군을 나누어 평주로 삼았다. 후에 도로 유주에 합하였다. 공손연을 멸한 후에 호동이교위를 두어 양평에 거했다. 함녕 2년(AD 276년) 10월, 창려·요동·현토·대방·낙랑 5군 국을 나누어 평주를 설치했다. 26현 18,100호이다

平州. 按, 禹貢冀州之域, 於周為幽州界, 漢屬右北平郡. 後漢末, 公孫度自號平州牧. 及其子康 康子文懿竝擅據遼東, 東夷九種皆服事焉. 魏置東夷校尉, 居襄平, 而分遼東 昌黎 玄菟 帶方 樂浪 五郡為平州, 後還合為幽州. 及文懿滅後, 有護東夷校尉, 居襄平. 咸寧二年十月, 分 昌黎 遼東 玄菟 帶方 樂浪 等郡國五置平州. 統縣二十六, 戶一萬八千一百.

『진서』권14, 지4, 지리 상, 평주.

"나는 단언컨대 이 사료야말로 한민족의 상고사를 이해하는 데 가장 결정적인 맥을 제시한다고 생각합니다. 이 기록에 따르면 서진의 평주는 함녕 2년(AD 276년) 10월에 설치되었다 했습니다. 창려·요동·현토·대방·낙랑 5군 국으로 나누어 평주에 소속시켰다는 얘기를 합니다."

기원전 108년, 한 무제가 위만조선을 침략하고 고조선의 '중심부'에 설치한 낙랑군이 후한과 삼국시대를 거쳐 서진에 이르기까지 긴 세월에도 위치 변동이 거의 없었다는 확고한

증거였다.

훗날 고구려 제15대 미천왕 때인 서기 313년에 고구려가 낙랑군을 회복함으로써 중국의 군현으로서인 낙랑군은 요서 지역으로 이동하게 되는데.

"위의 사료는 함녕 2년(AD 276년) 10월에 설치된 낙랑군의 기록이므로 서기 313년 낙랑군이 요서로 이치 되기 전, 본래의 낙랑군 관련 기록이라는 것을 알 수 있죠. 즉 서진의 평주 속 낙랑군의 위치로 한 무제가 설치한 낙랑군의 위치 플러스, 우리 고조선의 중심지가 어디였는지 알 수 있게 됐다는 겁니다. 우리 민족의 최초 국가라 일컫는 고조선이 어디 뫼에 위치했는지 말이에요. 전율이 돋지 않습니까?"

- 고조선이 요동에 있다.
- 고조선은 요동을 중심으로 세력을 떨친 국가다.

"이 얼마나 아름다운 사료입니까? 이런 사료를 두고 우린 어째서 이걸 우리를 죽이는 용도로만 사용했을까요? 미치고 팔짝 뛸 노릇 아닙니까? 이것뿐입니까? 사마천의 사기에도 이와 비슷한 얘기가 나옵니다."

- 치수와 공부를 살펴보면 제도(帝都. 기주)로부터 시작했다. 황하(黃河)는 승주 동쪽에서 시작하여 곧바로 남으로 화음에 이른다. 또 동쪽으로 회주 남쪽에 이르고, 또 동북쪽으

로 평주 갈석산에 이르러 바다로 들어간다. 동하의 서쪽, 서하의 동쪽, 남하의 북쪽이 모두 기주이다.

按理水及貢賦 從帝都爲始也. 黃河自勝州東, 直南至華陰, 卽東至懷州南, 又東北至平州碣石山入海也. 東河之西, 西河之東, 南河之北, 皆冀州也.

『사기』 권2 하본기

앞서 말한 '우공의 기주 지역'이 어디인지를 알려 주는 기록이었다.

황하로 둘러싸인 산서성과 하북성 일대라고.

중국 남송시대 1209년에 제작된 고지도인 '우공소재수산준천지도'에도 기주 지역이 잘 표시되어 있다.

산서성과 하북성 일대라고

고로 '주나라의 유주'도 '한나라의 우북평군'도 현 중국 하북성 지역을 벗어날 수 없다는 뜻이 된다.

한반도 평양 근처로는 절대로 올 수 없다는 것.

"그럼에도 불구하고 현 강단 사학계는 서진의 평주 위치를 중국 요령성과 한반도 북부로 비정하고 있네요. 엄청난 역사 왜곡이죠."

기록이 가리키는 대로라면 평주의 위치는 현 중국 하북성 지역이어야 했다.

평주에 소속된 낙랑군 수성현(遂城縣)도 당연히 중국 하북성 지역에서 찾아야 할 것이다.

재밌는 건 현 중국 하북성 보정시에 수성(遂城)이라는 지명이 아직도 버젓이 남아 있다는 것이다. 세상에나 이곳에는 갈석산도 있고 진나라 만리장성의 동단도 있다. 다 있다. 한반도의 평양이 아니라…… 현재의 요동 땅이 아니라…… 중국 땅에 그 증거가 전부 남아 있다.

"완전 개새끼들입니다. 개새끼로 불러도 황송할 놈들이 글쎄 이런 기록을 두고도 아까 말한 '공손강이 둔유현(낙랑국의 부속 현) 남쪽 황무지를 대방군으로 삼고'라는 문장을 두고 해석하길 평안도 평양을 낙랑군이라 하고 둔유현을 황해도 황주라고 합니다. 대체 황해도 어디가 황무지입니까? 황주는 황해도의 최고 요충지이자 황해병영이 설치되었던 곳입니다. 황주는 황해도 북쪽 지역의 계수관 역할을 담당했고 누런 흙으로 된 넓은 평야라는 뜻을 가진 비옥하고 풍요로운 지역이죠. 황주가 황무지라고요? 이처럼 하나도 안 맞는 내용을 우린 교과서로 공부하고 외우는 중입니다. 이 미친 것들 때문에."

이뿐만인가?

"아까 진한이 어디에 있다고 했죠? 마한의 서쪽이라고 했습니다."

삼국지에 실린 위략의 진한 이야기를 보면,

"왕망 때…… 아 참, 여기에서 왕망이라면 전한(前漢)이 망하고 잠깐 일어났다 사라진 신나라 때를 말합니다. 다음 왕조로 후한이 들어오고 이런 식이죠."

- 이때 진한의 우거수 염사착이 낙랑의 토지가 비옥하고 사람들의 생활이 풍요하고 안락하다 하여 항복하기로 작정하고 부락을 나오다가 참새 쫓는 사내를 만났는데. 한인(韓人)이 아니었다. 자기를 한나라 사람으로 이름은 호래인데 우리들 1,500명은 목재를 벌목하다가 한(韓)의 습격을 받아 포로가 되어 머리를 깎이고 노예가 된 지 3년이다. 라는 말을 듣고 염사착이 낙랑군에 일러 낙랑군은 큰 배를 타고 가 그들을 데려왔고 배상도 받았다.

"이게 1세기 초반의 일입니다. 이런데도 진한이 경상도에 있었다고요? 경상도 사람이 중국인을 납치했다고요? 한반도 어디에 1,500명이 벌목할 장소가 있나요? 말 같지도 않은 얘기죠? 낙랑군에서 큰 배를 타고 왔다고 했어요. 아니, 평안도에 있는 낙랑군이 경상도로 갈 때 배 타고 갑니까? 요즘 판타지 소설도 개연성을 따지는데 교과서가 이래서야 어디 얼굴 들고 다니겠습니까?"

이병도란 사람이 있었다.

국사학계 태두로 불렸던 사학자.

이 사람은 일제 식민 사학자 쓰다 소키치와 이케우치 히로시 등에 대해 이런 말을 남겼다.

- 일본인이지만 매우 존경할 만한 인격자였고 그 연구 방법이 실증적이고 비판적인 만큼 날카로운 점이 많았습니다.

(광장, 1982년 4월호).

아무런 근거도 없이 '한사군=한반도설'을 주창하고 임나일
본부를 사실로 만들기 위해 '삼국사기 초기 기록 불신론'을 확
립시킨 일본인 식민 사학자들을 국사학계 태두라는 사람이
존경할 만한 인격자라 칭하며 '그 연구 방법이 실증적이고 비
판적인' 추앙의 대상이라 했다.

그는 광복 후에도 식민 사관이 살아남아 하나뿐인 '정설'이
자 '통설'로 자리 잡게 한 결정적인 역할을 하였다.

"일제강점기 때 일본은 우리의 민족혼을 말살하기 위하여
무려 20여만 권에 달하는 역사책을 압수하고 불태웠습니다.
특히 단군 관련 서적을 중점적으로 없애 우리의 상고사를 말
살시키려 했죠. 목적이 뭘까요? 조선은 역사적으로 일본보다
열등한 국가이고, 따라서 일본의 지배를 받는 것이 합당하다
는 명분을 만들기 위해서가 아니었을까요?"

일본은 이 일을 통해, 우리나라의 고대사를 말살함에 그치
지 않고, 임나일본부의 한반도 남부 지배설과, 한사군의 한반
도설을 내세워, 조선은 이미 중세 시대 때부터 남북으로 일본
과 중국의 식민지였다고 주장하게 된다.

"어디에도 근거가 없어요. 일본 식민 사학자들의 주장일
뿐입니다. 저들은 다시 임나일본부=가야설의 근거를 조작하
기 위해 '삼국사기 초기 불신론'을 주장하며 조선의 모든 역사
는 대부분 조선 반도 안에서 이루어졌다고 합니다. 반도 사관

이죠. 이것이 식민 사관의 실체입니다."

'규원사화'는 조선 숙종 2년(1675) 북애노인이 편찬했다.

왕검부터 고열가까지 47대 단군의 재위 기간과 치적 등을 기록한 우리의 역사서다.

1972년 이 규원사화를 두고 국립 중앙 도서관 고서 심의위원이자 당대의 저명학자들이었던 이가원, 손보기, 임창순 3인이 규원사화의 내용과 지질을 분석 심의한 결과 조선 중기에 쓰인 진본임을 인정했다.

하지만 남한 강단학계는 반박 논리도 제시하지 않고 무조건 위서라고 배척한다.

일제강점기 때 발견됐으면 무조건 태워 버렸겠지.

"우리 국가 기관이 이 모양이니까 중국도 동북공정을 마음 놓고 진행하는 겁니다. 실제로 자신감을 가진 중국은 2012년 미 상원에 '중국과 북한 사이의 국경 변천에 관하여'라는 자료를 제출하기에 이릅니다. 북한 전역이 중국사의 강역이었다는 억지 자료죠. 그때 미 상원에서 이 문건을 한국 정부에 전하면서 한국 정부의 입장을 묻자 우리가 뭐랬는지 아세요?"

"……?"

"……?"

"……?"

"아무것도 대답하지 않았답니다. 이것들이 과연 한국인인가요? 헌법에도 한국의 영토가 한반도와 부속 도서라고 있는데 헌법도 잘못된 겁니까? 최소한 양심이란 게 있었다면 '이

건 아니다' 다 뒤엎었어야죠. 이놈들을 놔둬야 합니까? 하나같이 한국인이 되길 싫어하는 것 같은데 다 추방해야 하는 것 아닙니까?"

방청객들도 어느새 주먹을 쥐고 얼굴이 험악해졌다.

이게 정상이었다.

저 일본, 중국은 자기 것이 아님에도 어떻게든 차지하려고 난리인데 우린 멀쩡한 사료를 두고도 우리 것이 아니라고 한다.

"광복 후 한국사는 조선총독부 조선사편수회 출신의 이병도가 장악한 서울대 국사학과와 이병도와 함께 조선사편수회에서 활동한 신석호가 뿌리내린 고려대학교 사학과가 장악합니다. 한국 사학의 양대 산맥이 됐죠. 근데 말입니다. 얘들이 이 지랄들을 하고 있었다는 겁니다. 얘들은요. 사학자가 아닙니다. 사학자의 탈을 쓴…… 소위 '실증사학'이라는 학문으로 위장한 일본의 앞잡이죠."

국사편찬위원회는 1945년 일제가 패망한 후 미 군정이 한반도 남쪽을 점령하고 있을 때 출범했다.

이때 이상하게도 일제 조선총독부 조선사편수회에서 맹활약한 신석호가 미 군정의 승인을 받아 조선총독부 조선사편수회에 소장되어 있던 자료를 인수하게 되는데.

1946년 3월 국사편찬위원회는 '국사관(國史館)'이란 명칭으로 개관하게 된다.

이때까지만 해도 신석호가 과거 행적을 반성하고 일제가 조작해 만든 조선사편수회의 자료를 연구하는 데 그쳤다면 참으로 다행이건만.

국사관(국사편찬위원회)을 장악한 신석호는 조선총독부가 왜곡 조작한 식민 사학을 그대로 한국사로 만들어 버리는 만행을 저지른다. 한국사 교과서를 편찬하는 국사편찬위원회가 일본 역사를 편찬하는 일본사 편찬위원회가 된 것이다.

국사편찬위원회 = 일본사편찬위원회

"국정 교과서는 국사편찬위원회가 만듭니다. 검정 교과서와 인정 교과서는 민간 출판사가 연구·개발하여 만듭니다. 이 둘 다 세상에 나오려면 반드시 적합성을 인정받아야 하는데 2011년 검·인정 교과서 체제로 전환한 후 교육부는 한국사 교과서 제작에 참여하지 않고 승인만 하고 있습니다. 한국사 교과서를 검증하는 실무진은 전부 국사편찬위원회와 강단 사학 놈들이죠. 우리가 왜놈 고양이한테 대체 무엇을 맡긴 거죠?"

참고로 광복 후 교원 양성소와 서울대 사학과를 장악한 이병도는 1960년 문교부 장관까지 한다.

국사편찬위원회는 1991년부터 2003년까지 주류 강단 사학자 등을 내세워 52권의 한국사를 발행하는데 일본 사학자가 집필한 것인지 착각이 들 정도로 일방적인 내용뿐이었다.

"일제 조선총독부 조선사편수회에서 한국사 왜곡 말살을 주도했던 스에마쓰 야스카즈가 광복 후에도 서울대학교 국사학과를 드나들며 지도했다는 사실이 고(故) 김용섭 교수의 '역사의 오솔길을 가면서'를 통해 세상에 알려졌죠. 그런데 국사편찬위원회는 되레 야마토 '왜'가 남한 지역을 모두 식민지로 만들었다고 역사를 조작한 스에마쓰 야스카즈의 '임나흥망사'를 극찬합니다."

2012년에는 이런 일도 일어났다. 일제가 무력과 친일파를 앞세워 강제로 체결한 을사늑약을 '을사조약'으로, 일본 왕을 '천황'으로 바꾸고, 대한민국 임시정부 백범 김구 주석을 삭제하려고 시도한다. 바로 그 잘난 국사편찬위원회가.

또 조선의 국모 시해(명성황후) 사건에 직접 가담한 낭인 이유카이 후사노신(1864~1946, 아유카이 카이엔)을 추도, 날조한 책 '일본서기 조선지도명고'를 방대한 문헌 고증과 더불어 문헌 비교 및 언어학적 추단이라는 미사여구까지 동원해 떠받든다.

이병도, 신석호 외 대표적인 식민 사학자인 이선근이란 인간도 아주 잘나가는데.

1929년 와세다대학 사학과를 졸업하고 1954년 문교부 장관과 국사편찬위원회 위원장을 겸임한 후 1968년 '국민교육헌장' 제정 작업 참여와 권력에 아부한 대가로 1978년 한국정신 문화 연구원 초대 원장을 역임한다.

"들춰 보니 한국의 모든 역사학과와 역사 관련 국책 기관이 일제 식민 사학을 추종하는 조선총독부 조선사편수회의 후신이라고 해도 과언이 아니더군요. 그래서 국사편찬위원회 홈페이지에 들어가 봤습니다. 발전 전략 및 주요 방향에 대하여 다음과 같이 소개하고 있더군요."

- 우리나라 역사를 연구하고 그 체계를 정립함에 필요한 각종 사료의 조사, 수집, 보존, 편찬과 이를 바탕으로 한 한국사의 연구, 편찬, 연수, 보급을 원활하게 하여, 한국사 연구의 심화와 체계적인 발전 및 국민의 역사 인식 고양에 기여함을 목적으로 한다.

씨벌.

"이 나라에 얼마나 많은 매국노들이 득실거리는지 신석호는 조선총독부 경력을 국사편찬위원회 재직 기간(1929년 4월 ~ 1945년 8월)에 포함하기도 했습니다. 매국노들 때려잡는 분위기였다면 이 사실을 적어 넣었을까요? 마음대로 해도 거스를 게 없었다는 겁니다. 아니, 그래야 인정받는 시절이었다는 겁니다. 나 이 정도로 일본에 충성했다. 이 새끼들아~."

신석호의 공식적인 경력은 1946년 3월 ~ 1949년 3월까지 대한민국 국사관 관장, 1949년 3월 ~ 1965년 1월까지 대한민국 국사편찬위원회 위원장까지다.

"이제 국민 여러분께 묻고 싶습니다. 어떻게 할까요? 이대로 일본이 만들어 준 역사책으로, 일본이 주입한 한계성으로 살고 싶으십니까? 아니면, 진짜 우리 뿌리가 무엇인지 찾아 제대로 된 뼈대를 세우시겠습니까? 전 이 일을 위해 사재 1조 원을 출현했습니다. 우리 역사를 바로잡기 위해서라면 더한 것도 내놓을 수 있습니다. 맞습니다. 사실 이 자리는 허락을 구하고자 마련한 게 아닙니다. 예고하려고 꾸민 겁니다.

진짜 나쁜 놈들. 민족의 정기를 흐리기 위해 불철주야 애쓰는 놈들에게 메시지를 전하려고요."

장대운이 카메라를 노려봤다.

"내 팔을 잘라야 할 거다. 내 다리를 뭉개야 할 거다. 나를 죽여야 할 거다. 너희가 살려면. 만일 나를 죽이지 못한다면 너희는 나 장대운이 무슨 짓까지 하는 수 있는지 똑똑히 보게 될 거다. 기대해도 좋다. 자, 이제부터 전쟁을 시작해 보자."

◇ ◆ ◇

【역사 관련 국책 기관들 압수 수색 후 수사관 전부 경악. 이들은 한국 역사를 위한 기관이 아니었다】

【일본으로부터 자금 지원까지 받아 온 역사 국책 기관들. 이들이 과연 누구를 위해 펜을 잡았던가?】

【한국 사학계에 사명감은 실종됐나? 수사할수록 드러나는 추악한 민낯들】

【지난 70여 년간 공부한 역사는 거짓이다! 일본의 사주를 받은 친일 매국노들의 조작이다】

【거짓된 역사로 비롯된 사회적 대혼란, 교육계까지 이어진 거대한 파장】

【점점 드러나는 진실. 국사편찬위원회가 주장해 온 사관엔 아무런 증거가 없었다. 실증이 없는 실증주의?】

【잃어버린 70년. 이 죄업을 대체 무슨 수로 갚아야 하나?】

【강아지와 일본인 출입 금지 상점 속출. 일본, 일본인 혐오의 단계에서 극혐으로 격상】

【앞으로 일본의 것과 일본인과는 절대 상종하지 않겠다. 일본 제품 불매 운동 본격 발발】

【재야 사학계 연일 성토. 강력한 처벌을 원한다. 반국가적이고 반민족적이며 망국적인 작태에 걸맞은 처벌을 하라!】

【서울대 사학과, 고려대 사학과 뿌리까지 뽑혀 역사의 뒤안길로. 서울대, 고려대 총동문회 대환영】

【정부, 역사 매국노들에 대한 신상 공개 결정. 네티즌들의 신상 털이 시작】

【정부, 역사 매국노들에게 수여된 모든 권리 박탈 결정. 상훈 취소, 공직 기록 삭제, 국립묘지 안장자 이장……】

【졸지에 학과가 사라진 학생들. 동일대학 인문대에 전과 처리】

【교육부. 단장의 결정. 2021년까지 전 학년 교육 커리큘럼에서 역사 과목 제외. 2022년 초등학교부터 순차 역사 교육 재개】

【역사 공백 우려. 교육부 曰, 향후 백 년을 위한 결정이다. 잘못된 것을 우리 아이들에게 가르칠 수 없다】

최소 몇 달을 우려먹을 대폭탄 이슈였다.

처음 주저하던 언론도 한둘이 빵빵 터트리자 경쟁적으로 덤비기 시작했고 그만큼 국민의 관심도도 커졌다.

그럴수록 일본에 대해 그나마 가지고 있던 온정만 사라져

갔다.

선량한 한국인마저 일본과 일본인에 대해 다시 생각해 보는 계기가 되었고.

"흠……."

이래서 힘이 중요했다.

그 TV 토론 자리에 장대운이라는 헌정사상 최강의 대통령이 자리하지 않고 재야 사학자 몇몇만으로 채웠다면 과연 이런 일이 벌어졌을까?

제아무리 옳은 일이라도 국사편찬위원회를 필두로 한 강단 사학의 세력에 밀려 또 그들에 동조하는 언론에 휩쓸려 어떤 몸짓 하나 남기지 못하고 사라졌을 것이다.

"후우……."

"기분 괜찮으십니까?"

도종현이 차를 내왔다.

"아, 예, 괜찮습니다."

"참고로 우리 역사 바로 세우기 프로젝트는 순조롭게 진행되고 있습니다."

씨익 웃는다.

"반가운 소식이네요. 도 비서실장님이 잘 들여 봐 주세요. 제대로 하지 않으면 용두사미가 될 겁니다."

"걱정 마십시오. 대통령님이 이렇게나 해 주셨는데 보여 주지 않으면 그들도 사학자라 불릴 자격이 없겠죠. 믿어 보십시오."

"그래요. 그럼 일단은 이 건은 이거로 끝내죠."

"옙."

기분 좋은 도종현에 장대운은 작게 미소 지었다.

"다음 안건은 뭔가요?"

"미국입니다."

"미국이요?"

미국이 왜?

"백악관에서 방미 안 하냐 문의가 왔습니다."

아아~ 인사 안 오냐고?

새로운 미국 대통령이 탄생했는데?

"하긴 내가 대통령 된 이후로 한 번도 해외 순방을 한 적이 없네요."

"어쩔까요?"

"문득 이런 마음도 드는데요. 대한민국 최초의 해외 순방 없는 대통령. 어때요?"

"별스러운 것에 마음을 두십니다."

"왜요? 좋잖아요."

"……그럼 바이른 더러 오라 할까요?"

"뭘 또 그렇게까지 할 일이라고요. 연락이나 보내세요. 이제 이걸 발표할 거라고."

장대운이 문서를 하나 건네줬다.

도종현은 무심코 받다가 제목에 '지소미아(GSOMIA) 종료 후 나타날 미국과 일본의 대응'이라고 적혀 있는 걸 봤다.

'으응? 지소미아 종료?'

작성자가 김문호였다.

더구나 프린트 물이 아니었다. 손 글씨.

쭈욱 읽어 보니 지소미아의 허와 실이 미국과 일본의 관점에서 작성돼 있었다.

더구나 끝엔 지소미아 종료를 무기로 한국이 할 수 있는 것들에 대해서도 나열돼 있었다.

"이건……!"

"만일이에요. 아주 만일에 대한 건."

"아……예."

"문호가 기특하게도 한미일의 관계를 단번에 뒤집을 묘수를 마련해 왔네요. 현시점, 나는 문호의 생각이 옳다 보고요."

"정말…… 이런 일이 벌어질 거라 보십니까?"

도종현의 음성이 떨렸다.

"안 벌어질 이유도 없잖아요."

"……."

"일본으로선 계기가 필요해요. 우린 잊으면 곤란해요. 일본이 세계 최고의 경제 대국이 된 이면에 한반도에 대한 수탈이 있었음을요. 문호 말대로 저들은 어떻게든 일을 벌일 겁니다."

"허어……."

"머지않아 일본은 우리 한국을 억제하려 마련했던 장치들이 전부 소용없게 됐고 또 그것으로 인해 우리의 기술력이 세상에 드러날 기회가 됐다는 사실을 깨닫게 될 거예요. 자신했던 반도체 소부장재부터 정밀 기계 산업에 금융까지 전부 그

들 손에서 벗어났다는 사실을 말이죠. 앞으로 무슨 일이 벌어
질까요?"

"······."

"원래 나는 지소미아 종료를 선언하려 했습니다. 문호는
지소미아 종료를 반대했고요. 그리고 날 설득해 냈죠. 언젠
가 지소미아가 명분이 되어 한국에 날개를 달아 줄 날이 올
거라고요. 내가 놓쳤던 걸 문호가 보고 있었어요. 진짜 중요
한 게 뭔지······ 나에게 알려 준 거죠. 지금 식민 사관 때려잡
기에 열중할 때가 아니라고요."

"대통령님······."

"두려워 마세요. 흐름은 이제 우리 한국을 가만히 있겠단
들 놔두지 않는 영역으로 가고 있어요. 그래서 우리는 오늘을
더욱더 충실하게 살아 내야 합니다."

결정했으니 따라라.

도종현도 바로 알아들었다.

"······알겠습니다. 그렇게까지 말씀하신다면 저도 최선을
다하겠습니다."

"고마워요. 이해해 줘서."

다음 날, 아침부터 미국 대사가 찾아왔다.

만날 수 있냐고? 오케이.

비교적 젊고 유망한 남자가 들어왔다.

이름이 로어 진이라 했다. 도람프 패배 후 마크 내리가 사임한 이래 임시로 주한 미국 대사직을 수행하는 남자.

"어서 오시오."

"안녕하십니꺼. 대통령님."

첫마디부터 부산 사투리였다. 부산 영사관에서 첫 근무를 시작했다더니.

"무슨 일로 오셨나요?"

"몇 가지가 여쭐 게 있는데예. 해도 되겠습니꺼?"

"하세요."

"먼저 방미 일정이 어떻게 되는지 궁금해서 왔심더."

금발 외국인의 사투리를 듣고 있노라니 어째서인지 조형만이 보고 싶어졌다.

잘 있나? 국토교통부 애들 입에서 곡소리가 나고 있다던데.

금일봉이라도 들고 가야 하는 건 아닌지.

너무 안 보면 삐칠 텐데.

"으흠, 아직 구체적인 일정은 없네요. 아시다시피 나라에 연일 사건·사고가 많아서."

"그렇지예. 고생 참 많으십니더. 그라믄 당분간 몬 간다고 할까예?"

"그게 좋겠네요. 하루 이틀에 끝날 일이 아닌 것 같네요."

"이를 말입니꺼. 하여튼 섬나라 새끼…… 앗, 죄송합니더."

한국 사람 기분 좋게 만들 줄도 안다.

무엇보다 태도가 공손한 게 마음에 들었다. 미국인 특유의 잘난 척이 없어서.

　"아닙니다. 요새 고역인 건 맞죠. 일전에 30억 달러나 줬는데도 이렇게 뒤통수를 치다니. 역시 믿을 만한 인격들은 아닌 것 같네요."

　"30억 달러믄 일전에 받은 중국 배상금 말이지예?"

　"예."

　"지도 좀 의외이긴 했심더. 일본에는 십 원 한 장도 안 줄줄 알았거든예."

　"안 주고 싶었죠."

　"그래도 줘야 했다는 거지예. 일했으니까."

　"맞아요."

　씁쓸한 척 장대운이 차를 한 모금 하자.

　로어 진은 똑같이 따라 차를 들었다. 그러곤.

　"그라믄 이번에 지소미아 종료한다는 것도 그에 일환입니꺼?"

　훅. 들어온다.

　"사실 왜 하는지 모르겠더라고요."

　담백하게 답해 줬다.

　"그렇군요. 그라믄 발표는 언제 하실 끼라예?"

　담백하게 받는다.

　"논의 중이에요. 아직 논의 중인 일을 잘 아시네요."

　청와대에 쁘락지 심었나?

　"아입니더. 지는 대통령께서 오히려 저를 불렀다 생각했는데예."

일부러 흘린 거 아니냐?

"재밌네요. 로어 진 임시 대사께서는 본분에 충실하신 분 같아요."

어떻게 알았냐?

"임시긴 해도 맡은 바 책무는 다할 생각입니더."

당신의 집권 후 청와대가 세계 최고의 핫플레이스가 된 걸 모르냐?

"그럼요. 각자 자기 할 일에 충실하면 좋은 거죠."

나는 그런 거에 관심 없다. 얼른 가서 보고나 해라.

"불러 주셔서 감사합니더. 아침부터 달려온 보람이 있네예."

로어 진은 공손하지만, 조곤조곤 자기 할 말은 다 하는 스타일이었다. 부드러운 카리스마라고나 할까?

새로운 맛인 만큼 신선하게 다가왔다. 내 주위는 어째 거친 놈들밖에 없어서.

이후로도 몇 가지를 더 물어본 로어 진은 돌아갔고 백악관의 반응은 생각보다 빨랐다.

저녁 식사를 마치고 좀 쉬려는데.

미국과의 직통 핫라인이 연결됐다.

"여보세요?"

[바이른입니다. 장대운 대통령님.]

"반갑습니다. 미스터 프레지던트. 다시 한번 백악관의 주인이 되신 걸 축하드립니다."

[하하하하하, 감사합니다. 참으로 고난의 행군이었지요. 덕분에 마지막 정치 인생은 백악관에서 태울 수 있게 됐습니다.]

"정정하신데요. 뭘. 명철하시고 노련하시고 충분히 미국을 다른 차원으로 이끌어 가실 걸 믿어 의심치 않습니다."

[장대운 대통령님의 칭찬을 들으니 더 힘이 솟는 것 같습니다. 하하하하하하.]

약 5분 정도 서로의 의도를 감춘 채 띄워 주는 시간을 가졌다.

본격적인 대화 전 몸풀기처럼.

그리고 첫마디부터 바이른은 섭섭하다고 했다. 나의 방미 일정이 없다는 게. 만나면 할 말이 참 많은데 그러지 말고 일정을 잡아 주는 게 어떻겠냐고.

나의 대답은 같았다.

바빠서 힘들다고. 그저 좋은 날이 오면 가겠다고. 미국 명예 시민으로서 벌써 몇 년째 미국 땅을 못 밟아 본 건지 이젠 그립기까지 하다고. 뉴욕 스테이크의 맛을 잊어버릴 것 같다고.

[그렇군요. 그렇군요. 참으로 아쉽습니다. 그런데 오늘 주한 미국 대사로부터 이상한 보고를 받았습니다. 한국이 지소미아를 종료하시겠다고요?]

"예, 그 얘기군요. 맞아요. 우리로선 그다지 달갑지 않은 일이라서요."

[재고해 주실 순 없겠습니까?]

"왜 그러시죠?"

[동아시아의 안보와 직결된 문제라 좀 난해합니다.]

"으으음, 지소미아 파기가 동아시아의 안보와 직결된다라…… 글쎄요. 일본이 이 모양으로 나오는데 한국이 굳이 엮일 이유가 있겠습니까?"

[일본과 한국의 분쟁은 저도 익히 알고 있는 문제이나 그로 인해 동아시아의 평화가 깨져선 곤란하지 않겠습니까?]

은근히 으르렁댄다.

이 한마디로 장대운은 바이른이 가진 한국에 대한 인식이 어떤 수준인지 대번에 진단이 끝났다.

이 자식은 한국을 똥으로도 안 본다는 것이다.

이미 알고 있었지만. 직접 확인하니 더 기가 찼다.

'쳇, 동맹국의 대통령이 동맹국을 짓밟으려네.'

일본이 마음 놓고 한국의 경제 제재에 돌입할 수 있었던 이유도 여기에 있었다.

엉킨 실타래처럼 복잡한 동아시아의 역학 구조에서 일본은 본래 제 마음대로 난동 부릴 수 없는 입장이었다.

중심부에서 조금은 비껴난 나라.

즉 미국의 암묵적인 동의가 없었다면…… 일본의 발전도, 한국에 대한 경제 제재도 없었다는 것이다.

묻고 싶었다. 일본이나 한국이나 사정은 비슷할 텐데. 동아시아의 평화를 언급하며 일본의 행태만 가만히 놔두는 이유는 뭡니까?

'사실상 답은 필요 없겠지.'

미국이 한국 길들이기에 들어간 것이니까.

'이놈이나 저놈이나 왜 이렇게 건드는 건지.'

한일 군사 정보 보호 협정(GSOMIA. General security of military information agreement).

지소미아.

지소미아란 본디 두 나라가 군사 기밀을 공유할 수 있도록 맺는 협정을 말한다. 국가 간 비밀 군사 정보를 제공할 때 제 3국으로 유출을 방지하기 위한 협정이기도 하고.

그리고 지소미아는 한국과 일본과 체결한 유일한 군사 협 정이었다.

'지난 2016년 한일 지소미아가 발동됐다.'

박진주 정부가 북한의 병력 이동과 사회 동향, 북 핵·미사 일 관련 정보 등을 일본과 공유하기 위해 체결했다며 발표했 는데.

한국은 탈북자나 북·중 접경 지역의 인적 네트워크, 군사 분계선 일대에서 수집한 대북 정보를 일본과 공유하고 일본 은 주로 북한의 중·장거리 미사일 실험이나 핵에 관한 기술 제 원 분석 자료를 한국에 제공하는 것으로 하고 손을 잡았다고.

이때 언론은 일본이 위성 5기, 이지스함 6척, 지상 레이더 4기, 조기 경보기 17대, P-3와 P-1 등 해상 초계기 110여 대 등의 다양한 정보 자산을 통해 수집한 북한 핵·미사일 관련 정보를 한국과 공유할 것으로 전했다.

박진주 이전 정부 때도 지소미아와 관련하여 이슈가 있긴 있었다.

2012년 체결 직전까지 갔지만, 일본과의 군사 협력에 대한 한국 내 반대 정서가 상당하여 강한 반발에 부딪혔는데.

국정 농단 정부는 국내 정서건 뭐건 아랑곳없이 실행시켰고 한민당 총선 대패의 단초를 제공하게 된다.

"말씀이 좀 이상하네요. 일본이 한국에 저지르는 짓이 동아시아 평화와 별개라는 건가요?"

[······그 말씀이 아닙니다.]

"그 말이었는데요. 너희가 싸우든 말든 동아시아 평화는 깨지 마라. 아닌가요? 이게 대체 무슨 뜻이죠? 바이른 대통령님은 이걸 설명하실 수 있습니까?"

[······.]

자기가 생각해도 말이 안 되는지 입을 다문다.

그래, 내 심정도 그렇다.

어찌 당선되는 미국 대통령마다 한국만 피곤하게 구는 건지.

"이거 무척 섭섭합니다. 한국과 미국은 혈맹인 줄 알았는데. 바이른 대통령께서는 다른 생각을 가지셨나 보네요."

[허허허, 그럴 리가요. 미국과 한국은 영원한 혈맹입니다.]

"일본과는요?"

[예?]

"일본과도 혈맹인가요?"

[······.]

"대답을 못 하시는 걸 보니 바이른 대통령께서는 진주만 공습을 잊으셨나 보네요. 아직 미국에는 피해자와 그 가족들

81

이 살아 있습니다."

[……]

"부임하자마자 혈맹의 뒤통수부터 거하게 치시고 일본의 군국화를 지지하시겠다라…… 바이른 대통령님?"

[……말씀하십시오.]

"내가 우스워 보이십니까?"

[무슨 말씀이십니까?]

"이 장대운이 우스워 보이냐는 겁니다. 뒤에서 장난질 칠 만큼. 나를 겪어 보지도 않으셔 놓고 너무 자신만만하신데요."

[……]

"다시 말하지만 나 장대운입니다. 당신이 도람프를 제치고 대통령이 될 수 있었던 게 당신과 민주당만의 힘으로 본다면 이거 실망이 큽니다."

[……]

"포지션부터 재정립하시죠. 간 보지 마시고요. 당신 앞에 있는 인간이 누군지. 그 인간이 어떤 짓까지 할 수 있는지 숙고하시기 바랍니다. 부디. 그럼 전화 끊습니다."

미국의 입장이 뭐든 장대운은 다음 날로 모든 한국 방송에다 지소미아 종료를 언급하라 명령했다.

겉으론 한일 군사 정보 보호 협정이지만 한미일 군사 정보 보호 협정이 곧 깨질 거라고.

한국 내 여론은 대체로 수긍하는 분위기였다.

그다지 영향받지 않은 느낌.

안 그래도 역사 왜곡 때려잡기에 돌입한 이래 그 추악한 그 민낯이 드러난 일본인데다 경제 제재에 대한 인식도 일본을 중국보다 더한 최악의 나라로 떨어뜨렸다.

이럴 때 군사 협정 유지라니.

누가 봐도 납득할 수 없는 일이었다.

물론 나름대로 우려는 있었다.

지소미아가 종료되면 우리가 받는 북한 정보는 어떻게 되나?

바로 끊기는 게 아닌가? 그럼 북한에 대한 대책은 있는가?

정보를 감춘 채 국민을 호도하려는 세력은…… 사실 보면서도 이게 호도인지는 잘 구분이 안 갔다. 자기 입장에 따라 여러 가지 의견이 나올 수 있는 법이니.

그러나 잊어선 안 될 게 있었다.

지소미아는 2016년에 체결됐다. 이전에는 없었다.

【지소미아 전에도 한국은 북한의 핵실험, 미사일 발사 정보를 알고 있었다!】

【지소미아 전, 우리 한국은 북한 미사일이 어디에 떨어졌는지, 핵실험이 어느 정도인지 전혀 몰랐나?】

【일본은 한반도를 보는데, 한국은 일본을 못 본다? 이게 무슨 일인지……】

【불평등한 협정. 일본이 한반도를 볼 수 있다면 한국도 일본을 보는 게 당연하다】

【지소미아, 한시바삐 폐기해야 할 협정. 국정 농단의 폐해

가 2019년까지 영향을 미치다】

　【지소미아, 유지해야 할 이유가 없다. 일방적인 주장만 하는 일본. 미국은 어째서 가만히 있나?】

　【격하게 반발하는 일본. 계약을 어긴 것도 아니고 종료 시점이 와 종료하는 건데 일본은 국제 깡패인가?】

　【미국과의 공유만으로 북한 내 정보 획득이 가능하다. 한일 지소미아가 필요한 이유가 더 있나?】

　【한미 동맹만으로 충분하던 정보 교류에 굳이 일본을 끼워 넣을 이유가 있나?】

　북한에 무슨 일이 생기면 우리도 우리지만 미국도 상호 보호 조약에 따라 그 정보를 우리에게 제공하게 돼 있었다.

　이미 아주 오래전부터 두 나라가 해 오던 방식.

　여기에 지소미아가 끼었다. 일본이.

　일본이 나름대로 취득한 정보가 미국을 거치지 않고 한국이 바로 받는다는 얘긴데…… 한결 빠르게 말이다.

　취지 자체는 참 좋다.

　그런데 그 정보가 제대로 된 정보일까?

　만일 왜곡된 거라면?

　결정적일 때 왜곡된 정보가 들어온다면?

　현재로써도 별 쓸데없는…… 넘겨주는 건 어차피 미국으로부터 들어올 2급 정보뿐. 1급은 협정 자체로 넘겨줄 의무가 없다.

이럴 바엔 전통적인 방식으로 미국에서 정보를 받으면 끝날 일 아닌가?

【충격! 일본 함대, 동해상에서 광개토대왕함 위협】

【독도 인근까지 진출한 일본 함대 견제를 위해 출동한 광개토대왕함에 표적 지정! 일본은 전쟁을 원하나?】

【황당무계한 일본 답변. 북한 함정인 줄 알았다】

【지소미아 연장을 요구하는 일본. 종료하려는 한국. 그사이에 선 미국은?】

【청와대 관계자 曰, 바이른 대통령이 한일 분쟁과 관계없이 지소미아 연장을 압박했다 함】

【한국에만 탓을 돌리는 미국. 미국과 일본은 언제부터 밀월 관계였나?】

【미국은 일본 편? 지소미아 종료를 앞둔 우리 정부의 선택은?】

참 재밌었다.

한쪽이 들쑤시고 난리가 났는데도 일본이라는 나라는 이렇듯 방심할 수 없는 재미를 선사한다.

세상에 우리 광개토대왕함에 표적 설정을 하다니.

숫제 싸우자는 게 아닌가?

"……."

예전, 러시아 폭격기가 일본 영공을 보란 듯이 순회할 때를 기억하나?

이때 일본은 아무런 조치도 하지 못했다. 언론에서나 왈왈 짖어 댔지.

그렇다면 우리한테는 왜 지랄일까?

맞다. 저 섬나라 놈들은 아직도 우리 한국을 자기들 발톱의 때만큼도 여기지 않는다는 뜻이다.

Chapter. 59

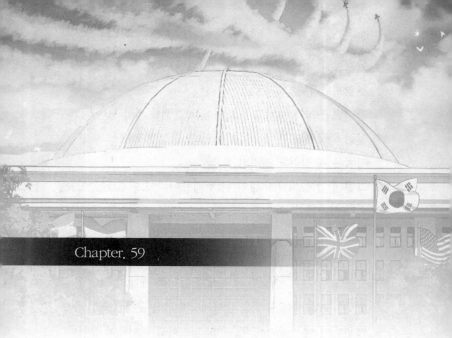

【일본 또다시 한국 함정을 공격?】

【표류 중 북한 조난 선박 구조하기 위해 나선 한국 함정 머리 위로 날아든 일본 초계기의 위협】

【구조 선박마저 위협하는 일본의 저의는?】

【앞으로는 지소미아 연장을 요구하며 뒤로는 군사적 위협? 이것이 대체 무슨 일인고?】

【일본의 이상한 위협에 대응한 대한민국 외교부, 정식 항의 문서 제출】

【일본은 대체 무엇을 꿈꾸고 있나? 지소미아에 대해 살펴본다】

이해할 수 없는 행동들의 연속이었다.

무력시위라니.

저러면 우리가 겁먹고 지소미아를 연장할 거라 보나?

앞선 중국과의 분쟁에서 배운 것은 진정 없었나?

미국은 왜 저리도 지켜만 볼까?

그런데 얼마 지나지 않아 한국 커뮤니티에 이런 글들이 올라오기 시작했다.

→ 지소미아 폐기는 빨갱이 짓입니다. 지소미아 협정은 반드시 필요합니다. 한일 간의 문제가 아니라 세계의 적인 중국을 둔 이 시점, 한미 동맹을 강화하고 일본을 우방국으로 둠으로써 한미일 세 나라가 중국, 북한, 러시아를 견제해야 합니다.

→ 정부의 행태가 도무지 이해가 안 갑니다. 경제 문제가 어째서 국방 문제로까지 이어지는지. 일본의 인공위성 기술이 우리나라보다 압도적인 데다가 군사 정보를 무조건적으로 교환하는 것도 아닌데 왜 난리인지 모르겠네요. ㅋㅋㅋ 굳이 안 주고 싶으면 안 줘도 상관없는 거 아님? 우리가 되려 북한 정보를 얻기 위해 맺은 거지.

→ 막말로 북한이 남한 쳐들어온다고 일본이 무슨 이득이 있나요? 소위 우리가 흔히 착각하는 것 중 하나가 바로 이건데. 북한이 우리를 위협한다고 해서 다른 나라도 공격할지도 모른다는 것 아니에요? 근데 말이죠. 북한은 우리 외엔 공격할 나라가 없어요 ㅋㅋㅋ.

→ 원래 하나였던 한반도라 어느 한쪽이 되찾을 순 있는데 남의 걸 빼앗는 건 세계가 견제해야 할 문제로 발전하는 거 아님? 핵전쟁 시대인데 어느 쪽이든 잘못했다간 복구 불가능한 피해를 입을 텐데 이 시점에 지소미아 종료가 맞는 거임?

→ 지소미아 협정 이전에는 한일 군사 보호 협정이 없었기 때문에 북한의 군사적 동향, 무력 도발 시 한일 양국의 대북 정보를 미국 CIA에게 전달했고 CIA가 그 군사 정보를 다시 분석해 한일 양국에게 전달하는 방식이었다. 뭘 알고 종료한다고 떠들어라.

→ 실제로 미국도 동아시아 정보는 일본에 꽤 의존하고 있고 한국의 정보 자산보다 일본 정보가 훨씬 방대합니다. 이걸 안 뽑아 먹고 있는 정부가 개병신인 거죠. 미국에서 받아 온 정보 상당수가 일본 출처인데 거치는 시간 줄이라고 미국이 일본이랑 다리 놔 준 거잖아요.

→ 일본은 한반도를 20분에 1번씩 위성 촬영이 가능함. 미국은 최대 15cm, 일본은 최대 30cm 해상도 촬영 가능. 일본은 군사 위성이 8개인데 참고로 미국보다 북한을 더 자주 봄. 그런데 한국은 지금 55cm 해상도…… 그마저도 1개뿐임. 그것도 군사 위성이 아닌 다목적 위성임. 그래서 북한의 발사체 발사 조짐도 모르고 있음. 그리고 일본은 북한과 러시아 일부까지 통신 감청이 가능함.

→ KAL기 테러 사건도 일본이 통신 감청한 걸 공개해서 진실을 밝힘. 탄도 미사일 추적 가능한 정찰기도 20대 가량 있

다고 함.

→ 한국은 북한의 미사일 아니 북한의 발사체도 어디에 있는지도 모름. 발사지도 모르고 얼마나 날아갔는지도 모름. 반면, 일본은 미국과 같이 탄도탄 요격을 하는 지휘소도 있음. 미국이 같이 하자는 걸 지금 한국 정부가 거절함.

→ 일방적으로 한국 정보를 일본이 빼 간 것처럼 말하지만 실제로는 일본 정보를 안 뽑아 먹은 한국이 바보인 거야. 1급 기밀 말고는 다 요청 및 공유할 수 있다면 다 뽑아 먹어야 하는 걸 멍청하게 있다가 이 꼴이 난 거지.

→ 잘 들어라. 팩트만 말한다. ㅋㅋㅋ.

ㄱ. 한국은 사실상 정찰 정보 자산이 없다.

ㄴ. 동북, 동남아, 심지어 동유럽까지 정찰 정보 자산을 미국도 일본한테 의존하고 있다.

ㄷ. 기존에는 일본->미국->한국 이렇게 정보가 넘어왔다 (소요시간 30~60분).

ㄹ. 이걸 지소미아로 일본->한국으로 바로 공유할 수 있게 만든 거다.

ㅇ. 이걸 폐기한다? 사실상 우리는 눈뜬장님이 되는 거다 (일본이 미국한테 정찰 정보를 넘겨줄 때 한국에는 정보 공유 거부해 버리면 우린 알고 싶어도 알 수가 없는 상황이 벌어지는 거임).

알기나 아냐? 등신들아.

"후우……."

한숨이 나온다.

이 답답한 인간들을 어찌해야 할까?

이도 어디에서 돈푼이나 받고 써 주는 건지.

국제 역학이나 국격, 역사, 이런 건 전혀 접해 보지도 못한 글들의 난립이다.

어설프게 알아서였다. 아님, 진영의 논리던가. 젠장.

"대체 누가 우방 국가라는 거야?!"

저 일본이? 일제강점기 이래 수많은 한반도의 역사에 끼어들어 빨대 꽂고 농락한 놈들이 친구라고?

정말로? 리얼리? 혼또니? 이건 아니고 레알?

우방 국가란 말 그대로 어려울 때 도와주는 국가를 말한다. 진짜 친구 말이다. 한국전쟁 때 참전해 우릴 살린 국가들처럼.

적성 국가는 어떻게든 우릴 망하게 하거나 먹어 버리려는 국가다.

북한, 중국, 일본???

러시아는 그 길에서 점점 **빠져나오려는데** 미국은 동맹이면서 어째서 자꾸 그 길만 고수하는 중?

이 마당에 일본에 의지하라고?

어떻게 하면 우리 한국을 날로 먹으려고 안달 나 있는 놈들에게 대문을 더 열어 주자고?

일본 어느 정치인이 이런 말을 한 적이 있었다.

- 만일 한반도에 전쟁이 발발한다면 피난민으로 올 한국인들은 입국 즉시 총으로 쏴 죽여야 한다.

일본의 잘난 어느 정당 이름도 '독도 탈환'이란다.
이런 나라를 믿자고? 이런 나라에 빗장을 열어 주자고?
머리에 총 맞았나?
성질 같으면 확 뒤집고 싶은데.
이런 주둥이들이라도 놔두라는 게 민주주의라 참는다. 부디 민주주의 국가에서 자리 잡고 사는 걸 감사히 여기길.
아닌가? 일제강점기 시절이라면 벌써 매국노가 됐을 놈들이니 알아서 잘 살 텐가? 같은 민족 때려잡으며?
"다행히 반론은 있네."

→ 무슨 판단인지 모르겠는데 미국이 일본과 손잡으라고 다리를 놔 준 건 어디까지나 미국이 원하는 총체적 정보를 얻기 위한 목적이다. 한미일간 정보 취합해 주한 미군+협정 정보로 알래스카에서보다 더 빨리 캐치하기 위한 거죠. ㅋㅋㅋ. 그럼 우린 이 와중에라도 얻는 게 있어야 하는데 미사일이 초속 7km로 떨어지고 있어요. 일본이 한반도 한참 지난 곳에서 위성으로 보고 전화해서 얘들아, 미사일 떨어진다고 알려 주는 게 대체 뭔 이득?
→ ㅋㅋㅋㅋㅋ. 이해 안 가죠. 더 이해가 안 가는 건 우리한테 그렇게 급하고 중요한 거면 왜 일본이 먼저 맺자고 난리를

부릴까요? ㅋㅋㅋㅋㅋㅋ, 미국이 왜 2016년 11월 국정 농단, THAAD 때문에 한참 나라 어지러울 때 손잡으라고 압박했을까요? 지소미아는요. 사실상 교류도 중단되고 종이쪼가리만 남은 협정입니다. 알고들 말합시다.

→ 일본 애들이 구글 돌려 댓글 쓴 것 같네요.

지소미아는 지금까지 없어도 아무 문제없었다.

ICBM(대륙 간 탄도 미사일)은 일본과 미국에 위협되지 우리나라는 문제없다. 남북한은 미사일보다는 방사정포 같은 거로 더 타격을 입기 때문이다.

→ 이분들 군대는 댕겨오셨는지?? ㅋㅋㅋㅋㅋ 안보 교육이라곤 1도 못 받으신 건가?? ㅋㅋㅋㅋ. 쉽게 설명드리죠……. 대륙 간 탄도 미사일을 비롯한 장거리 미사일을 북한이 왜 자꾸 개발하려고 할까요?? 남침을 하려 해도 미국을 비롯한 지원 국가들이 겁나 많기 때문이겠죠?? 근데 미국이란 나라는 자국민 보호주의가 최우선인 나라입니다. 김정운이 바이른한테 '너네 지금부터 우리 싸움에 개입하면 너네 나라 국민들 있는 하와이나 본토에다가 핵미사일 떨어뜨린다??' 그럼. 바이른이 '어, 쏴~~' 그럴까요?? 자국민들의 본인 지지도도 생각해야 하는데??

군대를 가든~ 예비군을 가든~ 민방위를 가든~ 한 번쯤은 들을 수 있는 내용입니다^^;;

지소미아 파기 문제는…… 어차피 신중하게 고려해서 결정들 하시겠지만 제 개인적인 생각으로는 경제 분야와 국가 안보 분야를 감정적인 이유로 연결 짓지 않았으면 좋겠습니다만…… 다른 경제 분야의 히든카드를 찾아서 꼭 간노 색기가 땅을 치고 후회했으면 하는 바람은 있습니다.^^;;

→ 아주 간단합니다, 한일 정보 군사 협정을 지소미아라고 하는데 이게 박진주 정부 때 체결된 협정이라는 겁니다. 박진주가 꼭두각시라는 거 알고 계시죠?? 지금 일본은 한국 군사 기밀 정보 마음껏 들여다보지만, 한국은 일본 꺼 못 보고 공유도 못 받습니다, 완전 불공정한 체결입니다, 파기해야 합니다!!

"……."

읽다 말았다. 입맛만 쓰다.

반론이라고 제기했는데…… 그다지 반론스럽지 않고 수준도…….

TV를 켰다. 한창 지소미아에 대해 토론 중이다.

≪……미국은 일본을 필두로 중국과 러시아 견제 방어선을 치려는 겁니다. 문제는 최전방인 우리나라가 일본군을 통솔하는 게 아니라 일본에 군 통솔권을 주고 우리나라를 일본의 명령에 움직이게 하려는 것이 최종 목표라는 데 있습니다.≫

≪말도 안 되는 억측입니다. 지금까지 나온 자료 어느 것에도 그런 언급이 없습니다. 괜히 상상력만 키워 국가적 사업을 방해하는 게 더 망국적 선택이 아닐까요?≫

≪외교에는 외교적 수사라는 게 있습니다. 어느 나라의 외교관도 직접적인 단어로써 품고 있는 계획을 드러내는 짓은

안 합니다. 선후 관계에 대한 맥락으로 해석해야 한다는 거죠. 저는 일본에 있는 군사 무기를 우리가 만들 수 있고 군 통솔권까지 우리가 쥘 수 있다면 지소미아를 유지해도 되겠지만 그게 선행되지 않는다면 이도 또한 다른 차원의 침략이 될 거라 믿습니다. 절대 반대입니다. ≫

이건 좀 그나마 수준이 나았다. 일본이 그토록 지소미아에 예민하게 굴며 지속하라 압박하는 이유라도 나오니.

맞다. 그중 하나가 바로 군 통솔권에 대한 권리였다.

미국과 일본의 밀월.

이대로라면 전쟁 발발 시 우린 일본의 명령을 따라야 할지도 모른다.

"물론 내가 따라 줄지는 미지수지만. 다른 대통령은 어떻게 할지 모르지. 그리고 또 하나, 지소미아에 숨겨진 일본의 얄팍한 수도 치워야겠지."

만일 일본이 수출 규제를 해제해 지소미아를 제 체결하더라도 군 통솔권과 함께 이건 손봐야 한다.

- 협정 보호 대상인 일본에 있는 무기를 한국은 개발하지 못한다.

독소 조항이었다.

박진주 정부는 이런 걸 협정이라고 맺은 것이다.

게다가 이 시점, 우린 지소미아 종료가 갖는 의미를 아직 제대로 보지 못하고 있었다.

진짜 중요한 게 무엇인지.

"지소미아는 한일 '군사 정보'를 공유하는 거다. 이걸 파기하겠다는 건 한일 관계를 깨트려 중국과 미국의 대결 구도를 만듦과 동시에 일본의 헌법 개정안으로써 한창 이슈인 보통국가화 만들기 즉, 정상적인 군대를 가질 수 있다는 개념을 전면적으로 부정하겠다는 뜻이다."

조금 더 쉽게 설명하자면, 협약, 조약 등을 비롯해 국가 간 맺는 협의의 모든 것들은 단어 하나하나에 의미가 다 달랐다. 법이랑 비슷하다고 보면 된다.

단어가 달라지면, 의미와 범위도 전부 바뀐다.

"우리 헌법이 '대한민국은 민주공화국이다'에서 '대한민국은 민주국가이다'로 바뀌는 순간 대한민국의 성격이 달라지는 것처럼. 이 사실을 아는 게 중요하지."

민주 국가와 공화국의 주요 차이점을 볼까?

1. 민주 국가는 국민에 의해 만들어지는 정치 체제로 정의된다. 공화국은 대통령으로 알려진 국가 원수를 대표로 하는 민주주의 국가이다.

2. 민주 국가에서는 대다수 사람들(다수결)의 지배가 지배적인 반면에 공화국의 경우 법의 지배가 우선한다.

3. 민주 국가에서 소수파 인권은 대다수가 우선한다. 공화

국은 소수 집단 또는 개인의 권리를 보호한다.

4. 민주 국가에서는 권력이 인구에 달렸지만, 공화국의 경우 권력은 국민의 이익을 보호하기 위해 만들어진 법의 지배권 아래에 있다.

이처럼 단어, 문구 하나가 무척 중요했다.

일본이 우리 한국과 정보 공유 협정을 맺으며 한일 안보 정보라던가, 국방 정보 등등의 단어가 아닌 '군사 정보'를 쓰고 이 '군사 정보'라 명명한 협정서에 한국이 도장 찍은 건 이런 의미였다.

- 암묵적으로 일본의 군대를 인정하겠다.

우리 한국이 저 일본에 군대를 가져도 된다고 허락한 것이다.

일본 너희를, 군대를 가져도 되는 국가로 인정하겠다. 박진주 정부가 과거를 되풀이해도 좋다고 승인한 것이나 마찬가지였다.

"웃기는 얘기지."

실제로 체결 당시 논란이 있긴 있었다. 언론에선 그리 크게 다루지 않았는데 아는 사람은 다 안다. 일본 자위대의 현전력이 침략 전쟁이 가능할 정도란 걸.

국정 농단의 이상한 인간들이 끼어들어 '저 일본에 우리 한국을 침략해도 좋다'라고 도장을 콱 찍어 버렸는데도 우린 여태 아무도 이 일을 언급하지 않았다.

정말 아무도 몰랐을까?

"……."

고로 이 시점 한국이 지소미아 파기 운운하는 건.

세계에 일본의 군대 보유를 부인하겠다는 제스처나 마찬가지였다.

- 일본 너네가 군대를 보유하겠다고 개수작을 벌이는데 이런 식이면 재미없어. 우린 너희가 군대 가지는 걸 용납하지 않을 거야.

한국이 뭐 아프리카의 보이지도 않는 국가도 아니고 엄연히 세계에서 인정받는…… UNSD(유엔 통계국)에서 선진국으로 격상시키자 해도 아직은 멀었다고 사양하는 개도중 중에서도 1티어급 국가였다.

이런 국가가 주변국으로서 작심하고 일본의 군대 보유를 반대한다면 간노는 헌법 개정에 큰 난항을 겪게 될 게 뻔했고 그런 차니까 저리도 조급하게 광개토대왕함을 위협하는 등 군사적 긴장감을 일으키는 거겠지.

"나는 그걸 노렸는데 말이야. 문호는 달랐어."

가차 없이 지소미아를 종료하려 했다.

하지만 김문호는 종료하지 말란다.

우리의 대계를 위해서라도.

"그리고 난 설득당했지."

◇ ◆ ◇

오성그룹 회장실.

"……그래서 인수는 어렵네. 그놈들이 글쎄 80조를 불렀어. 아무리 유망한 회사긴 하나 그거 하나 사자고 그만한 자금을 쓸 수는 없네."

"하긴 오성의 자금력으로는 어렵긴 하죠. 80조 원이라면."

"크음……."

쿡 찌르는 발언에 기분이 상했다는 듯 오성 회장이 헛기침을 하나 김문호는 눈썹 하나 반응하지 않았다.

오성이 안 된다면 다른 방법을 찾으면 그뿐.

대안은 있었다. 오필승 그룹.

오필승 그룹으로 향하려는 김문호를 잡은 건 의외로 오성 회장이었다.

"대신 좋은 게 손에 들어왔네."

"예?"

"펠리클이라고 아나?"

"펠리클이라면…… 포토마스크에 먼지가 묻지 않도록 보호하는 얇은 필름을 말하는 거 아닌가요?"

이 정도는 안다.

"맞네. 사람이 미세먼지 피하려고 마스크를 쓰듯 반도체에도 먼지는 큰 난관이지."

"……?"

"이번에 EUV 펠리클이 개발됐다네."

"EUV 펠리클요?"

EUV. Extreme Ultraviolet. 극자외선.

"처음 나온 거라 모를 만하겠군. 내 잠시 설명해 줌세."

반도체 생산 라인엔 EUV 공정이란 게 있었다.

EUV 공정이란 반도체를 만드는 데 있어 중요한 과정인 포토 공정에서 극자외선 파장의 광원을 사용하는 리소그래피 (extreme ultraviolet lithography) 기술 또는 이를 활용한 제조 공정을 말하는데.

무슨 말인지 모르겠다고? 더 쉽게.

반도체 칩을 생산할 때 공정 중 웨이퍼(wafer)라는 실리콘 기반의 원판인 둥근 디스크(바이른이 반도체 정책을 발표할 때 들고나온 둥근 원판)를 감광 물질로 코팅하여 스캐너라고 부르는 포토 설비에 넣는 과정이 있었다.

이 설비 안으로 들어간 웨이퍼는 레이저 광원 투사로 회로 패턴을 온몸에 새기게 되는데.

이걸 노광(photolithography) 작업이라 한다.

이 작업을 거쳐야 반도체 칩 안에 현미경으로 봐야 겨우 보일 정도로 작고 미세한 회로 소자 수십억 개를 형성할 수 있게 된다. EUV 공정은 이러한 노광 단계를 극자외선 파장을 가진 광원을 활용해 진행하는 것을 말한다.

지금도 뭐가 뭔지 모르겠다고? 그냥 원판에 빛을 쏴서 회로를 새기는 것이다. 라고 이해해라.

"EUV 기술이 필요한 이유는 말일세. 이 공정에서 반도체의 질이 달라지기 때문이라네."

회로가 새겨질 웨이퍼는 지름 300mm의 작은 원판이었다.

이 공간에 극도로 미세한 회로를 새겨 넣어야 하는 이유는 생각 외로 아주 간단했다.

공간이 제한됐으니까.

시대가 지날수록 세상은 더 높은 사양의 반도체 칩을 원하게 될 것이라는 걸 굳이 설명할 필요 없듯 회로가 미세해져야 하는 이유도 이와 같았다.

작아져야 하니까. 작아져야 하나라도 더 많은 회로를 그 공간에 박아 넣을 수 있으니까.

성능, 전력 효율을 뒤로 제쳐 놓고서라도 말이다.

"화성에 EUV라인을 세울 계획일세. 초기 투자 비용은 2021년 본격 가동 전까지 60억 달러를 보고 있네. 나는 이 생산 라인이 차세대 '싱글 나노미터 반도체 시대'에서 우리 오성의 기술 리더십을 이어 가는 데 핵심 역할을 할 거라 보네."

"오성의 기술입니까?"

"아닐세. 우리 오성도 600억을 주고 겨우 8% 지분 투자 확보에 들어간 중소기업일세. 그 중소기업이 3nm 공정에 필수인 투과율 94%짜리 EUV 펠리클 개발에 성공했다네."

이번 개발한 EUV 펠리클이야말로 오성이 TSMC를 넘어

세계 시장을 석권할 키라고 하였다.

이게 왜 중요한지 다시 설명하자면,

앞서 말한 것처럼 펠리클은 포토마스크에 씌우는 먼지 보호개였다. 포토마스크는 투명 회로판 혹은 회로용 형틀이라고 보면 된다.

EUV는 극자외선이니 빛이고. EUV가 빛인 이상 빛의 특성을 가졌고 빛은 다른 물체에 흡수가 잘 되는 성질을 띤다.

그리고 세상은 온통 먼지투성이다.

포토 공정은 회로도가 그려진 포토마스크에 광원을 쏘아 웨이퍼에 그 회로를 새기는 것을 말한다. 판박이 그림을 새기듯 빛으로 회로를 박는 공정.

그러니까 나노미터(nm·1나노=10억분의 1m) 단위로 들어가는 정밀한 반도체 생산 과정에 회로도인 포토마스크에 먼지가 낀다면 어떤 일이 벌어질까?

우리 눈엔 작은 먼지에 불과하지만, 극소형 회로도 위로 떨어진 먼지 한 톨은 백두산보다 더 큰 장애물이었다.

마땅히 먼지 보호개 펠리클을 씌워야 했고 이 때문에 웨이퍼로 넘어가야 할 광원의 손실이 막대하다는 것이다. 펠리클을 통과하다가 광원이 변형되거나 그로 인해 회로의 오차가 생기거나.

그래서 울며 겨자 먹기로 포토마스크를 반사판 형태로 만들어 펠리클을 두 번 거치게 했는데. 참고로 일반 펠리클은 투과율이 80% 수준이라 했다. 이번에 개발한 EUV 펠리클은 투과율 94%.

3nm 공정에 적용할 펠리클에서 14%의 개선율이라니.

"거의 기적이 벌어진 거군요. 홍해가 갈라지듯."

"맞네. 바늘구멍이 광화문보다 더 커진 격이라 할 수 있네."

이로써 1nm급까지 더 미세한 공정을 기대할 수 있게 되었다는 것이다. EUV 노광 장비는 파운드리는 물론 D램까지도 사용량이 점점 늘어가는 추세라 앞으로의 성장 가능성이 엄청나다는 것.

더구나 그 중소기업이 EUV용 블랭크마스크까지 개발하게 된다면…… 블랭크마스터는 포토마스크의 원판이다.

가히 괴물급 중소기업이 튀어나온 것이다.

"흠…… 국가 보호 기술로 지정해야겠습니다."

"그런가?"

"오성이 보호할 수 있겠습니까?"

"……."

"……."

"……으음, 도와주시게."

"예, 대통령께 보고하겠습니다."

마치려는 김문호를 오성 회장이 다시 잡았다.

"인수 건은…… 괜찮은 거겠지?"

"오해가 있으셨군요."

"오해라고?"

"순전히 오성 반도체를 위한 로드맵 제시였습니다. 싫다시

105

니 어려운 길을 가실 테고요."

"역시, 이 일로 불이익이 오는 건가? 명령에 따르지 않아서?"

"예, 불이익이 갈 겁니다. 미국으로부터."

"우리 정부가 아니고?"

"바이른이 반도체를 중점적으로 살피기 시작할 겁니다."

"……무슨 얘긴가?"

미간을 찌푸린다.

"미중 무역 분쟁에서 보고 느끼신 게 없으십니까?"

"……"

세계 최대의 글로벌 기업 수장에게 할 질문은 아니었지만.

크게 자존심이 상한 얼굴은 아니었다.

자기가 놓친 게 없는지 돌아보는 느낌.

빨리 청와대로 돌아가야 하는 김문호로서는 계속 기다려
주기 힘들었다.

"결론적으로 말해 미중 무역 분쟁은 중국의 승리입니다."

"중국의 승리라고? 미국이 아니라?"

배상금을 물고 패배를 선언하지 않았나?

"무역 분쟁의 결과라고 말씀드렸습니다."

"음……"

"미국의 중국 의존도가 어느 정도인지 새삼 확인하게 된
계기였죠."

"……그렇게 보는군."

"그게 맞겠죠. 그럼 자존심이 상한 미국이 택할 다음 행보

는 무엇이라 보십니까?"

"그게…… 반도체라는 건가?"

"머지않아 그 갈림길이 닥칠 거란 말씀입니다. 미국이란 시
장에 종속되느냐? 현재의 길을 계속 가느냐? 선택의 순간이요."

"그 해법이 NXP반도체 인수였나?"

"수많은 길 중 하나였죠."

"음……."

실수한 건가 싶어 다시 장고에 들려는 오성 회장이었으나
김문호가 끊었다.

"그럼 저는 이만 들어가겠습니다."

"오, 그러게. 방금의 힌트 고맙게 쓰겠네."

"잘 활용하시면 곤경에서 벗어날 겁니다. 우린 기술력밖에
믿을 게 없습니다."

"고맙네. 내 당장 확인해 보지."

"예, 애써 주십시오."

청와대로 돌아가려니 사위가 벌써 어둠으로 휩싸여 있었다.

그러나 칙칙하고 암담한 어둠은 아니었다.

"투명하고 깨끗한 어둠이라니…… 이 느낌을 알랑가?"

집무실도 전부 퇴근한 시간이지만 김문호는 거침없이 대
통령의 생활 공간으로 갔다.

기별을 넣으니 5분도 안 돼 대통령이 카디건을 걸치며 나
왔다.

"이제 왔구나. 고생했다."

"예."

"뭐래?"

"인수는 어렵다 합니다."

"예상대로네."

"그래서 앞으로 미국의 동향이나 잘 살펴보라 일러 줬습니다."

"잘했어. 오성이 무너지면 진짜 큰일이지. 그럼 NXP는 우리가 인수해야겠네."

"예."

"다른 일은 없었어?"

"EUV 펠리클이 개발됐다는 얘기를 들었습니다. 오성이 초기 비용 60억 달러를 들여 화성에 생산 라인을 짓는다고요."

"EUV 펠리클?"

"예, 그게 뭐냐면요…….."

대략적으로 설명해 줬다.

괴물 중소기업이 나타났다고. 반도체 소부장재 분야에서 또 하나의 카드가 나왔다고.

"오오, 국운이 풀리려고 그러나? 어디서 그런 기업들이 툭툭 나타나는 거지?"

"저도 의외였습니다. 이런 부분은 오필승 테크가 꽉 잡은 줄 알았는데."

"물어보면 되겠지."

바로 전화기를 꺼내는 장대운이라.

"예, 이형준 대표님. 딴 게 아니라 이런 중소기업이 있다는

데…… 아! 알고 계시다고요? 오필승 테크의 우산이 필요 없다 거부한 기업이라고요? 지분도 10% 이상은 주지 않겠다고 버텨서 한동안 고생하셨다고요? 오성의 자본을 받아들인 것까진 들으셨다고요? 예예, 그 기업이 대박을 친 모양이에요. 잘된 거죠. 예, 뭐, 모든 걸 어떻게 다 케어하겠습니까. 우리 원칙과도 안 맞는데. 아 참, NXP반도체라고 아시나요?"

그로부터도 한참을 더 통화하는 장대운이었다.

참고로 NXP반도체는 네덜란드에 뿌리를 둔 기업이었다.

2019년 기준 세계 1위의 자동차 반도체 업체이자, 2위의 보안 반도체 기업, 매출 기준 세계 10위의 반도체 기업, 시가총액은 50조 원 수준인데 인수 금액을 80조 원이나 부른 자기 가치를 정확히 아는 기업이기도 했다.

여기에서 문제는 돈도 돈인데 이 과정에서 중국이 딴지를 걸었다고 한다.

오성이 NXP반도체를 합병하는 순간 반도체 반독점법으로 다스리겠다고. 합병만 해 봐라. 오성을 중국 시장에서 퇴출해 버리겠다.

장대운의 답은 이랬다.

그래? 그럼 오성이 인수 안 하면 되는 거잖아. 오성에 기회를 준 것뿐이라고.

이형준 대표님, 알아들으셨죠?

옛 썰.

끊고는 다시 전화기를 든다.

"정홍식 장관님. 예예, 밤늦게 죄송합니다. 별일은 없죠. 하나 여쭈려고요. ASML 아시죠? 예, 그거 지분 얼마나 갖고 있죠? 17%요. 생각보다 적네요. 더 높일 순 없나요? 최소 22%까지. 예, 그 정도는 돼야 안정권 같아서요. 더 가져오시면 더 좋고요. 예예, 부탁 좀 드리겠습니다."

ASML는 네덜란드에 본사를 둔 세계 최대의 노광 장비 기업이었다.

필립스와 ASMI의 합작으로 설립되었고 2019년 기준 노광 장비 시장에서 91%의 점유율을 자랑하는 최우량 기업. 참고로 니콘 6%, 캐논 3%이다.

갈수록 첨단화되는 반도체 산업에서 n나노 대의 반도체를 제작하기 위해서는 EUV 노광 장비가 필수가 되는데 이 장비를 제작할 수 있는 회사가 전 세계에서 ASML 한 곳뿐이다.

겁나 짱인 기업. 슈퍼 을.

제품도 어마어마하게 비싸다.

모델 1대당 3,000억이 족히 넘는 초고가에 공급량도 제한되어 있기 때문에 몇 년 치 물량이 끝난 상태. 이 바닥에서는 바이어를 울리는 기업으로 불린다.

1995년에 IPO를 통해 주식 시장에 상장하였고 이와 동시에 필립스가 ASML의 잔여 지분을 대부분 매각하면서 독립회사가 되었는데. 이 과정에서 DG 인베스트가 끼어들어 지분 상당수를 흡수했다.

그게 17%.

"ASML 지분 비율을 높이시려고요?"

"응, 내가 너무 간과했나 봐. 크기 전에 더 챙겨 놓을걸."

ASML이 두각을 나타내기 시작한 건 2001년과 2007년이었다.

장대운이 한창 정치에 열의를 두고 있을 때.

그 ASML이 2025년부터 1nm 미만의 미세공정을 구현할 수 있을 것으로 기대되는 차세대 High NA(Numerical Aperture) EUV TWINSCAN EXE를 출하한다고 한다.

대당 예상 가격이 5,000억 원에 이를 것으로 보인다고.

이런 데도 없어서 못 팔 지경이라고.

"우리가 돈이 문제겠습니까? 반도체 패권 전쟁에서 쓸려가지 않으려니까 이러는 거죠."

"맞아. 최대 25%만 챙겨 놔도 갑질 좀 할 수 있을 것 같은데."

"17%만 해도 상당하지 않습니까? 오성 일가가 전자에 가진 지분이 그 정도인 것으로 알고 있습니다."

"겉으로 드러난 것만 그렇겠지. 저들도 25~30%까진 안정적으로 진형을 갖추고 있어."

"그렇군요. 근데 NXP반도체 인수에 실패하면 어떻게 하죠?"

"인피니언이 있잖아. 뭣 하면 르네사스를 인수해도 되고."

인피니언과 르네사스는 NXP반도체와 함께 자동차 반도체의 1, 2위를 다투는 기업이다. 인피니언은 독일계 회사이고.

"르네사스는 일본 기업이 아닙니까."

"뭐가 문제야? 우리한테 도움되면 효자지."

"예. 근데 아까 통화 때는 이 얘기는 없었잖습니까."

"그거야 알아서 하는 거지. 상대가 엿같이 굴어. 방향 트는 것 정도는 일러 주지 않아도 돼. 결과가 중요한 거니까. 으음, 그건 그거고. 이참에 ARM도 인수를 검토해 봐야겠어."

ARM은 반도체 설계 기업이었다.

용도에 걸맞은 반도체를 설계해 주는 기업.

파운더리 반도체 산업에서는 절대 빼놓을 수 없는 기업.

"ARM까지도요?"

"생각해 봐. 앞에서 언급한 걸 모두 인수한다면 설계부터 생산까지 완비되는 거야. 대한민국은 그야말로 반도체 공화 국이 되는 거지. 생각해 봐. 세계 반도체 수요가 우릴 통하게 될 거라고. 누가 방해하든 우린 우리 길을 갈 수 있다는 거지. 새로운 비전 같지 않아?"

"그야……."

"미국이 눈치채기 전에 해내려면 아무래도 정홍식 장관님 이 적격이겠지? 이런 일은 정 장관님이 빠르니까."

"예."

대답하는 김문호의 어깨를 장대운이 탁 쳤다.

"뭘 그리 처져 있어? 악당 역할 제대로 하자는 건데."

"예."

"미국도 알아야 할 거야. 전체적으로는 세계 최강대국일 순 있어도 어느 한 부분만큼은 절대 따라올 수 없는 나라가 있을 수 있다는 걸. 이미 우린 미국을 압도하는 기술이 벌써 몇 개나 있어. 반도체 하나 더 추가한다고 달라질 건 없겠지. 알았어?"

"옙."

"힘내자고. 내일 미국 애들이 지소미아 관련 협상하자는데 일찍 자고 맑은 정신으로 임해야지."

"알겠습니다. 저도 그만 들어가 보겠습니다."

"잘 자. 내 꿈꾸고."

"풉."

잘 가라고 손수건까지 흔들어 주는 장대운에 웃고 말았지만, 김문호는 왠지 모르게 몸의 기운이 올라오는 기분을 느꼈다. 이마저도 위로인지.

"하여튼 대단한 양반이야."

오늘 밤도 참으로 맑다.

"마이클 블랭크입니다."

"정홍식입니다."

미국 국무부 장관과 대한민국 외교부 장관이 한자리에 모였다.

기자들이 연신 플래시를 터트리며 안구 테러를 하는데도 두 사람은 시종일관 여유로운 미소로 친한 척 신공을 발휘했다.

일련의 요식 행위가 끝나고 본격적인 회담에 들기에 앞서서도 두 사람은 미동도 없이 서로를 바라보았다.

총칼만 들지 않은 무성의 전쟁인 외교사에서 탐색은 정찰의 중요성과도 맞닿았으니 그런 면에서 마이클 블랭크는 정홍식과의 첫 만남이 무척이나 복잡했다.

세계가 좁다 하며 뛰어다니는 남자.

세계 정계의 미다스 손이라 불리는 남자.

이 남자의 이명은 많이 들었다.

저번 중국과의 분쟁에서 어떤 활약을 했는지도.

'흐음, 평범한데.'

이상하게 평범하다. 평범한 아시안 같은.

60대 중반을 넘어서는 나이이긴 하나 50대로 봐도 될 만큼 건장하고 동안이라도 이 범주에서 벗어나지 않는다. 본디 동양인이 서양인보다 젊어 보이는 건 마이클 블랭크도 인식하고 있었다. 20대인 줄 알았는데 40대인 경우가 생각보다 많았으니.

무엇이 즐거운지 주전부리를 집어 먹으며 씰룩대는 얼굴에는 평범함 외 카리스마란 도통 찾아볼 수 없었다.

어렵거나 압박감도 없다. 그저 편하고 쉽다.

'그 남자가 맞나? 아니면 이 내가 이 남자와 같은 선상에 있다는 건가?'

한순간의 오해일지라도 마이클 블랭크는 마음에 들었다.

옆집 친구에게 카리스마를 느낄 인간이 없듯 무릇 수준이 비슷하면 관계도 비슷하게 설정됨을 알았으니.

그래서 조금 더 자신감을 가지려는데.

"안 됩니다. 지소미아 종료는 정부의 원칙이에요. 여기에 다른 여지는 없습니다."

탁 자른다. 이빨도 들어가지 않게.

그러고는 또 주전부리를 집어 먹으며 실실 쪼갠다. 다른
곳을 보며.

그제야 마이클 블랭크는 알 것 같았다.

이 위화감의 정체.

'이 자식, 협상에 관심이 없어.'

곧바로 정신 무장하고 공격적으로 나갔다.

"이대로 한국이 독단적으로 행동하게 되면 뒷일이 걱정되
지 않으십니까?"

"예? 그게 무슨 얘기예요?"

"삼국의 동맹이 걸려 있잖습니까."

"으응? 뭐요?"

영~ 못 알아듣는 표정이다.

마이클 블랭크는 한숨이 나왔다.

이 자식, 정말 협상에 관심이 없다는 건가?

언성을 높였다.

"지금 한국의 행동이 삼국 동맹에 커다란 악영향을 끼치고
있다는 걸 모르십니까?"

"삼국 동맹이요?"

"예."

"그게 뭔데요? 어디가 삼국 동맹인데요?"

"그야……!"

마이클 블랭크가 급히 입을 다물었다.

정홍식은 그런 그를 빤히 쳐다보았다.

"묻잖아요. 삼국 동맹이란 걸 난 난생처음 들어 보는데. 도대체 어디를 얘기하는 거죠?"

"……."

"대답을 안 하시네. 그럼 끝난 거로 보면 됩니까?"

일어난다.

마이클 블랭크가 황당하게 쳐다보든 말든.

"이대로…… 끝내겠다는 겁니까?"

"할 얘기 다 했잖아요. 우리 한국의 입장은 충분히 전달한 것 같은데. 더 시간 필요하세요?"

"무엇을…… 했다고."

"우리 한국은 지소미아를 종료한다. 끝."

진짜로 가려고 하자 마이클 블랭크도 급히 일어났다.

"그렇게 간단히…… 끝낸다는 겁니까?"

"뭐 다른 안건이 있습니까? 그게 아니라면 끝내야죠. 지소미아에 만료 기간이 왔고 생각해 보니 별 효용이 없는 것 같으니 관두겠다는 건데. 미국이 왜 나서죠?"

"……."

그걸 정말 몰라서 묻나?

"더 할 얘기 있습니까?"

"……이대로 동아시아의 평화에 흠집을 가하겠다는 겁니까?"

"그놈의 동아시아 평화. 지겹지 않아요? 맨날 똑같은 레퍼토리나 날리는 거. 좀 다른 이유를 대 줬으면 좋겠는데."

"……."

"나 바빠요. 우리 대통령님이 여간내기가 아니라서 일을 엄청 시킵니다. 여기저기 다닐 데도 많고 풀어야 할 숙제도 많고. 당장 외교부로 돌아가면 결제할 게 얼마나 많은 줄 아세요? 그만 좀 합시다. 됐죠? 나 가도 되죠?"

또 나가려고 한다.

"잠깐, 잠깐."

"왜요?"

짜증까지.

"하아~ 좋습니다. 뭘 어떻게 해 줘야 지소미아를 연장할 겁니까?"

"뭘 어떻게 해 줘요? 원래 우리 한국은 지소미아 없이도 잘 살았습니다. 모르세요?"

"미국이 이렇게 부탁해도 안 되는 겁니까?"

"그 부탁으로 THAAD 설치해 줬더니 중국이 경제 제재를 했어요. 그때 손실, 배상해 줬나요?"

"그건 이번에 배상을 받았……."

"그래서 미국은 자기 몫을 안 받았나요? 100억 달러 받아 챙겼잖아요. 그건 배상이 아니죠. 같이 일한 거잖습니까."

"……."

"우리 한국이 중국이랑 분쟁을 왜 한 겁니까? 누구 때문이에요? THAAD만 아니었다면 저 중국이랑 그 난리를 떨었을까요?"

"그건 동맹으로서……."

"맞아요. 70년 동맹으로서 감수했다고 칩시다. 그럼 일본은요? 일본이랑 한국이랑 동맹입니까?"

"……."

아니다. 우리 한국은 일본과 동맹을 맺은 적이 없다.

이게 제일 큰 문제였다.

"미국은 동맹국이 아닌 국가랑 군사 정보를 막 공유하나 보네요. 한번 찾아볼까요? 이 일이 얼마나 어처구니가 없는 건지 미국 언론과 상의해 볼까요?"

"……."

말을 못 한다.

정홍식은 조금 더 차분한 음성으로 금발의 미국인에게 말했다.

"마이클 블랭크 국무장관님. 우리 한국이 우습습니까?"

"그……럴리가요. 절대 그렇지 않습니다."

"그럼 왜 이렇게 한국에만 불공정하신가요?"

"제가 무슨 불공정을……."

"왜 미국은 일본을 보통 국가로 만드는데 열의를 보이십니까? 미국이랑 일본이랑 원래 치고받고 싸우던 사이 아니었나요? 기억이 안 나십니까?"

"……."

보통 국가 = 전쟁이 가능한 국가.

"미국이랑 우리 한국은 단 한 번도 싸운 적 없고 위기 때의 도움을 고맙게 기억하며 지금까지 진심을 다해 협조했어요.

그 협조가 당연히 받아야 할 몫이라고 생각하시나요?"

"……."

"우린 그냥 잘살고 싶은 겁니다. 공정하게, 자기 실력만큼.
이게 왜 문제가 되죠?"

"……."

"부탁 좀 합시다. 자꾸 엇나가려는 바이른 대통령을 설득
해 주세요. 그 양반 잘못된 길로 가고 있어요. 거칠 것 없던
도람프가 왜 한국에 대해서만큼은 멈칫했는지 이유를 살펴
보란 말입니다. 지금 미국의 상대는 한국이 아니라 장대운입
니다. 그걸 못 보시면 커다란 오류를 범하게 될 거예요. 이는
곧 미국의 손실과도 맞닿아 있겠죠. 바이른의 재선과도."

"……."

◇ ◆ ◇

비서실.

"내년 예산 계획 받았어?"

"아직이요."

"빨리 연락해서 보내라고 해. 국회 심사받아야 해. 오늘까
지 안 보내면 늦어."

"알았어요."

비서실 칠 형제는 여전히 바빴다.

쉴 새 없이 울리는 전화벨에 또 전화를 걸고.

"민수야, 해안선 정비 계획에 대한 구체적인 내용 아직도 안 왔어?"

"국토교통부가 이따 오전까지 보내 준대요. 기다려 봐요."

"뭘 기다려. 얼른 달라고 해. 그거 검토해야 예산 타당성 검사도 진행할 수 있어. 왜 이렇게 굼떠. 아 참, 이어도 개발 예산 빼먹으면 안 된다."

"어련히 알아서 할까요. 준비 다 끝내 놨어요. 오기만 하면 돼. 오기만 하면."

서류에 파묻혀 있으면서도 고개를 들 때면 일거리가 날아온다.

그럼에도 누구 하나 일의 폭증을 불만으로 생각하지 않았다.

어차피 알고 있기 때문이었다.

우리는 휴식 불능. 쉬는 걸 모른다.

일하지 않고는 잠을 잘 수 없다.

잠을 자기 위해서라도 뼈의 짓눌림은 필수라는 걸.

"시원아, 이상해. 요즘따라 일을 해도 해도 뻐근하지가 않아."

"형도 그래? 나도 몇 주 전부터 그랬어."

"너도냐? 이젠 이 정도 업무량으로는 안 된다는 건가? 난 대체 무엇이 돼 가고 있는 거지?"

"나도 고민이 많았는데. 형도 그랬구나. 후우……."

이런 현상은 비서실 곳곳에서 일어났다.

"더 달라고. 일 좀 더 가져와!"

"이젠 없어요! 없다고요. 제발!"

"안 돼. 이거로는 안 돼. 등 한가운데로 퍼져 나가는 지독한 괴로움이 있어야 해. 그래야 잘 수 있어."

"나도 이게 최선이라고요. 더는…… 더는…… 없어요."

자기도 모르게 기지개 켜는 이에게는.

"안 돼. 기지개 켜지마! 몸 풀지 마! 겨우 뭉쳐 놨는데 풀면 어떡해?!"

"앗! 아아~ 어떡하지? 나 어떡해요? 나 오늘 불면인 건가요?"

"몰라. 안 되겠어. 특단의 대책이다. 더 많은 일을 가져와서 너에게 줄…… 수가 없구나. 일이 없어. 일이 없어~~~~~~."

누군가는 초조하게 손톱을 물어뜯었다.

"나 불안해. 어떡해야 하지? 뭘 해야 해? 이 시간을 어떻게 보내야 해?"

"몰라. 더는 일거리가 없어. 분명 예전엔 이 정도 분량이면 하루 종일 해도 못 했는데 2시간이면 끝나. 시간이 남아돌아. 어떡하지?"

"미래야. 문호 오빠라도 부를까? 일 좀 달라고."

"몰라. 그 인간 한 달 전부터 코빼기도 안 보여. 일 주러도 안 오고."

"그럼 대통령님이라도 찾아갈까? 일 좀 달라고."

"그러다 휴가 주면 어떡하려고?"

"아! 안 돼."

"저번엔 휴가로 우릴 괴롭혔어. 이번엔 뭐로 우릴 괴롭힐지 몰라. 함부로 그 사람에게 갈 생각 마. 넌 아무것도 안 하고 하루를 버틸 수 있어?"

"못 해."

집권 초반, 우리의 주적은 대한민국 시스템이라 외치며 터진 지옥의 유황불과도 같은 일거리의 폭풍은 어느새 전사들을 불멸의 육체를 가진 초인으로 거듭나게 만들었다.

그 시간은 평범한 병사도 초일류 전사로 거듭나기에 모자라지 않았으니 오직 지옥만을 경험한 이들은 다른 평범한 이들의 삶을 몰랐다. 그에 대한 자각이 없었다. 자기들이 어떤 상태인지, 어느 정도 강해졌는지.

"얘들아~ 오늘은 어떻게 서류 좀 만졌어?"

비서실 문을 열고 들어온 김문호는 평소와는 다른 분위기에 멈칫, 조심스레 이미래에게 다가갔다.

조용히 눈치 보며.

"무슨 일 있어?"

"오빠."

"응."

"일 좀 더 줘."

"으응?"

"일 달라고. 일이 필요해. 더 많은 일거리가 있어야 해."

"……."

"오빠, 무슨 사고 터질 일 없어? 준비하는 일은? 아니면, 다른 수석네 잡무라도 좋으니 가져다줘. 일하고 싶어 미치겠어."

눈이 반짝이다 못해 번들거리는 이미래에 김문호는 움찔,

자기도 모르게 한발 물러섰다가 정신을 다잡았다.

"어, 으응, 일이 더 필……요하구나. 우리 미래가."

"나도!"

"여기도 있어!"

"형, 나도요!"

"제발 일 좀 더 주세요. 이거로는 간식거리도 안 돼요!"

"일 좀 내놔라! 일이 필요하다!"

도무지 이해가 가지 않았다.

일본의 경제 제재 여파와 지소미아 종료 시 벌어질 한미일 관계 전망, 2차 전지 시장의 지배력 공고를 위한 제반 계획, 2020년 주요 현안의 예상 결과 분석 자료 요청을 내준 지 얼마나 됐다고…… 끝났어?

이런 것들이 모자란다고? 건마다 그룹사 경제 연구소가 두세 달 달려들어야 겨우 맥이나 잡을 것들이?

"그걸 다 한 거야?"

"그거 끝낸 지 오래됐어. 지금은 2020년 각 부처 예산안 검토에 들어갔어. 국회 심의 전, 우리가 다 살펴보려고."

"각 부처 예산안을 왜? 그걸 너희가 왜 살펴? 그 많은 걸?"

"하나도 안 많아. 금방 끝나. 일주일도 안 걸려."

얘가 지금 무슨 말을 하는 건지.

관계 부처에서 심도 깊은 논의를 통해 올라온 내년 계획을, 16개 부 예산안을 전부? 이 일곱 명이서 일주일 안에 다 본다고?

이것도 납득이 안 가는데.

방금 지나친 게 있었다.

미래는 일을 달라고 했다. 일이 부족하다고.

"……."

"오빠, 오빠?"

"어, 으응. 응, 그래, 미래야."

"오빠, 다른 일 더 없어? 인도에 진출한 기업의 지원 기획안은 끝났고…… 중국과의 교류 정상화를 대비한 대책도 끝났고…… 동아시아 평화와 미국의 행보도 분석이 나왔고…… 허응~ 이거론 너무 부족해. 더 줘, 더 일을 줘."

말하면서도 초조한지 자기 손톱을 쥐어뜯는다.

"……."

비단 미래만 이러는 게 아니었다.

다른 여섯도 크게 다르지 않았다. 잠깐 있는 이 순간도 가만히 있지 못하고 한 손으로는 서류를 정리하고 있다.

"……."

"오빠, 오빠, 오빠……."

어쩔 줄을 모르는 이미래.

얘가 어쩌다가 이 모양이 됐을까?

그동안의 업무량이 제정신을 유지하기 어려울 만큼 살인적이었다는 건 인정하지만.

아아~ 죄책감이 올라왔다.

그렇다고 쉬라고 한들 쉴까?

휴가를 준다고 한들 휴가 갈까?

방법이 없었다.

일을 주고 싶어도 일감이 없다. 연말로 다가가는 이 시점, 거의 모든 정무가 마무리 단계였다.

'안 돼. 일이 있어야 해. 안 그랬다간 어떻게 될지 몰라.'

위기감이 솟았다.

뭐라도 줘야 애들이 조용해진다.

'할 수 없어. 그거라도 줘야지.'

대통령과 둘만 아는 극대외비 안건을. 이거면 한동안은 괜찮지 않을까 해서.

"지소미아 유지 시 한국이 취해야 할 전략. 어때?"

"지소미아 유지를 한다면 어떤 일이 벌어질지에 대한 것들 말이야?"

"응."

"으흠, 좋아. 지소미아 유지를 하게 된다면…… 대통령의 성향상 그냥 유지하는 것은 아닐 테고 어떤 식으로 해야 우리에게 유리할지 또 어떤 방향성을 타야 최대한의 이득을 얻으며 후유증을 줄일지 분석해야겠네?"

"그렇지. 수많은 경우의 수 중 한국이 가장 덜 다치면서 제일 큰 이득을 위해 취할 전략이 필요해."

"오오~ 좋아. 이건 무게감이 있어. 얘들아, 들었지? 오빠가 무슨 얘기하는지 다 들었지?"

"들었어. 간만에 들어온 제대로 된 일감이야. 적어도 사흘 치는 될 것 같아!"

"아아, 적어도 사흘은 안심할 수 있다는 거네. 아으~ 너무 좋아."

"지금 바로 시작하면 안 될까? 나 막 계산하고 싶어졌어."

"나도, 나도, 난 그럼 일본의 대응 전략 예상 목록을 뽑아 볼게."

"난 그럼 바이른의 성향에 따른 미국의 동아시아 전략 수정에 대한 개략도를 그려 볼게."

"중국이 빠지면 섭하지. 삼국의 움직임에 대응할 중국의 외교 전략도 봐야지."

"러시아는?"

"북한은?"

애들 눈에 광기가 들어찬다.

차라리 환희였다.

일을 할 수 있다는 기쁨.

김문호는 도저히 참을 수 없어 탁 끊었다.

"잠깐!"

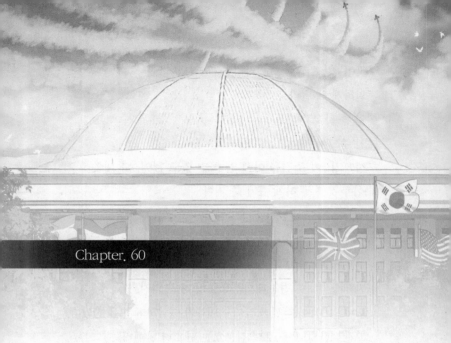

"왜?"

"또 뭐?"

"방금 일 준 거 아니었어?"

"일 좀 하자!"

이대로는 안 된다. 이대로는 절대 허락할 수 없다.

사흘 치란다.

그럼 사흘 후에는?

"일해! 일 시킬 거야. 단, 일하는 데 조건이 있어. 조건을 이
행하지 않으면 앞으로 일 안 줄 거야."

"안 돼! 사람이 아무리 그래도 일은 줘야지."

"맞아. 일로 사람을 협박하는 게 어딨어?"

"일하게 해 달라!"

"일 좀 하고 싶다!"

"일 주고 빼앗기 있기? 없기?"

"시끄러! 이 조건을 이해 안 하면 일도 없어. 다 내쫓을 거야! 아무것도 못 하게 휴가 줄 거야!"

"헙."

"휴가래."

"안 돼~~~~~."

"뭔데? 뭘 해야 하는데? 우리가 뭘 하면 되지?"

행여나 마음이 바뀔까 싶어 이미래가 다급하게 손을 잡았다.

그 간절한 눈빛을 보며 김문호는 단호히 말했다.

"딱 한 가지야. 일 외에 하고 싶은 거. 딱 한 가지만 말해 봐."

"일 외 하고 싶은 거?"

"일 말곤 없는데."

"다른 거 하고 싶은 거 없어. 그냥 일하게 해 줘~~~~."

"난 일이면 충분해. 일만 많이 가져와. 난 그거면 돼. 난 그거면 행복해~."

"시끄럽고. 어서 찾아! 문호 오빠가 하나만 찾으라고 했잖아! 그것도 일이야!"

"아! 그렇구나. 이것도 일이구나!"

"아하! 내가 그 생각을 못 했네. 찾는 것도 일이야~."

"그렇지. 이것도 일이지. 문호 형이 시키는 거니까."

생각이 어떻게 이렇게 흐르지?

"근데 어떡하지? 아무것도 안 떠올라. 일 외 뭘 해야 하는 거야? 민수야, 넌 다른 거 하고 싶은 게 있어?"

"몰라. 모르겠는데. 더 모르겠어. 정말 아무것도 모르겠어."

"나도 모르겠어. 일 외 하고 싶은 게 뭐였더라? 전혀 생각이 안 나."

"차라리 2020년 총선 결과 예측 같은 거면 쉬울 텐데. 그거면 진짜 잘할 수 있는데."

"내 말이……."

"아흐음, 일 외 하고 싶은 거라…… 워낙 까마득한 옛일이라…… 생각이 날 듯 안 날 듯. 이거 괴로운데."

"아아아아악! 진짜 모르겠어. 어떻게 해야 일 외 하고 싶은 게 있지? 도대체 어떤 삶을 살아야 일 외 하고 싶은 게 있는 거냐고?!"

"오호, 괴로워? 이거 일 맞네. 이거 일이야."

"그렇구나. 이거 일이구나. 아흥, 좋아."

"나도 괴롭고 싶다. 등 한가운데로 꽉꽉 눌리는 기분 느끼고 싶다. 등뼈가 쪼개지도록 일하고 싶다."

"……."

이제 웬만한 것에는 놀라지 않을 강심장이라 자부했는데 김문호는 큰 오산이었음을 깨달았다. 경지를 훌쩍 넘은 미친 놈들에는 상식이 통하지 않았다.

어쩌면 이놈들은 흙으로 만들어진 평범한 인간이 아닐지

도 모른다.

일로 만들어진 새로운 종?

아아~ 잘못했구나. 이런 놈들을 평범하게 상대하려 했
다니…….

그때 이시원이 손을 번쩍 들었다.

"나, 하고 싶은 게 있는데."

"뭐?!"

"으응?"

"일 말고 다른 걸 찾았다고?!"

"벌써 숙제를 풀었어?"

"옴마야, 시원이 짱인데."

모두의 시선이 단번에 이시원에게 쏠린다.

김문호는 방해될까 싶어 얼른 다른 동생들을 치워 버리고
시원에게 다가갔다.

"다른 놈들 신경 쓰지 말고 네가 하고 싶은 거 말해 봐. 형
이 다 들어줄게."

"정말 말해도 돼요?"

"그럼 뭐든지 말해. 내 권한으로 안 된다면 대통령 멱살이
라도 잡을 테니까."

"사실 오래전부터 꿈꿔 온 게 있긴 한데. 말해도 되는지 모
르겠어요."

"눈치 보지 마. 시원이 하고 싶은 거 다 해도 돼. 아니, 형 소
원이다. 어서 말해 줘. 시원아, 뭐 하고 싶어?"

"저 그게……."

"응, 말해. 형이 다 들어줄게."

"그게 뭐냐면……."

◇ ◆ ◇

"그러니까 비서실 애들이 그거를 원한다 말했다고?"

"예."

"이 시국에?"

"예."

역사 교과서 개편에 일본 경제 제재에 지소미아 종료를 두고 온 나라가 시끄러운데 뭘 하자고?

국민 눈이 안 무섭나?

그런데 저 냉철한 김문호마저 허리까지 숙여 가며 부탁한다. 제발이라고. 아주 간절하게.

"반드시 들어주십시오."

"……."

"……."

"……알았다. 일단 알았으니 오늘은 들어가 봐라. 내 고민 좀 해 보자."

"예, 감사합니다."

돌아가는 김문호를 보면서 장대운은 기가 찼다.

녀석들과 만난 이래 이런 부탁은 단연 처음이었다.

그리고 살면서도 이런 부탁을 받을지 꿈에서조차 상상을
못 했다.

고개를 절레 흔들며 집으로 들어가는데.

"아빠~~."

"아빠, 들어오셨어요?"

작은 것은 덥석 안기고 큰 것은 어느새 컸다고 인사를 한
다. 두 살 터울인데도 이렇게나 차이가 나나? 섭섭하게.

그러니까 올해 이 녀석들 나이가…… 큰 애가 열셋, 작은
애가 열하나.

언제 이렇게 자랐던가?

언제 커서 이렇게 아버지에게 존경도 표할 줄 알고…….

"……."

- 우리 애들 놀이동산 좀 보내 주십시오.

뜬금없이 찾아와 하는 말이라 별 의미를 두지 않았는데.

나중에 시간을 봐 보내 주겠다 마음먹었는데.

이상하게 못이 콕 박힌 듯 가슴이 찌릿하다.

"……."

"아빠, 이거 유희왕 카드예요. 이 카드가 최강의 카드예요.
내가 제일 세요."

"아빠, 저 태권도 2단 땄어요. 사부님이 고등학교 때까지 4
단 따자고 하는데 엄마는 영어 학원 다니래요."

"아빠, 이거요. 이 쫀드기 엄청 달아요. 맛있어요."

"아빠, 세상에서 제일 큰 동물이 흰긴수염고래래요. 30m 까지 큰대요. 아까 30m 재 봤는데 엄청 길어요."

그러고 보니 우리 아이들…….

우리 아이들이…… 어느새 이만큼이나 자라 버렸다.

"……!"

아아~ 이만큼이나 클 때까지 단 한 번도 데려간 적이 없었다.

그 흔한 놀이동산엘.

'아…….'

국가와 민족을 위한다며 늘 공무만 수행하는 아버지.

이제는 대통령까지 돼 더 바빠진 아버지.

'이게 내 아이에게 비친 나의 모습?'

저 똘망똘망한 눈망울을 보라.

어미가 어찌나 좋게 말해 줬는지 이런 아버지라도 자랑스 럽게는 여기지만.

이런 삶이 과연 아이들에게 기쁨일까?

친구들과 평범하게 뛰어놀지도 못하는 이 삶이?

자랑스럽다고?

아니다.

아무리 좋은 선물도 지금 당장 원하는 게 아니라면 별로라 는 걸 잘 알았다. 이 나잇대 아이들이 시대와 국제 역학이 중 요할까?

심장이 철렁 내려앉았다.

'난 대체…….'

뭘 하고 다녔던가?

이 녀석들에게 아버지가 필요할 때 나는 어디에 있었지?

국가와 민족을 핑계로 나는 여태 내 아이의 눈을 정확히 본 적 없었다.

함께한 추억도, 한 번도 제대로 놀아 준 기억이 없다.

그러고 보니 단 한 번도 어디에 데려가 달라고 칭얼거림을 들어 본 적이 없었다.

'이해시켰구나. 아빠는 이런 사람이니까 우리가 방해하면 안 된다고. 어린 마음에도 참아야 했어. 아빠랑 놀고 싶어도 아빠는 큰일을 하는 사람이니까.'

착한 것들.

'의식도 못 한 사이 난 아이들의 배려까지 받고 있었던가? 그 흔한 놀이동산에 한 번 못 갈 만큼.'

심장이 아팠다.

'오히려 전생보다 못 한 아버지라니. 난 여태 무얼하고 살았지? 이 권력, 이 돈을 쥐고도 내 아이 사탕 하나 옳게 쥐여 주지 못했구나.'

아팠다. 너무 쓰리고 아팠다.

그래서 깊이 반성한다. 또 반성한다.

거대한 목표가 있단들 이 시절, 내 가족이 행복하지 않다면 난 반편이일 뿐이다.

이제야…… 아니, 이제라도 깨닫게 해 준 김문호에게 감사한다. 녀석도 이걸 본 거겠지?

'잘못됐다면 바로잡아야 옳다.'

전화를 걸었다.

"문호야, 내일 갈래? 아니, 내일 가자. 아침 일찍 가서 하루 종일 놀자. 그리 준비해."

아이들을 보았다.

"내일 아빠랑 놀이동산 갈까?"

"예?"

"예?"

깜짝 놀란다.

"아빠가 너희들이랑 놀이동산 가고 싶은데. 같이 가 줄 수 있어?"

"네, 좋아요~~~!"

"네~~~~!"

"엄마~ 아빠가 내일 놀이동산 가재!"

"아싸, 내일 아빠랑 놀이동산 간다!! 하하하하하하~~~."

청와대가 떠나가도록 방방 뜬다.

이 녀석들이.

내 새끼들이.

◇ ◆ ◇

흥분됐는지 잠을 설친 아이들을 데리고 놀이동산으로 Go

Go!

아침에서야 오늘 일정을 듣고 청와대가 발칵 뒤집히든, 경호실이 화들짝 놀라 난리가 나든, 스케줄 변경을 하느라 비서실이…… 얘들은 어제 알려 줬으니 알아서 했을 테고. 일단 출발부터 했다. 뒷일은 뭐 알아서 하겠지.

번쩍거리는 리무진 버스 한 대가 유유히 달려 용인의 놀이동산에 안착했다.

"이야~ 정말 놀이동산이다~."

"정말! TV에서 보던 것과 똑같아."

"너무 좋아. 너무 좋아~."

비서실 녀석들이 참지 못하고 뛰쳐나갔다.

그걸 보자 두 아들도 몸이 알아서 손을 당겼다.

"아빠, 가요~."

"아빠, 빨리요."

"알았다. 알았어."

빠른 걸음이 아닌 아이들과 같이 달렸다.

다다다다다다다다…….

매표소에도 몇 사람 없었다.

줄을 기다려서.

"30명이요."

"예?"

"30명이에요. 종일권이요. 다 어른이에요."

"아, 알겠습니다."

서둘러 표를 뽑다가 다시 고개를 드는 직원.

"어!"

"예, 맞아요. 우리 오늘 놀러 왔어요."

"아, 예. 대통령님, 환영합니다."

표를 받아 들고 입구에서 기다리는 이들의 팔에 다 걸어 주었다. 종이 팔찌 하나씩 척 척 척.

"자, 출발할까요?"

"네~~~~."

"출발~~~~~."

힘도 좋은 비서실 녀석들은 벌써 앞으로 달려간다.

우리도 질 수 없다고 달렸다.

"하하하하하하~~~~."

"아빠~ 하하하하하하하."

일단 보이는 놀이기구로 갔다. 잠시의 대기 시간에도 둘째는 흥분을 감출 수 없는지 제자리에서 폴짝폴짝 뛰어 댄다.

혹시나 무서울까 몰라 놀이기구 타는 거 괜찮냐 물어도 무조건 괜찮다 한다. 자기는 탈 수 있다고. 걱정 말라고.

그네가 하늘을 빙빙 돌아간다.

날아갈 듯 몸이 날리며 바람이 얼굴을 때리자 둘째는 금세 표정을 일그러뜨리며 울려고 한다.

"이놈 봐라. 아하하하하하하하."

둘째 녀석의 표정이 저리도 적나라했나?

센 척하는 첫째는 자기는 절대 안 무서웠다고 한다. 타는 동안 읍! 한마디도 못 해 놓고.

그러고는 손가락으로 바이킹을 가리킨다.

저것도 타자고. 흥분된 기색으로.

"너 또 탈 수 있어?"

"……."

겁에 질린 둘째는 엄마랑 회전목마 탈래?

고개를 끄덕끄덕.

"대통령 아냐?"

"어머, 대통령이야."

"설마……."

"대통령 맞는 것 같은데."

알아보는 이들이 생겼다.

인정해 줬다.

"예, 저 대통령 맞아요."

"꺄악!"

"대통령이다~!"

"대통령이다!"

그러면서도 다가오지 못한다.

멈칫, 멈칫. 휴대폰을 들고 찍어도 되는지 어려워한다.

오라고 손짓했다. 같이 찍자고.

바로 달려온다.

두 아들이 그 극성에 밀려 자리를 피해 주려고 하나 잡았
다. 너희도 같이 찍자고.

"하나, 둘, 셋."

찰칵.

한 번 찍기 시작하자 꼬리에 꼬리를 물고 사진만 연달아 수십 장 찍었다.

어느덧 놀지도 못하고 기다려야 하는 두 아들이 걱정됐지만, 두 눈에 자랑스러움이 뿜뿜.

그새 둘째는 용기를 되찾았는지 바이킹도 탈 수 있다고 한다.

네 식구가 바이킹으로 고고.

그 장면이 박제되어 SNS에서 난리 났다.

→ 으억! 대통령 떴음. 놀이동산에 장대운 대통령 떴음.

→ 대박! 대통령 겁나 잘생겼음. 실제로 보니 킹왕짱!

→ 나 대통령이랑 사진 찍었음. 대통령 키가 엄청 컸음. 향기도 좋았음. 아홍, 무슨 향수 쓰실까?

→ 대통령이 가족과 나들이 온 것 같음. 영부인과 두 아들이랑 신나게 놀이기구 탐. 대통령이 저렇게 웃는 거 처음 봄.

→ 난 대통령 옆에 같이 놀이기구 타는 경호원이 더 웃김. 바이킹 내려갈 때마다 움찔움찔하는데 티도 못 냄. ㅋㅋㅋ

→ 청와대 경호원은 외모로 뽑나? 실제로 보니까 더 멋짐. 물론 대통령이 제일 멋짐.

→ 자상도 하셔라. 바쁜 와중에도 저렇게 가족을 위해 애쓰는 우리 대통령 최고.

→ 갑자기 30명이요. 하는데 얼굴 보고 진짜 깜짝 놀랐음.

대통령이 직접 표 끊으면서 환하게 웃으시는데 반했음. 매표소 직원.

→ 나도 저런 가정 꾸리고 싶다. 부러움. 어디 대통령 같은 신랑감 없나?

→ 방금 대통령 핫도그 먹었음. 영부인 얼굴에 케찹 바르고 튐. 대박!

→ 다시 와서 수습함. 대통령이 쩔쩔맴. ㅋㅋㅋ 대통령도 가정에선 똑같음.

→ 우와~ 무섭기만 한 줄 알았는데. 사랑스러워요. 나 대통령 좋아할 것 같아. 나 이상한 거임?

→ 오늘부터 대통령 좋아하기로 한 1인. 실제로 보면 사람이 번쩍번쩍함. 저런 사람 처음 봄.

→ 잊지 마셈. 대통령 원래 세계적 레전드 FATE임. 일반인 아님.

→ 그런 거 모르겠고. 정말 보기 좋음. 나도 결혼하면 저렇게 살고 싶음. 대통령 진짜 최고.

#대통령#대통령놀이동산#대통령가족나들이#대통령잘생김#대통령…….

온통 대통령에 대한 호감투성이라.

비서는 모든 것을 염두에 두고 움직여야 하는 자.

경호 외 혹시나 하여 살펴본 SNS는 가히 폭발적이었다.

절로 지어지는 미소를 감추지 않은 김문호가 천천히 대통령 가족을 뒤따르고 있었는데.

"그렇게 웃으실 줄도 아시네요."

"으응?"

돌아보니 이정희가 있었다.

"어떻……게?"

"어젯밤에 연락받았어요. 여기로 오면 비서님을 만날 수 있다고 해서요."

"누…… 그렇군요."

한 번 마주친 것 외 시선을 두지 않는 김문호에 이정희는 마음이 아팠지만, 티 내지 않았다.

출발하며 먹었던 마음을 떠올렸다.

그에 비하면 그래도 말 상대는 해 주지 않나.

"저, 같이 다녀도 되죠?"

"……"

이도 대답 안 한다.

여자가 이렇게나 적극적으로 다가가는데.

이 사람은 왜 이다지도 마음을 닫는지 모르겠다.

다시 느끼지만 참 어려운 길이다.

어째서 이 어려운 길을 기어코 가려는지 스스로도 모르겠지만.

그럼에도 이 사람이 좋다. 아니, 사랑하는 것 같다.

단 한 번의 마주침일 뿐이라도 삶이 이렇게나 흔들렸다면 운명일 테니.

그래서 단지 부러울 뿐이다.

저 대통령의 가족이.

그들을 향해 환하게 웃는 이 사람의 미소가.

"같이 다닐게요."

"······."

김문호도 마음이 싱숭생숭했다. 왜 이렇게 흔들리는지.

마주쳐선 안 될 인연이라 다짐했건만. 마주치는 순간 굳건하리라 여겼던 성벽이 유리창처럼 금이 간다.

입 다물고 앞만 보고 걸었다. 오로지 앞만.

이정희는 그럼에도 말없이 옆에서 보조를 맞췄다.

언젠가 잠깐 이 여자가 왜 이리도 자꾸 호감을 표현하는지 생각해 본 적 있었다.

돈일까?

돈이라면 앞으로 이정희는 재벌급 부자가 될 것이다. 돈에 구애받지 않는 삶을 살겠지.

그렇다면 권력인가?

이 몸이 대통령의 최최최최측근이라서?

만일 그런 거라면 잘못 선택했다 말해 주고 싶은데.

권력은 아닌 것 같다는 느낌이다. 전생 때도 이정희는 국회의원 부인이라는 감투를 전혀 달가워하지 않았다. 도리어 최대한 멀어지려 하였다.

임기를 마친 장대운의 비서로 들어갈 남자에 대한 훗날을 위한 포석이라도 여겨도 과했다. 그때쯤이면 이정희는 세계적 유명 인사가 돼 있을 테니. 2차 전지의 혁명을 이끌 동진배터리의 사업 본부장으로서.

'정말 운명의 이끌림이라도 받았던가?'

사람 보는데 탁월한 장대운, 정은희가 보증하였다.

이정희는 괜찮은 여자라고.

사실은 두 사람의 판단 때문에 제일 흔들렸다. 이정희에 대한 뿌리 깊은 의심마저.

장대운과 정은희는 해가 될 사람이라면 절대 곁에 붙게 놔두지 않는다.

능력이 떨어진들 성정이 곧고 의리가 강한 이들만 챙긴다.

그들이 그때의 이정희와 지금의 이정희가 다르다고 말한다.

좋은 여자라고.

'그렇다 한들 사랑의 감정이 생기는 건 별개잖아. 굴 먹다가 식중독 걸린 이가 다시 굴을 찾지 않듯.'

"어! 형 옆에 여자가 있어."

"어! 정말이네."

"문호 형, 여자친구 있어?"

"설마……."

"되게 예쁜데."

"가 보자."

"응."

애들이 우르르 달려온다.

잘 놀다가 왜? 그러다 옆에 이정희가 있다는 걸 깨달았다.

"엇!"

어쩔 줄 몰라 하는 사이.

"누구세요?"

"혹시 형 여자친구세요?"

"두 분이 사귄다고요?"

"사귄 지 얼마나 됐어요?"

뭔 개소리들인지.

막으려 했는데. 이정희가 빨랐다.

"아직 사귀는 건 아니고요. 제가 일방적으로 쫓아다니고 있어요."

"에엑!"

"말도 안 돼."

"이렇게나 예쁜데요?"

"누나가 왜 형을 쫓아다녀요? 왜요?"

"맞아. 뭐가 아쉬워서?"

"그것보다 이 형이 제정신이 아니구만."

"맞아. 미쳤어 오빠? 이렇게 예쁜 언니를…… 언니 맞죠? 헤헤."

또 우르르 몰려가 이정희 옆으로 선다.

"오빠가 좀 멍청해요. 언니가 이해해요."

"맞아요. 형이 좀 모자라요."

"어딜 감히, 미녀분을 기다리게 해. 주제를 모르고."

"내가 보증하는데 오빠 모태솔로예요. 무슨 느낌인지 알죠? 이런 일에 젬병이라는 뜻이에요."

"누나가 이해해요. 형이 좀 그래요. 자기는 맨날 뒷전이에요."

이것들이…….

"호호호, 그래요? 모태솔로였어요? 난 몰랐어요."

이정희가 통쾌하게 웃는다. 쪽팔리다.

"그럼요. 저 재미없는 마법사랑은 같이 계시지 마시고 우리랑 놀아요. 여기 놀이동산 되게 재밌어요."

"그래요. 누나. 우리랑 놀아요. 문호 형이랑 있어 봤자 재미 하나 없을 거예요."

"가요. 가자. 여기 공원도 되게 이뻐요. 하하하하하하."

"나도 더 놀고 싶었어."

"가요. 우리 가서 놀아요~~~."

데리고 간다.

홀로 남은 김문호는 문득 주변이 휑하다고 느꼈다.

나만 외롭다고.

그러다 또 화가 났다.

"내가 모태솔로라고? 마법사라고? 내가 왜?!"

난 결혼도 해 봤고 애도…….

"……."

지금 뭘 하고 있는 건지.

주위엔 어느새 아무도 없었다.

누구 하나 봐 주는 사람도 없다.

사람들은 대통령을 따라 우르르 몰고 갔고 동생들마저 가

버렸다. 이정희도.

횡~.

이러다 정말 마법사가 될지도……

"야, 야 이놈들아. 나도 데려가."

김문호도 뛰었다.

"하하하하하하하하하하."

"하하하하하하하하하하."

"놀이동산 재밌어?"

"예~~~~~~~~~~~~~~~~~~~."

"예~~~~~~~~~~~~~~~~~~~."

"다음엔 아빠랑 영화관도 가고 여행도 가고 캠핑도 가자."

"예~~~~~~~~~~~~~~~~~~~."

"예~~~~~~~~~~~~~~~~~~~."

같이 떡볶이도 먹고 돈가스도 먹고 아이스크림도 먹고.

사파리 사자랑 호랑이도 구경하고 먹이도 줘 보고.

장대운도 이 시간을 만끽했다.

너무 기뻤다. 아이들이 좋아하니 너무 행복했다.

"아빠, 사랑해요~~~~~."

"아빠, 사랑해요~~~~~~."

그래, 나도 사랑한다.

"……"

그러다 이런 생각이 들었다.

세계적 레전드란 명성도, 세계 1티어급의 기업도, 거대한 자본도, 또 국가 최고의 권력도 쥐어 봤지만.

어쩐지 이 두 녀석보다 못하게 여겨진다는 걸.

앞으로 더 무엇을 발전시켜 나간들, 성공시킨들, 이 두 녀석이 만들어 가는 미래보다 값질까?

"……."

이런 느낌이다.

어느 날, 갑자기 없던 녀석들이 생겨났다.

느닷없이 태어나서는 울며 떼쓰고 똥 싸고 매달리고 안기고…… 언젠가부터 자기 생각이란 걸 가져 이것도 하고 싶고 저것도 하고 싶어 하면서도 이 아버지마저 배려할 줄 안다.

눈앞 이 녀석들은 원래 없던 녀석들이다.

낳지 않았다면 존재 자체가 없었을 녀석들.

'아아…… 세상 무엇에 의미를 둔들 아이 낳는 것보다 훌륭한 게 없는 것 같구나.'

어떤 위대한 업적이든, 어떤 대단한 성공이든 간, 아이 낳는 것보다 더 신비롭고 영광스러울까 의심스럽다.

그랬다. 저 녀석들은 자체로 빛이었다.

영광(榮光).

나에게 주어진 찬란한 빛. 내 인생을 밝혀 줄 태양.

저 안, 깊숙한 곳으로부터 사랑이 휘몰아쳐 올라왔다. 어지간해서는 채워지지 않는 허전한 가슴이 풀로 가득 차는 충만감을 맛본다.

'으응?'

눈앞이 시원하다.

앞을 가리던 무언가가 한 꺼풀 벗겨진 느낌.

밝아진 눈으로 주변을 둘러보았다.

모든 게 선명하였다.

아주 많은 사람들이 모여 휴대폰으로 그 시선으로 우리를 주목하고 있었다. 저 사람들의 표정이, 기대감이 눈에 들어온다.

무척 귀해 보였다.

저들도 내 두 아들과 같은 시절이 있었겠지.

그 부모로부터 축복받았겠지.

'나는 대한민국 대통령이다.'

이런 걸 대오각성이라고 하는지 모르겠다.

이전과는 다른 마음이 저들을 감싼다.

단지 국민이라서 같은 민족이라서가 아닌 내 피를 이은 혈족처럼 아주 가깝게 여겨진다.

그들에게 다가갔다.

흠칫 놀라 뒷걸음질 친다. 더 한 발 다가갔다.

못 박힌 듯 꼼짝 못 하는 이를 안아 주었다. 그 옆의 이를 안아 주었다. 그 옆의 이도 안아 주었다. 남녀노소 상관없이 손이 닿는 한 모두 안아 주었다.

이들의 두려움이 기대가 바람이 온몸을 관통한다.

'나는 아버지다. 내가 너희들의 아버지다. 내가 너희의 아버지로서 너희들을 지켜 주겠다.'

다시는 눈물을 흘리지 않게.

항상 웃을 수 있게.

이 나라를 자랑스러워하게.

내가 만들어 주겠다.

너희의 아버지로서 최선을 다하겠다.

【뜻밖의 나들이. 대통령 일가족 놀이동산행】

【함박웃음 터진 놀이동산. 장대운 대통령의 나들이 국민들 대환영!】

【그도 한 가정의 아버지이자 남편이었다. 장난기 넘치는 장대운 대통령】

【청와대 비서진 총출동. 한가로운 한때를 보낸 그들의 면면은 누구?】

【돈가스, 떡볶이를 좋아하는 대통령. 맞다. 대통령은 한국인이다】

【진정한 휴머니스트. 이 시대의 대통령 장대운】

신문이 마구 구겨졌다.

바이른은 구긴 신문을 한쪽으로 던져 버렸다.

한껏 짜증이 난 기색에 마이클 블랭크 국무부 장관이 곁으로 붙었다.

"미스터 프레지던트. 무엇이 못마땅하지요?"

"그놈이 놀잖소. 우리 보란 듯이."

"그렇군요."

"아무래도 한국이 우리 미국의 권고를 무시하고 지소미아 종료를 확정 지을 모양이오."

화가 올라오는지 이마가 점점 빨개지는 바이른이었다.

마이클 블랭크는 더 넘어갔다간 돌이킬 수 없을까 싶어 얼른 자신의 의견을 냈다. 지난 정홍식과의 만남 후 그가 깨달은 게 제법 많았다. 특히나 한국이 예전의 한국이 아님을.

"아직 종료가 확정된 게 아닙니다."

"……?"

"협상의 여지가 있다는 말씀입니다."

"협상의 여지가 있다? 저러는 데도?"

"현상만 보지 마시고 장대운 정부의 특성을 보셔야 합니다. 집권 후 지금까지 보인 일련의 정책들은 전부 하나를 가리키고 있습니다."

"특성이라…… 그것이 무엇이오?"

"상호주의입니다."

상호주의(相互主義).

수출입품의 제한·관세 등 기업 활동과 금융의 자유화 따위에 대한 결정이 상대국의 결정에 따라 달라진다는 원리다.

상대가 우리나라를 어떻게 판단하고 혜택 혹은 벌칙을 주냐에 따라 똑같이 대해 주는 것.

눈에는 눈, 이에는 이.

"상호주의라······."

"전부 똑같습니다. 장대운 정부가 말하는 바는 다른 길을 타지 않고 처음부터 현재까지 일관됩니다. 평등하게 가자."

"으음······."

"감정적으로 가실 문제가 아니라는 겁니다. 상대가 상호주의를 채택했다면 협상의 의지는 언제나 남아 있게 마련입니다. 저들도 반응에 의한 반응으로 대처해 왔다는 뜻이 되니까요."

현 미국과 한국의 관계를 꿰뚫는 말이었다.

한국과 만남 시 기본 전제가 될 개념으로서.

그러나 바이른은 이미 기분이 상한 상태였다.

"꼭 협상해야 할 문제요?"

더는 말 섞기 싫다. 힘으로 밀어붙이고 싶다.

"물론 그러셔도 됩니다. 미스터 프레지던트는 세계 최강대국의 대통령이시니까요."

"흠······."

"다만 한국만 보지 마시고 그 한국을 지배하는 장대운 대통령을 보십시오."

"······."

"90년대 말, 우리 민주당은 잘못된 결정 한 번으로 20년을 잃었습니다."

"그건······."

반론하려다 입을 다무는 바이른.

153

"저 무모한 도람프마저도 장대운 대통령에게는 함부로 굴지 못했습니다. 그건 공화당 내 장대운 대통령의 영향력이 도람프를 웃돈다는 뜻이기도 하지요."

"그……렇게까지요?"

"잊으시면 안 됩니다. 현재는 많이 수그러들었지만, FATE에 대한 민들레의 향수는 여전히 강력합니다. 장대운 대통령이 움직이면 민들레도 움직입니다."

"후우…… 그건 나도 알고 있소. 나도 그 때문에 조심을……."

"만만치 않은 상대로 격상시키고 달래는 것도 한 방법입니다."

"마이클 그대가 보기에도 그게 옳소?"

"제 솔직한 심정은 그렇습니다. 한국은 이미 국제 무대에서도 그 위상이 10년 전이랑은 판이하게 다릅니다. 장대운 대통령 집권 후 무서운 상승세를 보이고 있고요. 그리고 무엇보다 동아시아의 판도에 가장 핵심적인 역할을 쥐고 있습니다. 한국의 도움 없이는 미국의 계획도 유명무실해질 겁니다."

◇ ◆ ◇

[나요.]

"알고 있어. 왜 갑자기 핫라인이야?"

[할 말이 있어서요. 여튼 요새 즐겁게 보내더구만. 일부러 그런 거요?]

"너도 기사 봤어? 안 그래도 여기저기 말이 많이 나온다. 나

154 8

원 참, 아빠 노릇 좀 하겠다는데 뭘 그렇게 나불나불대는지."

[쿠쿠쿡, 여전하시오.]

"그래도 오랜만에 나갔더니 즐겁더라야. 너는 어때?"

[여긴 살벌하오. 그새 배 갈아탄 놈도 꽤 되고.]

"사정이 안 좋다는 얘기네. 그거 조사하느라 시간이 걸렸던 거냐?"

[어떤 놈이 뒤에서 총부리를 겨눌지는 알아야 하잖소.]

"종전은 어렵냐?"

[……어렵긴 하오. 세력이 만만찮소. 인민들도 중국에 길들여졌고.]

"안 되는 건 아니라는 거네. 그래서 용건이 뭔데?"

[도와주시오. 나 혼자는 안 되오.]

"종전이 먼저야."

[선불로 땅겨 주시오.]

"얼마나?"

[1억 달러……?]

"너 지갑에 1억 달러도 없냐?"

[…….]

"맨날 미제, 미제, 다 때려잡아야 한다면서 욕은 욕대로 해놓고 달러는 또 환장해요."

[…….]

"부끄럽냐? 암만, 부끄러워야지. 앞뒤가 안 맞는 모순은 늘 파탄을 부른다. 앞으로 통치에도 명심해야 할 사안이야. 지도자는 곧 죽어도 한결같아야 하니까."

[……]

"듣기 싫어?"

[……아니오.]

"10억 달러 줄게."

[10억! ……달러요?]

"한소리 듣고 10억 달러면 남는 장사 아니냐?"

[……]

"삥땅 치지 말고 사람 모으는 데만 써라. 니 몫은 따로 챙겨 줄게. 형 돈 졸라 많은 거 알지?"

[……알겠소.]

"종전만 하면 10년간 매년 식량 500만 톤씩 원조해 줄게. 인민들부터 배불러 먹여야지. 안 그래?"

[정말 500만 톤이나요? 남조선에 문제가 안 생기오?]

"고양이 걱정은…… 내가 내 돈으로 기부하겠다는데 누가 뭐라고 해?!"

[아……]

"정운아, 형이랑 놀면 생기는 게 많다. 저 중국이랑 다르게 찌질하게 굴지도 않는다. 약속 잘 지키면 기름도 보내 줄 거야. 내 말 믿을 수 있겠냐? 아 참, 저번에 보내 준 역사 자료 잘 쓰고 있다. 고맙다."

[그건…… 어쨌든 나도 도움은 그 정도면 되오. 충분하오.]

"그래, 이렇게 도와줬는데 못하면 나가 죽어야겠지?"

[그……렇소.]

"우선 급하니까 곡물 20만 톤이랑 고기 5만 톤 보내 줄게. 길이나 마련해 봐."

[길이오? 어디 원산항으로 올 작정이오? 미국이 가만히 안 있을 텐데.]

"미쳤냐. 그걸 왜 밝혀. 몰래 줘야지."

[몰래요? 어떻게……?]

"하아…… 이건 또 실망인데. 이렇게 수단이 없어서야. 넌 인민을 살리기 위해 잠시의 굴욕도 참은 위대한 수령이잖아. 방법을 마련해야지."

[그럼 그 종전하고 지원해 준다던 것도 다 길을 내가 만들 어야 한다는 거요?]

"그건 아니지. 종전했잖아. 그럼 당당히 들어가도 되지."

[아…… 지금은 휴전이니 미국 눈치를 보는 거고?]

"방법 없어?"

[내가 바로 마련해서……]

"뭘 질질 끄냐? 땅굴 있잖아."

[땅……굴이오?!]

"땅크도 지나다니는 땅굴이 여기저기 뚫려 있을 텐데. 그 거 하나만 열어."

[……]

"안 돼?"

[……]

157

"너 설마 땅굴로 쳐들어오려고?"

[아니오.]

"형이 참고로 말해 줄 게 있는데. 형한테는 사거리 5,000km에 탄두 10톤짜리 능동 기동 탄도 미사일이 3,000기나 있다."

[……!]

"나 솔직히 말해 한국 정부와 맞짱떠도 이길 수 있어."

[그…… 말은 그게 한국군의 것이 아니라…….]

"그래, 내 꺼야. 수틀리면 저 미국도 반으로 쪼갤 힘이 나에겐 있지. 그 3,000기가 형이 가진 자신감의 원천 중 하나야. 정운아, 여기저기 떠벌릴래?"

[아니오.]

"넌 핵을 갖고 난 3,000 궁녀…… 미사일 3,000기 갖고. 얼마나 좋냐. 종전해 볼 만하지 않아? 믿기 힘들면 직접 와서 봐라. 너한테만큼은 형이 문 열고 보여 줄게."

[아, 알았소. 내 가까운 시일 내에 제일 좋은 땅굴로다가 오픈하겠소. 그거면 되오?]

"와서 구경 안 하고? 너한테는 자랑하고 싶었는데. 그렇잖냐. 최후의 보루라서 갖고 있어도 말을 못 하고. 국방부에 알렸다간 바로 언론이 떠들 테고. 입이 근질근질해서 죽겠다. 그러지 말고 한 번 넘어와라. 밤에 나랑 같이 슬쩍 가서 구경하자. 기분 좋으면 미사일 기술 전수해 줄 수도 있잖아."

[…….]

"어허이, 위대한 수령 동지. 뭘 또 고민하시나? 종전만 해.

종전하고 넘어와서 봐. 다 보여 줄게. 10억 달러도 내일이면 통장에 꽂힐 거다. 아닌가? 현금으로 보내 주는 게 좋으려나? 땅굴로다?"

[……진짜 통일할 생각 없소?]

"통일을 왜 해? 귀찮게. 종전하고 비자 받아 여행이나 오갈 수 있게 해 주면 되지. 너나 나나 알잖아. 무리 없이 통일하려 면 최소 두 세대는 얽혀서 지내야 한다는 거. 너나 나나 그때 까지 살아 있겠냐?"

[그렇군.]

"정리됐어?"

[이행하시오. 아, 돈도 땅굴로 보내시오. 모름지기 현찰이 좋겠지.]

"키키킥, 알았다. 알았어. 내 준비하고 있으마."

장대운이 느닷없이 터진 북한의 핫라인에 대응하고 있을 때 김문호는 멍하니 앉아 창밖만 내다보고 있었다.

"……."

놀이동산 후유증이 컸다.

이정희의 미소를 보고 흔들릴 날이 올 줄이야.

그녀가 그렇게 웃는 건 처음 보았다. 그렇게 통 크게 웃어 젓힐 수 있는 여자인지도 처음 알았다. 그리고 그녀는 단 몇 시간 만에 동생들을 자기편으로 만들었다.

젠장.

"정신이 나간 거야. 한마디로 주제를 모르는 거지. 어떻게 감히 김문호 따위가 정희 누나를 거절할 수 있지?"

"안 되지. 안 되지. 안 되고 말고. 그건 안 돼."

"몇 번이나 대시했다잖아. 여자가 그렇게나 마음을 표현했
는데도 안 받아 준다잖아. 아니, 다른 사람 좋아하는 것도 아
니고…… 설마 남자 좋아해?"

"그럴지도 모르지. 암, 김문호라면 그런 기미가 다분해."

"할 줄 아는 건 일밖에 없는 거야. 일꾼 주제에 어딜 감히
정희 언니를 거부해. 저 지랄이니 맨날 우리만 갈구지. 기껏
일 하나 주면서 조건이나 달고."

"형이 너무하긴 하죠?"

"이게 너무한 거냐? 멍청한 거지. 어쩐지 일이 주먹구구식
이라 했다니까. 우리 대통령님 좀 봐. 얼마나 멋져. 일 처리는
수십 배 빠르면서 가정도 저렇게 잘 지키시잖아. 맨날 붙어
있으면서 대체 뭘 보고 배우는 건지. 쯧쯧쯧."

그만…… 그만, 그만!

쫓아다니며 귀에다 박아 댄다.

'도대체 내가 뭘 잘못했다고…….'

"저, 저, 저 얼굴 봐라. 아직도 지가 뭘 잘못했는지 모르잖아.
사람이 양심이란 게 있어야지. 어떻게 저런 심보로 산 거지?"

"심각하긴 하네요. 우리 형이 왜 이렇게 바보가 된 거죠?"

"원래 바보였어. 우리 대통령께서 나메크성 최고 장로처럼
잠재력을 끌어올리는 재주가 없었다면 이만큼이나 올라왔을
까? 진즉 끝났을걸."

"그럼 나도 대통령님이랑 일하면 문호 형 정도는 하겠네요."

"더 잘하겠지. 어떻게 멍청한! 문호 오빠랑 비교해. 시원이니가 훨~~~~씬 낫지."

"헤헤헤헤."

"어이구, 우리 이쁜 동생. 우리 시간도 남는데 정희 언니나 만나러 갈까?"

"좋아요. 정희 누나 좋아요."

미래가 시원이 손잡고 나간다.

기가 막혔다.

날 욕하는 건 그렇다 쳐도 이정희랑은 딱 한 번 본 거잖나. 어떻게 딱 한 번 본 여자를 그렇게 좋아할 수 있는 거냐?

너희들이 이정희에 대해 뭘 안다고?!

"이씨."

도저히 참을 수 없어 반격하려는데.

"문호 뭐 하냐?"

"으응?"

망할 비서 동생 놈들은 죄다 어디 가고 장대운이 뒤에 서 있었다.

"엇, 마치셨습니까?"

"오늘도 시달렸냐?"

"……아셨습니까?"

"알지. 비서실이 대놓고 널 갈구는데 나도 귀가 있다고."

"아……."

161

"너도 좀 적당히 해라."

"예?"

"이정희 씨. 다들 좋아하잖아. 사람 하나 들이는데 이렇게 좋아해 주는 경우가 쉬울 것 같냐?"

"그건……."

어렵다. 괜히 사람 한 번 잘못들이면 집안이 망한다는 소리가 나왔을까?

장대운이 어깨를 토닥였다.

"좀 열어 줘. 기회는 주라고."

"……예."

"그리고 며칠 안에 정운이가 땅굴 위치 알려 줄 거야."

"예?"

"곡물 20만 톤이랑 고기 5만 톤, 현금 10억 달러 보내 주기로 했으니까 준비 좀 해 놔. 그 땅굴로 넘어가게 될 거야."

"아……."

핫라인에서 나온 얘긴가 보다.

"알겠습니다. 제가 더 알아야 할 문제가 있습니까?"

"청운한테 하라고 해. 최고 수준의 보안으로."

"제가 직접 가야겠군요."

"그게 제일 좋겠지. 우리 신 비서님…… 신 대표님도 만나고."

"옙, 서둘러 움직이겠습니다."

"고생해."

김문호는 그 길로 창원시로 내려갔다.

차를 몰고 다섯 시간을 넘게 달려 도착한 곳은 통합 창원시에서도 진해구였다.

해마다 봄이 되면 찬란한 체리블라썸이 세상을 뒤덮는 곳.

차는 그곳에서도 더 안쪽 거대한 중고차 매매 단지로 들어갔다.

듣기로 이곳의 중고차 매매 단지는 내국인을 상대하지 않는다 했다. 리비아, 칠레, 요르단 등에서 오는 해외 딜러를 위한 장소로 중고차 업계에서는 상당한 영향력을 행사한다고.

김문호는 그곳에서도 가장 깊숙한 내부로 들어갔다.

여기 길가에서 스치는 모든 차가 중고차라니.

대한민국에 차가 참 많다.

'아니, 중고차 시장도 무시 못 하지. 연간 1조 5천억짜리 시장이라니까. 처음 버리는 옷가지 덤핑으로 시작한 일이 이렇게나 커질 줄 누가 알았을까?'

한 해 중고차 수출량만 40만 대라고 했다.

그중 인천항이 80%를 처리하는데.

만나러 온 남자는 인천이 아닌 이곳에 있었다.

[청운 무역]

문 앞에 선 김문호는 잠시 심호흡을 했다.

이제부터 정신 똑바로 차려야 한다.

마음을 다잡고 노크하려 손을 올렸다.

두드리지도 않았는데. 문이 저절로 열린다.

"어서 오세요. 김 비서님."

그 남자였다. 청운 무역의 수장.

마치 올 줄 알고 있었다는 듯 자연스러운 미소로 안으로 들어오라 하고 있었다.

이런 타이밍이라니.

전부 보고 있었다는 뜻이다. 차에서 내린 순간부터.

"안녕하십니까. 참으로 오랜만에 뵙습니다."

"뵐 일이 없는 게 사실 제일 좋겠지만 뵈어야 한다면 언제라도 뵈어야지요. 어서 들어오십시오."

신태영.

현 청운 무역의 수장.

명의상 대표는 따로 있다. 인천에. 본점도 인천에 있다.

그래도 수장은 이 남자다.

이 남자의 삶을 한 마디로 풀이하자면.

'격변이랄까?'

군부 출신 마지막 대통령의 비서.

군부 정권이 창궐하던 시절, 모시던 이가 내무부 장관으로 정부의 욕받이를 하고 있을 때 처음 장대운과 인연을 맺게 됐다고.

이후 장대운에 감화·감동한 건 수순이었고.

청운 무역 출발은 다음 대 대통령이 될 남자의 성정, 즉 군의 미래를 예견한 당시 대통령의 특명에 의해 직을 반납한 보안 사령부 인원들이 미국 CIA에서 교육받고 돌아오고 나서부터가 그 시작이었다고 한다.

90년대 초반부터 매년 100억씩 장대운의 후원을 받으며

성장했고 여기 중고 판매 업계에 종사하게 된 것도 장대운의
지시였다고.

초대 대표로 보안 사령관 출신의 남자가 기틀을 잡았고 전
대통령이 출소 후 비공식 고문역으로 앉았다. 신태영은 고문
의 비서로서 총괄 업무를 맡아 오다 2019년 현재 청운 무역의
수장이 되었다.

정권이 바뀔 때마다 두들겨 맞고 쪼개져 이제는 유명무실
해진 국정원을 대신하는 대한민국 유일의 정보 단체.

이게 청운 무역의 진면목이었다.

"요즘 어떠십니까?"

앞에 놓인 건 따끈한 율무차였다.

고소한 향내가 5평 남짓한 사무실을 가득 메운다.

대한민국을 호령하는 청운 무역의 수장이 이런 곳에 있을
줄은 아무도 모를 것이다.

"재미나지요."

"재미나십니까?"

"그럼요. 요즘처럼 일할 맛 날 때가 있었나 싶네요. 하하하
하하."

신태영과 처음 만났을 때가 생각났다.

2010년이었다.

느닷없이 따라오라는 백은호의 말에 차에 올랐는데 어디
밥 먹으러 가는 것도 아니고 고속도로를 타고 이 창원, 전에
는 진해시였던 곳까지 내려왔다.

그 자리에서 신태영을 만나 인수인계를 받았다.

늙은 자기 대신 앞으로 의원님을 보좌할 사람이라고. 잘 좀 부탁한다고 백은호가 허리를 굽혔다.

"따라가기 벅찹니다. 워낙에 강력하셔서."

"벅차더라도 따라가고 있다는 게 고무적이죠. 우리 장대운 대통령이 보통 사람입니까? 고생이 참 많으십니다."

"부끄럽습니다."

"저는 요즘 들어 더욱 안타깝기 그지없습니다. 이걸 보고 돌아가셨어야 했는데. 당신이 그토록 사랑한 장대운이 이렇게나 훌륭히 성장했다는 걸 보고 가셔야 했는데 말이에요."

"……"

신태영이 손을 잡아 왔다.

"김 비서님."

"예."

"우리 장대운 대통령과 끝까지 함께해 주세요."

"……"

"참으로 외로운 길을 걷는 사람입니다. 천재로 태어난 죄로 이 거대한 업보를 오로지 홀로 짊어지려 하잖아요."

깜빡이도 없이 훅 들어온다. 저 신태영이.

달리 말하면 이 말을 이렇게나 간절히 전하고 싶었다는 뜻이기도 했다. 정보 단체의 수장이 온 힘을 다해 자기 색을 드러낼 만큼.

"걱정 마십시오. 제 운명은 늘 장대운 대통령님과 함께할 겁니다. 죽음도 떼어 놓지 못하게."

"그렇군요. 그렇군요. 김 비서님도 그렇군요. 하하하하하, 저도 늙었는지 추태를 보이고 말았군요. 죄송합니다."

고개를 꾸벅.

김문호도 얼른 허리를 숙였다.

그렇게 제자리로 돌아왔을 땐 찔러도 피 한 방울 날 것 같지 않은 신태영과 마주할 수 있었다.

"그래, 무슨 일로 이 먼 곳까지 오셨지요?"

"조만간 땅굴이 하나 열릴 것 같습니다."

"흐음, 땅굴이요?"

미간이 꿈틀.

전혀 예상하지 못했다는 투였다.

아무렴, 이 시점 누가 땅굴로 대화의 포문을 열까.

"오늘 대통령님과 북의 김정운이 핫라인을 열었습니다. 그리고 저에게 지시하셨죠. 곡물 20만 톤과 육류 5만 톤, 현금 10억 달러를 북으로 보낼 거라고요."

"흐음, 그 일을 청운이 하라는 거군요. 극도의 보안을 요한다는 뜻이고요."

"그리 말씀하셨습니다."

"알겠습니다. 인천에 준비해 놓도록 하지요. 다른 말씀은요?"

"보고 싶다 하셨습니다."

"……."

움찔.

"……그렇군요. 저를 잊지 않으셨군요."

"……."

"모처럼 가슴이 따뜻해집니다. 알겠습니다. 일 푼의 오차도 없이 준비해 놓겠습니다."

"감사합니다."

이거로 끝.

허무할 정도로 짧은 만남이었다.

10년 만에 봤는데.

긴 여운이 남는다. 어느 만남보다도 더 진한.

국가와 민족을 위한다는 사명감 하나로 기꺼이 음지로 들어간 남자가 있었다.

그가 짊어진 삶의 무게는 누구도 알지 못할 것이다. 그 고독함도 또한.

돌아 나오면서도 김문호는 미안한 마음이 컸다.

함께해 주지 못하는 그와의 간격이.

Chapter. 61

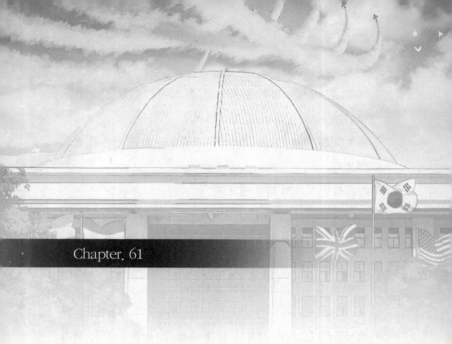

다음 날 일상처럼 들어간 집무실엔 못 보던 풍경이 펼쳐져 있었다.

장대운과 머리를 맞대고 논의 중인 정은희 기획재정부 장 관 앞에 아이 두 명이 앉아 무엇이 그리도 중요한지 열심히 듣고 또 적고 있었다.

"문호 삼촌이다!"

"삼촌!"

대통령의 두 아들이었다.

대통령의 자리엔 영부인이 앉아 계셨다.

이게 무슨 상황이지?

"하하하, 이상해?"

"우리 김 비서가 당황했나 봐요. 좀 떨어져 있었다고 날 보고도 아는 척도 안 하네요. 섭섭하게."

툭 던지는 말에 정신이 번쩍 든 김문호는 얼른 정은희 곁으로 붙었다.

정은희를 화나게 해선 안 된다.

정은희가 화나면 안 된다.

미래 청년당에서 십수 년간 겪은 내공이 경고성을 울렸다. 아무리 사소한 거라도 그게 정은희로부터 비롯됐다면 VVVIP에 준하는 행동력으로 보답해야 한다고.

"아이고, 무슨 말씀이십니까. 너무 놀라서입니다. 너무 반가워서입니다. 너무 기뻐서 잠깐 퓨즈가 나간 겁니다. 제가 장관님을 얼마나 보고 싶어 했는지 아시면서……."

얼른 장대운에게 눈짓했다. 도와 달라고.

"큼, 하긴 김 비서가 우리 장관님 얘기 많이 했어요. 식사라도 제대로 하고 계시나 하고요."

"호호호호호, 그래요? 호호호호호, 그랬어요? 어머어머, 내가 이럴 게 아니지. 내가 우리 김 비서님 주려고 가져온 게 있는데. 호호호호호."

가방에서 주섬주섬 꺼내는데 쿠키였다.

모양새를 보아하니 직접 구운 것 같은데.

침이 꼴깍.

맛있어 보여서가 아니었다.

진짜로 죽을 뻔했다는 걸 깨달아서였다. 이렇게나 준비하고 왔는데 틀어졌다면?

'하이고야. 나는 감당 못 해.'

장대운과 눈이 마주쳤다.

장대운도 뜨악한 표정이었다. 여기까진 몰랐다고.

"앗, 쿠키다!"

"이모!"

"호호호호호, 우리 도련님 것도 가지고 왔지요."

하나씩 엄마 것까지 나눠 주니 또르르 달려가 같이 먹는다.

두 녀석이 합창한다. 맛있어요~~~~.

"호호호호호호호, 호호호호호호호호호~~~~~~~~~."

웃음소리가 커질수록 등으로 식은땀이 올라왔다.

살벌하다.

장대운도 동감이었는지 말을 더듬는다.

"그, 그러네. 이것…… 참 맛있겠네."

"그러……쵸? 우리 사이좋게 먹어 보아요."

정은희는 한결같았다.

육식계 최강자. 그녀 앞에선 천하를 호령하는 장대운도 단박에 쭈그러든다.

'그래, 일단 살고 보자.'

김문호는 얼른 한입 크게 베어 물고는 맛도 느끼기 전에 큰 소리로 외쳤다.

"맛있어요~~~~~~~~~."

장대운도 뒤늦게 아차 했는지 입에 넣고는 소리쳤다.

"이거 진짜 맛있는데!"

"호호호호호호호호호호, 호호호호호호호호호호호호호호호
호호호호호~~~~~~~~."

터졌다.

폭풍우 같은 웃음소리가.

허리케인이 솟은 듯 세상 풍경이 마구 뒤집힌다.

"호호호호호호호호호호, 호호호호호호호호호호호호호호호
호호호호호~~~~~~~~."

김문호는 진심으로 반성했다.

그동안 좀 잘나간다고 교만에 쩔었구나.

세상에는 하늘 위에 하늘이 있음을. 이렇게 존재감만으로
만물을 압도하는 이가 있음을…… 잠시 잊었다.

잘못했다.

감사합니다. 나도 모르게 죽음의 길로 가고 있었음을 알려
주서서.

살려 주서서 감사합니다.

정말 감사합니다.

'감사합니다. 감사합니다. 감사합니다…….'

다행히도 격정의 시간은 짧았다.

기도에 몰입하는 동안, 보고를 마친 정은희는 만면에 미소
를 띠고 나갔고 집무실은 마침내 안정을 찾아갔다.

"학교 숙제라고 하더라고. '우리 아빠는?'이라는 제목으로 아빠의 하루를 조사하여 발표해야 한다네."

"오오, 그런 커리큘럼도 있어요?"

"요새 좋아졌지?"

"그러네요."

"이것 때문에 새벽부터 난리였다니까. 오늘따라 해도 안 뜬 네 시에도 비서실장님이 찾아왔잖아. 땅굴 준비됐다고. 그때부터 애들도 애들 엄마도 똑같이 움직이는 거야. 오늘 하루 통으로."

현대 사회에서 자꾸만 작아지는 아버지를 다시 살피고 그 역할의 무거움에 대해 생각해 보자는 내용이었다.

좋은 취지라.

김문호도 고개를 끄덕였다.

'아버지가 가정에서 멀어진 건 집에서 아버지가 어떻게 살고 있는지 알지 못해서가 크지. 농경시대만 해도 온 가족이 같이 일했으니 더 큰 힘을 쓰고 고생하는 아버지가 가슴에 와닿았고 존경받을 수 있었지만, 지금은 아니잖아.'

나가면 밤에나 온다.

어쩌다 보이는 건 술 취해 들어오는 못난 모습뿐.

소파에 누워 코 고는 미련한 모습뿐.

함께하는 시간이 줄어들수록 서로에 대한 이해도는 낮아

지고 바깥 생활이 많은 아버지는 점점 더 소외당한다.

이는 여성이 가장의 역할을 맡은 가정도 마찬가지였다.

온종일 밖에 있는 이와 늘 함께 있는 이의 친밀도가 같을 수가 없으니.

'잘못 틀어지거나 와전되면 아버지는 돈만 벌어다 주는 기계가 되는 거지. 돈 못 버는 아버지는 효용 가치가 없어지는 거고.'

부부 간에도 마찬가지였다.

뭐든 함께 하지 않으면 전우애는 생기지 않는다.

늘 함께 붙어 다니고 늘 함께 고생한다는 인식이 생긴다면…… 이에 대한 정상적인 사고를 가진 자라면 반려를 귀하게 대하겠지.

그 모습을 보고 자란 아이들은 더욱더 그런 부모를 사랑하겠지.

끼이익. 문이 열리며 도종현이 들어왔다.

들어와서는 말없이 TV를 켠다.

뭐지?

이시다 준조 일본 내각관방장관이 나온다.

무언가 발표하려는 듯 카메라 플래시가 연신 터진다.

≪……일한 간 무역 불균형을 해소하고자 내린 조치에 대해 심히 유감임을 밝히며 우리 일본은 한국을 다시 화이트 국가 리스트에 올릴 것을 적극적으로 검토 중입니다. 이는 일본

한국의 관계가 과거를 넘어 미래를 지향하는 올바른 목적성을 띠길 원하는 일본의 바람이며 세계로 나아가려는 동아시아의 열망을 위한…….≫

"답신을 요한답니다."
장대운이 송곳니를 드러내며 웃었다.

【일본의 부당한 수출 규제가 풀리려나? 청신호?】
【일본이 한국을 다시 화이트 리스트에 올린다고 한다. 그 저의는?】
【이랬다 저랬다 일본 정책. 그 속에서 죽어나는 한국 기업】
【중국화 되는 일본? 일본은 대체 왜 이런 짓을 하는 걸까?】
【지소미아 종료를 앞두고 철회한 수출 규제. 이 관계는?】
【일본에게 지소미아 종료가 주는 영향은? 지소미아가 이토록 중요한 건가?】
【수출 규제와 지소미아. 일본은 무엇을 바라고 이런 일을 벌이는가?】
【지소미아 종료를 둔 일본 정부가 수출 규제를 풀며 한국 정부에 요구하는 것은?】
【지소미아 종료. 제대로 된 카드였던가? 일본이 수출 규제를 푸는 결정적인 이유는?】

【연일 계속되는 논란. 일본이 한국에 원하는 건 무엇인가?】

【묵묵부답인 한국 정부. 다가오는 지소미아 종료. 속 타는 일본?】

【특종. 지소미아 종료를 앞두고 미국이 일본에 압력을 가하다!】

【제이크 툴룬 미 국무부 차관보, 일본 입국 확인! 미국도 지소미아 종료와 닿아 있던가?】

【무엇을 감추고 무엇을 얻으려 하는가? 지소미아를 낱낱이 해부한다】

【한국 정부의 답을 기다리는 미국, 일본. 타오르는 그들의 속내는?】

【나가미 가쓰야 주한 일본 대사 曰, 일본은 한국과의 지속적이고도 협력적인 관계를 원한다】

【선택의 기로에 선 한국. 지소미아를 종료할 것인가? 유지할 것인가?】

【지소미아. 일본은 유지, 미국도 유지, 한국은?】

【속보. 사흘 후 지소미아 건에 대한 청와대 입장문 발표. 예상 답변을 풀이해 본다】

◇　◆　◇

쾅.

"칙쇼!"

한국에서 답변이 왔다.

한국의 언론이 이를 대서특필했다.

【거절한다. 우리도 유감이다】

A4용지 두서너 장에 달하는 성의 넘치는 입장문도 아니었다.

단 한 줄.

응, 싫어.

간노 고이치는 더 이상 참지 못하고 신문을 구겨 바닥에 던졌다.

한참 동안 씩씩댄 그는 일본의 수장답게 심호흡 몇 번에 심신을 원 상태로 되돌렸다.

"이게 한국의 입장이라오. 이게 그 조센징 놈들의 생각이랍니다. 앞으로 우리 일본은 더 강력한 제재로……."

"안 됩니다. 미국이 가만히 안 있을 겁니다."

말을 탁 자르고 들어오는 히라다 마사토시 외무대신에 간노 고이치는 부들부들 떨었지만.

"……."

발작하지는 않았다. 얼마 전 일본에 들어와 온갖 거들먹을 다 부리다 돌아간 그 백인 놈이 떠올랐기 때문이었다.

제이크 툴룬 미 국무부 차관보.

그 자식이 뻔뻔한 표정으로 이렇게 말했다.

∽ 끝난 게임 같은데요. 한국의 반도체 산업을 볼모로 잡고 싶으신 건 알지만, 더 나가시면 백악관이 움직일 겁니다. 그걸 말씀드리러 이 먼 곳까지 날아온 겁니다.

∽ 그래서 무슨 얘길 하고 싶은 거요?

∽ 끝내세요. 애초 일본이 한국을 건들지 않았다면 지소미아를 두고 '종료' 이슈가 뜨지 않았을 겁니다. 한국이 빠지게 되는 순간 어떤 일이 벌어질지 모르지는 않으실 것 아닙니까.

∽ 한국 따위 뭉개고 가도 됩니다. 지소미아를 종료한단들 정보 수집 활동을 유지해도 되는 거 아니오.

∽ 이상한 논리를 펴시는군요. 그걸 우리 미국이 허락할 것 같습니까?

∽ 미국도 일본의 도움을 받지 않소? 동아시아 정보 활동에서 일본의 역할이 어떤지 모르지는 않을 것 같은데.

∽ 후후후, 아직도 모르시네요. 무엇이 문제인지.

∽ 내가 모른다고요?

∽ 한국만 보시니까 이런 오류에 빠지는 겁니다. 상대는 한국이 아니라 장대운입니다.

∽ …….

∽ 한국이 강한 게 아니라 장대운이 강한 겁니다. 장대운이 있기에 이 모든 게 가능해진 겁니다. 진정 파탄을 원하시는 겁니까?

∽ ……못 할 건 또 뭐 있겠소?

∽ 미국과 한국은 상호 방위 조약(相互防衛條約)을 체결했

습니다. 한국의 허락 없이는 아무것도 못 하게 될 겁니다.

∞ 한국을 건들면 미국이 나선다는 거요?

∞ 말해 뭐 합니까.

∞ 그럼 우리 일본은?

∞ 안전 보장 조약(安全保障条約)을 맺었죠. 이 순간까지
미국이 지켜 주지 않습니까? 다만 안전 보장 조약은 우리 미
국이 공격당할 시 일본이 도울 의무가 없지요. 어느 것이 우
선일까요? 그리고 일본은 애초에 파병 자격이 없는 나라 아
닙니까.

∞ 그래서…… 보통 국가가 되려는 거 아니오.

∞ 그에 대한 고심이 크다는 겁니다. 우리 미국이 아직 일
본이 전범국이란 사실을 잊지 않았다는 말씀을 드리고 싶네
요. 대놓고 가시게 되면 반대할 이들이 아주 많아질 겁니다.

∞ ……

∞ 멈추시죠. 그러리라 믿겠습니다. 지소미아가 틀어지는
순간 일본도 그에 상응한 대가를 치러야 할 테니까요.

이런 말을 듣고도 자존심을 누르고 화해의 손길을 내밀었
건만.

뭐, 거절한다? 우리도 유감이다?

"문제는 이뿐만이 아닙니다. 에칭 가스, 플루오린 폴리이
미드, 리지스트 소재 기업들의 항의가 심합니다. 가장 큰손이
한국인데 일방적으로 수출 길을 막아 버렸다며 이 손실을 어

떻게 할 거냐 합니다."

"뭐라고?! 대일본의 미래를 위한 결정을 폄훼해?! 협조는 못 할망정 감히 항의라고?! 그놈들은 반역자다!"

"총리님! 지켜보는 눈이 많습니다!"

"그래서 어쩌라는 건가?!"

"상황이 여의치 않을 땐 한발 물러서는 것도 병법입니다. 이보 전진을 위한 일보 후퇴."

"이보 전진을 위한 일보 후퇴……."

"어차피 이 건은 우리 일본 외엔 답이 없습니다. 결국 한국은 일본의 손을 잡을 수밖에 없겠죠. 한국도 오성 전자와 SY 하이닉스를 망가뜨릴 순 없을 노릇 아닙니까. 이 대치가 누구에게 더 해롭겠습니까?"

맞다. 한숨을 돌리니 히라다의 말이 맞다는 걸 알겠다.

대치가 길어질 시,

일본은 소재 기업 몇 곳만 타격을 입겠지만.

한국은 오성 전자와 SY 하이닉스가 무너지면 자그마치 GDP의 20%가 상실된다.

누가 더 문제인지 명약관화다.

"그러면 어쩌라는 거지?"

"미국의 요청을 들어 주는 척 우리도 기다리는 겁니다. 결국 시간이 지날수록 초조해지는 건 한국일 겁니다."

"흐음……."

"저는 그동안 이 모든 소요가 한국 탓이라고 돌리며 시간을 벌겠습니다. 한국이 우리 일본 기업에 부당한 관세를 매기고 합리적인 계약을 맺지 않았다고 말이죠."

"호오."

"덧붙여 조선에 있는 놈들에게도 지령을 내리면 됩니다. 혼란 좀 부추기라고요."

"아직도 라인이 살아 있나?"

"상당수가 쓸려 가긴 했는데 깊숙한 곳에 숨겨진 뿌리는 살아 있습니다. 우려하는 수준에서 건들면 장대운도 의심하지 않을 거고요."

간노 고이치는 이 정도만 돼도 숨통이 트이는 것 같았다.

그런 면에서 현재의 한국이 몇 년 전의 한국과 전혀 다른 국가임이 새삼스레 인식됐다.

대통령 하나 달라졌다고 이렇게나 바뀌어도 되는 건지.

하긴 전 대통령들이 머저리긴 했다.

"흠……."

일본은 현재로썬 미국의 요청을 거부할 수가 없다. 일본이 그리는 대계의 대부분이 미국을 통하기 때문이다. 그건 미국도 상당 부분 마찬가지겠지만, 한국이 성장할수록 그 관계가 어그러지고 있었다. 그리고 미국의 대전략에서 우리 일본이 '대체할 수 없는'에서 '대체 가능한'으로 바뀔 수도 있음을.

이번에 확실히 깨달았다.

그렇기에 한국을 죽여야만 한다.

한국이 죽지 않는 한 일본의 포지션은 영원히 위협받을 테니.

"좋아! 그렇게 가자고."

◇ ◆ ◇

"우리 아빠는요. 변호사예요. 변호사는 이웃 간 싸움이 일어나 법적인 판단을 구해야 할 때 의뢰인을 대신해 싸워 주는 사람이에요. 우리는 법을 모르니까 법을 잘 아는 아빠가 대신해서 억울한 사람을 위해 싸워 주는 거라고 했어요. 아빠 책상에는 종이가 이~~만치 쌓여 있어요. 하루 종일 그걸 읽고 공책에 적고 동료들과 의논하고 제시간에 밥도 못 먹어요. 글씨가 요만했어요. 우리 교과서의 백 배 두께만큼 쌓아 놓고 읽어야 해요. 아빠가 너무 불쌍했어요. 맨날 집에 오면 잠만 자고 안 놀아 준다고 칭얼거렸는데. 반성했어요. 아빠는 정말 힘들게 살아요."

"우리 아빠는요. 치킨 가게를 해요. 그래서 아빠 몸에는 늘치킨 냄새가 나요. 전 아빠가 안으러 오면 도망갔어요. 치킨 냄새가 싫어서. 아빠는 새벽 세 시에 들어와요. 낮 열두 시에 출근해요. 출근하자마자 가게를 깨끗이 청소하고 닭을 다듬어요. 아주 세세히 손질해야 잡냄새가 안 난다고 해요. 만져봤는데 미끌미끌 싫었어요. 아빠는 그걸 매일 만져야 해요. 손님들이 오면 앉지도 못해요. 맥주도 가져다줘야 해요. 설거지도 많아요. 땀을 뻘뻘 흘려요. 히잉~ 앞으로 치킨 냄새 싫어도 아빠를 안아 줄 거예요."

"우리 아빠는 프로그래머예요. 프로그래머는 컴퓨터 프로그램을 만드는 사람이에요. 하루 종일 시커먼 화면을 보며 타자를 쳐요. 영어가 아니에요. 컴퓨터가 쓰는 말이 따로 있어요. 그걸 알아야 프로그램을 만들 수 있대요. 회의도 오래 해요. 회의에 가서 꼼꼼히 메모해서 다시 시커먼 화면을 보고 타자를 쳐요. 계속 타자만 쳐요. 난 10분만 앉아 있어도 힘든데 아빠는 몇 시간을 꼼짝도 안 하고 타자만 쳐요. 엄마가 그랬어요. 그래서 아빠 어깨가 딱딱한 거라고……."

"우리 아빠는 애널리스트래요. 주식 정보를 다른 사람에게 알려 주는 직업이래요. 아빠의 일은 새벽부터 시작해요. 미국의 주식, 일본의 주식, 유럽의 주식 동향을 봐야 한 대요. 그걸 분석해서 오늘 한국의 주식이 어떨지 예상한대요. 그것만이 아니에요. 주식부터 채권 보고서, 경제 예측, 거래량, 금융 잡지, 증권 편람, 회사 재무제표 등을 활용해서 후우…… 어렵다. 회사, 주식, 채권 및 기타 투자에 대한 정보를 수집한 다음 개별 기업들의 영업 환경 및 주요 자금 운용 계획, 재무 분석을 하고…… 너무 어려워서 하나도 모르겠어요. 아빠는 이걸 매일 해요."

"우리 아빠는 수산 시장에서 일해요. 수산 시장은 새벽 한 시부터 시작해요. 부산에서 생선을 실은 큰 차가 시장에 들어오면 그걸 가져다 손질하고 아침 장사를 하는 가게들에 배달을 해 주거나 다른 소매점에 넘겨줘요. 가게엔 우리 집만큼 큰 냉동실이 있어요. 거기에 오징어, 동태, 고등어 같은 것들을 넣어요. 수산 시장 바닥에는 물이 흥건해요. 생선 내장 조각이 돌아다녀요. 비린내도 많이 나요. 근데 왠지 신나요. 아저씨들이 소리 지르는 것도 힘차 보여요. 나는 생선을 싫어하는데 조금은 좋아해 볼까 해요."

············

············

장대운의 둘째 아들이 단상에 나섰다.

모두가 주목하는 가운데 열심히 적어 온 걸 읽었다.

"우리 아빠는요. 대한민국 대통령이에요. 새벽 네 시부터 업무 시작이에요. 어젯밤 열두 시에 들어오신 거 봤는데. 새벽부터 하루 종일 장관님들 만나 이야기해요. 아침엔 기획재정부 장관님 은희 이모, 오전엔 과학기술정보통신부 장관님 복기 큰삼촌, 통일부 장관 할아버지, 법무부 장관 작은할아버지, 산업통상자원부 장관 큰삼촌을 연달아 만나요. 밥 먹으면서도 계속 얘기해요. 서류를 보고 엑스표도 치고 동그라미도 그리고. 쉬는 걸 한 번도 못 봤어요. 그런데도 웃어요. 왜 웃냐고 물어봤어요. 안 힘드냐고. 쉬지도 못하는데……. 그래서 더 웃어야 한대요. 더 쉬지 않아야 한대요. 아빠가 바쁠수록 국민의 삶이 편해진대요. 책상에 결재 서류가 계속 쌓여요. 아빠는 그 서류를 전부 보셔요. 어떤 건 사인하고 어떤 건 한쪽으로 치워 둬요. 그걸 가져간 비서실 형, 누나들은 좀비처럼 일해요. 의논하고 싸우고 소리 지르고 해결책을 찾고 계속 전화해요. 서류 왜 안 가져오냐고요. 일을 그렇게 해서 되겠냐고요. 비서실에서 또다시 결재 서류를 올려요. 쉬지 않고 사인했는데도 계속 쌓여요. 사람도 계속 만나야 해요. 나는 하품이 나고 지치는데…… 그런데도 아빠는 늘 웃으며 힘차게 일해요. 아빠는 기죽으면 안 된다고요. 아빠는 대한민국의 대통령이라고요. 이렇게 나라와 민족을 위해 일할 수 있어서 기쁘다고요. 우리 아빠는 정말 최고의 영웅이에요."

엄지 척! 하는 동영상이 소셜미디어에 올랐다.

어느 초등학교 학급에서 실시한 교육 커리큘럼으로 '우리 아빠는?'이란 주제에서 나온 뜻밖의 직업 때문에.

→ 우와~ 장관들을 이모, 삼촌, 할아버지라고 불러.

→ 대통령이 새벽 네 시부터 업무 시작한다고요? 비서실 인원들 좀비화. 업무 강도 어쩔???

→ 난 감동임. 아빠는 대한민국의 대통령이라는 대목에서 울컥함. ㅠㅠ

→ 아들이 아빠를 최고의 영웅이라고 했어요. 이만한 찬사가 또 있나요?

→ 대단합니다. 장대운 대통령, 열심히 한다고는 봤는데 상상 이상이네요. 이런 분이 우리나라 대통령이라서 참으로 자랑스럽습니다.

→ 일하는 대통령. 그 아들의 눈에도 도무지 이해 안 가는 업무량. 저런 사람도 저렇게 열심히 일하는군요.

→ 난 좀비가 왜 이렇게 웃기냐. ㅋㅋㅋ <u>흐느적흐느적 일</u>

좀 그만 달라고 젠장!!!

→ 하루에 세 명만 만나도 지침. 말도 안 되는 업무량임. 내가 사람 만나는 직업이라 암.

→ 대통령 전직이 월드 스타였음. 사람 만나는 게 일상 아님? 뭘 큰일이라고.

└ 팬 만나는 거랑 국가 대사 논하는 거랑 같음?

└ 개념 상실 중? 어디서 찬물 투척임.

└ 살인적인 업무량을 보고도 이런 소리라니. ㅉㅉㅉ.

→ 이게 바로 다이아몬드 수저 아니냐? 장관을 이모라고 불러. 끝내 주는 삶이다.

└ 오필승 소속이었잖아요. 어려서부터 익숙하겠죠.

└ 대통령 아니었어도 이미 다이아 수저예요. 뭘 그리 새삼스럽게.

└ 어휴~ 난 벌써부터 걱정이네요. 나중에 형제의 난이 안 일어나나 몰라.

└ 장대운 대통령이 가만히 있겠어요? 그 사람이 어떤 사람인데.

→ 감동입니다. 자식이 아버지를 객관적으로 볼 수 있는 교육 프로그램이라니. 우리도 이런 걸 했다면 아버지를 조금 더 잘 알게 되지 않았을까요?

→ 맞아요. 요즘 아버지들 보면 불쌍해요. 누구도 챙겨 주지 않죠. 막상 돌아와 보면 할 줄 아는 것도 없고. ㅠㅠ

→ 나도 이참에 아버지 한번 따라다녀 보려고요. 어떤 삶

을 사시는지 직접 봐야겠어요.

→ 그거 좋네요. 난 왜 교육 못 받은 것만 탓했을까요? 해보면 될 텐데.

→ 동참입니다. 참으로 뜻깊은 하루가 될 것 같네요.

반응이 생각보다 괜찮자 이번엔 집무실에서 숙제하는 아들들의 사진이 나갔다.

대통령 책상에 앉아 선생님이 내준 숙제를 하는 아이들.

→ 헐~ 우리나라에서도 이런 걸 볼 수 있게 됐네요.^^;

→ 안 될 게 뭐래요? 청와대가 집이면 되는 거지.

→ 다른 대통령의 아들은 이런 모습 없었지 않아요? 난 한 번도 본 적 없던 것 같던데.

ㄴ 다른 대통령은 늙어서 대통령 됐잖아요. 그 아들들이 이런 모습인 게 더 이상하지 않나요?

ㄴ 그러네. ㅋㅋㅋ 젊은 대통령이니까 이것도 되는구나.

ㄴ 몰랐네. 우리가 이걸 몰랐네. ㅋㅋㅋ

→ 우와~ 감격. 미국 대통령한테만 있던 일이 우리한테도 일어나다니. 장대운 대통령 진심 짱임.

→ 숙제 열심히 하네요. 무럭무럭 자라서 아빠처럼 큰일 하세요~~~~~~~.

→ 멋진 일터입니다. 아버지와 아들이 함께하는 자리라니. 무척 부럽네요.

→ 그래도 국가 대소사를 논하는 자리인데 괜찮을까요?

└ 무슨 염려를 하세요? 알아서 하시겠죠. 설마 아이들 앞에서 엉뚱한 거 하시겠어요? 그만큼 자신 있다는 얘기 아닌가요?

└ 맞아요. 장대운 대통령을 믿으세요. 단 한 번도 실망시킨 적 없잖아요.

└ 없는 시간 쪼개서 아이들과 함께하려는 마음이 난 더 놀랍네요.

→ 대통령 책상에 앉아 숙제하는 마음은 어떤 걸까요? 치트키 쓴 것처럼 잘될까요?

└ 몰라요. 우리 아빠 대통령이 아니라서.

└ 저 기분을 느껴 본 사람이 있을까요? 난 없을 것 같은데.

└ 이것도 희귀한 경험이네요. 그래도 미소를 감출 수는 없습니다. ^^

→ 귀엽네요. 아주 앙증맞아요.

→ 깨알같이 등장하는 대통령도 멋있어요.

→ 다음 사진 봐요. 대통령이 조형만 국토부 장관이랑 머리 맞대는 뒤편으로 또 아이들이 보이죠?

→ 이상한 느낌이 들어요. 뭔가 안심이 되는 건 뭐죠? 나만 그런가요?

→ 저도 그래요. 마음이 푸근해지는 게 편안해지네요.

→ 나도 왠지 편안해지던데.

→ 좋아요. 그냥 다 좋아요.

◇ ◆ ◇

"이번은 지난번과 다르길 바랍니다."

"다를 겁니다."

"자신만만하시군요."

"그럴 만한 이유가 있으니까요."

"위협 쪽인가요?"

"아니요. 거래입니다."

"좋습니다. 믿어 보죠."

정홍식과 마이클 블랭크가 마주 앉았다.

지소미아 종료 관련 1차 회담 결렬 후 다시 만든 자리였다.

"자, 꺼내 보시죠."

정홍식의 말에 마이클 블랭크가 서류 봉투에서 꺼낸 건 A4 용지였다.

아무것도 적혀 있지 않은 백지.

이게 무슨 뜻이냐는 눈빛에 마이클 블랭크는 말없이 펜을 꺼내 메모할 준비를 하였다.

그제야 정홍식도 미국의 뜻을 알 것 같았다.

"오호라, 백지 수표인가요?"

"다소간 협의를 거쳐야겠지만 한국 측에서 원하는 바를 명확히 알고자 합니다."

"미국이 대신 일본과 상대하시겠다?"

"이대로는 평행선일 테니 할 수 없겠죠."

"갑자기 한국에 호의적이시네요."

"이 구도를 놓칠 수는 없을 노릇 아닙니까. 한국에 불합리한 내용도 있고."

"왜 전에는 가만히 있으셨나요?"

"한국과 일본의 협정이니까요."

"공식적으로?"

"그렇죠."

눈 감고 아웅 이라지만 마이클 블랭크의 말이 틀린 건 없었다.

미국은 이래야 자국에 이익이니까.

정홍식도 어제 장대운이 넘겨준 자료를 보지 않았다면 원안대로 밀고 나갔을 것이다.

협상이고 나발이고 무조건적인 종료.

그러나 김문호의 보고서에는 지소미아 종료가 차후 한국의 행보에 찬물을 끼얹는 결정적인 행보일 수 있다는 내용이 아주 사실적으로 묘사돼 있었다.

그 보고서를 보고 대통령이 마음을 바꿨다. 자신에게도 마음을 바꾸라고 보여 줬다. 김문호를 믿어 보자고.

그래서 바꿨다.

'바꾸긴 했으나 이 시점 급격한 핸들링은 안 되지.'

장사의 기본이다.

미국이 백지 수표를 꺼낸 이상 속내를 감추고 더 강하게 나가야 한다. 최대한 뽑아 먹으려는 듯한 뉘앙스와 함께.

일단은 원안대로 간다.

"좋습니다. 그렇게까지 원하신다면 우리도 대통령의 재가를 요청해 보지요."

"그렇습니까? 이거 진즉 이런 자리를 마련할 걸 그랬습니다."

"백지 수표가 다 한 거죠."

"그렇군요."

"먼저 일본의 사과와 배상을 원합니다."

혹 치고 나가니. 마이클 블랭크의 미간이 찌푸려졌다.

"설마 과거사에 대한 건가요?"

"아니요. 이번 건에 대한."

"으음, 그건…… 알겠습니다. 일단 적겠습니다."

메모하는 마이클 블랭크를 기다려 줬다.

"다음은 몇 가지 불합리한 조항을 수정 혹은 삭제하겠습니다."

"좋습니다."

"우선 일본이 가진 무기를 우리가 못 만든다는 조항은 누가 봐도 이상하지 않겠습니까?"

"음……."

"미국도 입장을 명확히 해 주시기 바랍니다. 북중러 동맹에 대비해 동아시아 한미일 삼각 동맹을 기획하고 계신 것 같은데. 이런 식이라면 누구를 위한 대비인지 애매모호해지지 않겠습니까?"

"알겠습니다. 그것도 메모하겠습니다."

열심히 적는다.

"현 협정대로라면 정보의 질과 내용도 문제더군요. 지금은 주

로 미사일 관련 정보 교환이 이뤄지는 것 같은데 들춰 보니 일본
이 한국의 작전계획 5027마저 요구할 수 있게 돼 있더군요."

작계 5027은 한미 연합군이 북한군을 붕괴시키고 통일을
이루는 작전계획이다.

북진 통일 가상 시나리오.

문제는 이게 2급 비밀로 분류된다는 건데.

지소미아는 2급 비밀까지는 전부 공유할 수 있었다.

즉 일본이 이 계획을 공유해 달라 요구할 수 있다는 건 한반
도 전쟁 시 자위대가 이 땅을 다시 밟을 수도 있다는 뜻이다.

한국으로선 알러지 반응을 일으킬 만한 일.

이걸 전 정부는 용인한 거다.

"음……."

"작계 5027을 1급 비밀로 격상시켜 주세요."

"알……겠습니다."

어떤 내용이든 경청하라는 언질을 받았는지 마이클 블랭
크는 반발하지 않고 순순히 인정했다.

정홍식은 고삐를 멈추지 않았다.

"또! 기존에 군사 정보 협정을 체결한 다른 국가들과 정보
를 주고받을 때 보니 국회 해당 상임위에 보고하게 되어 있더
군요. 국회에서 모니터링이 가능하더란 말입니다. 업무 책임
자가 명확하게 게시되어 있기 때문에 책임 소재도 확실히 가
릴 수 있고요."

"……."

"그런데 일본과의 군사 정보 협정 내용에는 국회에 보고하지 않기로 되어 있고 또 업무 책임자마저 명확하게 게시되지 않아 책임 소재를 가리기 힘들더군요. 이유가 있나요?"

"그건……."

"다른 정보 협정처럼 국회에서 모니터링 할 수 있게 개정한다면 불안감을 잠재우는 데 일조할 것 같던데…… 안 되나요?"

형평성 얘기였다. 왜 한일 지소미아만 이상하더냐?

역시나 마이클 블랭크가 움찔했다. 또 고개를 갸웃댄다. 이것만은 통과시키기 어렵다는 듯.

정홍식은 멈추지 않았다.

"나는 사실 말입니다. 일본의 정보력이 우리 한국에 얼마나 도움이 되는지 의문입니다. 일본이 군사 위성과 이지스함을 보유하고는 있다고는 하는데 북한에 대한 정보력은 한국이 월등하지 않겠습니까?"

"……."

"대답 안 하시네요. 북한이 미사일을 쏘면 가장 먼저 탐지할 수 있는 곳이 한국입니다. 당연하지 않나요? 일본은 저 멀리 있는데. 즉 일본의 레이더가 미사일 발사를 탐지할 때는 탐지 거리에 미사일이 들어왔을 때만이 가능하다는 거죠. 일분일초가 매우 중요한 미사일 탐지 분야에서는 치명적인 단점인 것 같은데. 미국은 다른 의견을 가졌나요?"

"그건…… 아닙니다."

"이미 일본이 한반도 상공에서 보고 있어 괜찮다는 말씀은

하지 마세요. 우리도 다 알고 있으니까. 지금 그것 때문에 어찌할까 고민 중입니다. 다 뒤엎을지."

"……."

지금 중요한 건 우리 몰래 지속적으로 한반도를 감시하고 있다는 것도 아니고 북한 미사일의 낙하지점을 알아채는 것도 아니었다.

한국의 포지션이었다.

"한국이 일본의 조기 경보기가 아니라는 점을 확고히 해 주셔야겠습니다. 미국이."

"크음, 반대급부가 있어야 한다는 거군요."

"이 시점, 일본은 한국이 운행하는 버스를 탔죠. 버스비도 안 내고 계속 버스만 타려 하고 있고요. 인도적인 차원에서 어느 정도 정보를 공유할 순 있지만 우린 잊으면 안 됩니다. 우리가 무엇을 하려고 이 자리에 나와 있는지."

미국의 동아시아 삼각 동맹 기획이었다.

세 나라가 힘 합쳐 적에 대항하자.

당연히 한국과 일본을 동맹국으로 만들겠다는 내용은 아니었다. 한국 - 미국 - 일본의 형식으로 미국이 가운데에 서서 연결점이 되겠다는 것이다. 온갖 부가적인 이익은 다 처먹으면서.

"그리고 일본은 협정 후 한국의 정보를 줄기차게 받아 가면서도 정작 자기들의 정보는 주지 않은 경우도 있더군요. 2017년 3월 22일에 북한 미사일 도발 후 정보 공유를 요청했

지만, 일본은 짐짓 모른 체하며 버티기로 일관했어요. 이도
모르십니까?"

　그때 우리 외교부의 정보 공유 요청에 일본은 이렇게 대응
했다.

　- 우리의 감시 자산으로 파악한 정보여서 한국에 줄 수 없다.

　실실 쪼개며. 상황을 즐기듯.
　우리 외교부도 이때의 일을 이렇게 논했다.

　- 한마디로 굴욕적이었다.

　"지소미아에 가장 긍정적이었던 박진주 정권의 외교부조
차 굴욕적이었다고 말했는데 과연 일본이 한국에 옳게 정보
를 공유할 의지가 있는지 의심스럽더군요. 미국이라면 이럴
때 어떻게 하나요?"

　"……."

　"설마 이 일도 모른다고 발뺌하시렵니까?"

　"아니오. 그 건도 이번에 검토하며 발견했습니다."

　어금니를 앙~ 깨물며 하는 대답이었다.

　마이클 블랭크의 시선이 잠깐 허공을 향했다가 돌아왔다.
이래 놓고 지소미아는 유지해 달라고 징징대는 일본을 원망
하며.

"어쩌시렵니까?"

"추후 이런 일이 다시 벌어지지 않게 하겠소."

"협정서에 파기 조항으로 넣어 주시겠습니까?"

"……좋소."

열이 오르는지 이마에 땀이 송글송글 맺히는 마이클 블랭크.

정홍식은 시종일관 꼿꼿한 자세를 유지했다.

회담장엔 슥삭슥삭 펜글씨 소리만 울렸다.

전부 다 적었는지 마이클 블랭크가 한숨을 내쉬며 고개를 들었다.

"후우…… 더 추가할 내용이 있소?"

"물론 있죠."

"……."

진이 빠진다는 표정이었으나.

"하나만 더 하죠. 이게 제일 중요합니다."

"뭡니까?"

"한일 군사 정보 포괄 보호 협정(general security of military information agreement. GSOMIA)의 개칭입니다."

"지소미아의 개칭이요?"

"군사(military)의 개념을 지우고 싶습니다."

"그 말은……."

"한일 정보 포괄 보호 협정(general security of information agreement. GSOIA)으로의 개칭을 요구합니다."

"……!"

미국에 폭탄을 던져 준 정홍식이 마이클 블랭크가 잡든 말든 자리를 박차고 나가고 있을 때 어스름해지는 저녁을 뚫고 경기도 파주로 200대에 달하는 화물차가 들어섰다.

평소에는 볼 수 없던 차량의 행렬에 파주 시민들은 의아해했지만, 차량이 군부대 방향으로 향하자 금세 관심을 끊고 일상으로 돌아갔다.

아! 부대 행사구나.

"단결!"

그러나 차량은 부대로 들어가지 않았다.

입구에서 미리 연락받은 병력과 함께 턴,

감악산 북쪽과 임진강 상류가 만나는 지점으로 은밀히 이동했다. 그곳 371번 국도와 만나는 지점 산기슭이 이번 운행의 목적지였다.

항속으로 운행 중이던 차량들은 어느 순간 사주 경계 중인 병력과 조인했고 그들의 인도에 따라 조금 더 깊숙이 들어갔는데 넓게 차양막으로 감싼 장소가 나왔다. 그곳엔 25톤 트럭이 왕복 운행할 수 있는 거대한 터널이 아가리를 벌리며 기다리고 있었다.

북한이 파놓은 땅굴이었다. 실로 어마어마한 규모.

청운 무역 소속 석준일 부장은 자신이 운전하며 직접 보면서도 혀를 내둘렀다.

"정말 탱크도 오갈 수 있다더니…… 이거 진짜 미친 거 아냐?"

"글쎄 말입니다. 언제 이런 걸 다 뚫어 놨죠?"

옆에 앉아 허리를 바짝 세운 남자는 이도진 대리였다. 석준일의 파트너.

원래는 이도진이 운전하려던 걸 역사적인 장면이라며 자기가 손수 운전하겠다고 나선 것.

"내 말이……. 여기까지 뚫으려면 산과 들은 둘째 치고 저 임진강 아래로 지나왔다는 거 아냐."

"그러네요. 지도상으로 봐도 위쪽 강폭도 장난 아닌데요."

"얼마나 되는데?"

"한 200m 정도 됩니다."

임진강 하류는 강폭이 1km 정도 된다.

"미친 것들이야. 미친 것들."

"이러니 우리도 이 미친 짓을 하고 있는 거겠죠."

북한이 땅굴 위치를 알려 줬더라도 물리적인 시간은 필요했다.

곡물과 육류를 준비하는 시간보다 저 땅굴이 온전하게 터널 역할을 할 수 있는지 확인하고 보강 작업하는 데 꽤 많은 날이 투자됐다. 돈 10억 달러를 추적 불가능한 현금으로 가져오는 것도 난제였고.

지금 석준일과 이도진이 탄 1호 차량은 달러만으로 가득 채워져 있었다.

덜커덩 덜커덩.

고르지 못한 도로의…… 그 윤곽만 알려 주는 불빛에 의지한 채 시커먼 굴속을 달린 지 얼마나 됐을까?

앞에서 갑자기 환한 서치라이트가 켜지며 사람 하나가 길을 막아섰다.

차를 천천히 멈춘 석준일.

다가오는 이는 장교복을 입은 남자였다. 덩치는 작지만, 눈빛이 아주 매서운.

약속대로 석준일은 시동을 켠 채 내렸고 이도진도 같이 내렸다.

"남조선 동무."

"북조선 동무."

따라 하는 석준일에 북측 장교가 씨익 웃었다.

"훗, 기래 이 상자차에 그게 들었소?"

"확인하시오."

석준일이 장교를 상대하는 사이 이도진이 눈치도 좋게 뒷문을 열었다.

안내에 따라 인민군 장교는 내부로 탑승했고 전면에 가득 쌓인 달러를 무표정으로 바라보고는 확인 작업을 시작했다.

위치 추적기가 있는지 검사도 해 보고 달러 무더기를 괜히 들춰 보기도 하고 다른 게 섞이지 않았는지 파헤쳐 보기도 하고 지폐를 일일이 손으로 검수하기까지 했다.

거의 5분을 확인 작업에만 할애한 장교였다. 남들이야 속이 타든 말든.

"확인했소."

그가 차에서 내리며 고개를 끄덕이자 석준일도 말없이 인수인계증을 내밀었다.

"좋소. 내래 확실히 인수했소."

도장을 콱.

그러고는 자기가 운전석에 앉아 몰고 가 버린다.

유유히 저 멀리 암흑 속으로.

"……."

"……."

별말 없이 서 있는 두 사람.

탑차가 사라지자 기다렸다는 듯 백 단위의 인원이 달려왔다.

이들도 인민군 복장이었다.

이들이 대기 중인 20톤 차량을 이끌어 곡물 쌓아 놓을 곳으로 인도했다.

땅굴 규모가 상상을 초월했다.

애초 개미굴을 상정하고 팠는지 20톤짜리 트럭이 다녀도 끄떡없었고 군데군데 다른 통로도 많았다. 큰 공간도.

"뒤에 비켜! 쏟는다!"

위이이이이이잉.

암롤 트럭답게 짐칸이 위로 들리며 실어온 곡물을 바닥에 쏟아 냈다. 빈 차는 다시 인민군의 인도를 받아 왔던 길로 되돌아간다. 터널을 빠져나가자마자 각자 알아서 다른 도로를 타고 지정된 곳으로 가겠지.

육류를 싣고 온 1톤 냉동 탑차도 인도를 받아 고기를 내려 놓는다.

두 작업을 무심히 지켜본 석준일과 이도진은 이해가 안 된다는 듯 고개를 갸웃댔다.

아무리 고쳐 생각해도 무리였다.

약속한 물량이 곡물 20만 톤, 육류 5만 톤이다.

10억 달러는 어떻게 전해 줬다지만.

이런 식이라면 반드시라고 단언할 만큼 들키고 말 것이다.

'20톤짜리 100대로 한 번에 옮기는 양은 2천 톤, 물량을 맞추려면 100번을 이 짓을 해야 한다는 계산이 나오는데.'

육류는 500번이다.

세상이 멍청한 놈들로만 돌아가는 것도 아니고 수상한 트럭 행렬이 100번 이상 전방을 향하는데 모를 수가 있겠나?

"이거 들키겠지?"

"예, 한두 번은 모르지만 근시일 내에 들킨다에 5백만 원 걸 수 있습니다."

"휴우~. 내기 성립이 안 되네. 나도 그쪽이거든."

"그분도 아실 텐데 말이에요. 왜 이걸 승낙한 걸까요?"

"……."

"……."

"……설마."

"예?"

"일부러 들키라고 하신 건가?"

"예?!"

이도진이 더 말도 안 된다는 표정을 짓는다.

"일부러 들킬 거라면 차라리 대놓고 해도 되잖아요. 누가 건든다고요."

"그러니까 그게 의문이란 말이야. 왜 들킬 일을 사서 하시는 거지?"

"모르죠. 워낙에 종횡무진이시라. 근데 전 별 의문 안 갖기로 했어요."

"왜?"

"그분이 손대서 언제 손해난 적 있어요?"

"없지."

"다 깊은 뜻이 있겠죠."

"깊은 뜻이야 있겠지."

"예."

"보고나 할까?"

"옙."

전화기를 꺼낸 석준일.

어디론가 향하는 버튼을 눌렀다.

"예, 넘겨줬습니다."

"언니, 우리 백두산 보러 가요."

"누나, 백두산 오늘 개봉했대요."

"언니, 오늘 영화관 가서 팝콘도 먹고 버터 오징어도 먹고 해요."

"아, 알았어. 가자."

아홉 명이 우르르 몰려다녔다.

모처럼 휴식이라 김문호는 집에서 빈둥빈둥, 아무것도 안 하고 싶고 더 완벽하게 아무것도 안 할 수 있을 방법이 있나 고민하던 중 일곱 동생에 붙들렸다.

안 나간다는 걸 기어코 붙잡아 끄집어내더니 이정희 앞에 데려다 놓는다. 어색하게.

'이것들이.'

데려다 났으면 챙기기라도 할 것이지. 숫제 짐덩이 취급이다.

그렇다고 팩 돌아설 순 없으니 울며 겨자 먹기로 따라나섰는데.

"하하하하하하하하하~~."

"호호호호호호호호호~."

"우리 팝콘 살까?"

"난 오징어 살게."

주말 극장가는 상당히 붐볐다.

연인들의 천국.

그 달달한 활기에 전염되듯 왠지 기분이 좋아지는 것 같기도 하고…… 이정희도 그랬던지 살짝 굳었던 표정이 풀리며 미소를 보이기 시작했다.

'너도 나까지 나올지는 몰랐던 거네. 그래서 조심스러웠던 거고.'

저번 놀이동산 때가 떠올랐다.

그때도 이렇게 쫓아다녀야 했다.

'……'

솔직히 아주 많이 놀랐다. 이정희도 저렇게 웃을 수 있구나.

전·현생을 통틀어 그녀가 그렇게 환하게 웃는 건 처음 봤다. 시원하게 소리 지르는 것도.

그게 날 것의 이정희인지는 모르겠지만.

그날 이후 쉬는 날마다 동생들과 만나서 밥 먹고 논다는 건 알고 있었다.

"하아…… 좀 적당히 해라. 이놈들아."

창피했다.

인당 세 개씩. 먹으러 온 건지, 영화 보러 온 건지.

일곱 동생은 영화 시작 카운트다운을 알리자마자 스낵 코너를 털어 버렸다. 나눠 먹어도 남아돌 것들을 잔뜩 싸들고 뒤뚱뒤뚱.

안내 직원이 다 불안할 만큼 동생들은 집착을 부렸다. 영화 보는 내내 다 먹고 말리라.

백두산은 백두산 폭발을 소재로 하는 재난 영화였다.

초반 강남대로가 망가지는 거로 시선을 확 사로잡고는 이후부턴 휴머니즘에 집중한 영화.

"오빠 거 먹어. 내 거 탐내지 말고."

팝콘 좀 집으려 했더니 미래가 밀어낸다.

손가락으로 오른쪽 옆, 이정희가 안고 있는 팝콘을 먹으라고 가리킨다.

얘도 참 내가 저기에다 어떻게 손을 내미나?

에휴, 안 먹고 말지.

"저…… 이거…… 드셔도 되는데."

보고 있었는지 이정희가 먹으라고 준다.

주는데 또 막 거절하기도, 안 먹기도 뭣하고 해서 한주먹 집으려는데.

올라가던 손이 팝콘을 들고 있는 이정희의 손과 스쳤다.

'……!'

따뜻하고도 부드러운.

한순간에 그녀의 전부를 느낀 것처럼 전율이 돋았다. 지금 껏 붙으면 병균이라도 옮을 듯 거리를 뒀던 게 다 무색할 만 큼…… 좋았다.

왜 이럴까. 마음이 뒤숭숭.

'좋다니…….'

그녀와의 접촉이 좋다니.

어떻게 그럴 수 있나? 어떻게 이 한 번에 기쁠 수 있나?

납득할 수가 없었다. 혼란스러울 정도였다.

김문호는 결국 영화를 다 보지도 못하고 밖으로 나와 버리 고 말았다.

이대로 청와대로 돌아갈 생각으로…….

"잠깐만요!"

이정희가 쫓아 나왔다.

다소 화가 난 기색이다.

"어째서 그냥 가시는 거죠?"

"……."

"맞아요. 제가 일부러 닿게 유도했어요. 그게 그렇게 싫었나요?"

"……."

"이렇게나…… 제가 이 정도일 줄은 몰랐네요. 미안합니다. 정말 아무것도 모르고 나 혼자만 달렸네요. 알았어요. 이젠 귀찮게 안 할게요. 미안합니다. 저는 이만 돌아가겠습니다."

무참한 표정으로 꾸벅 인사하고 돌아가는 뒷모습을 물끄러미 보는데.

다소 충격적이긴 했지만.

차라리 이게 나을지도 모르겠다는 생각을 했다.

이 몸은 과거에 얽매인 사람.

기억이 존재하는 한 아마도 자유로울 수 없을 것이다.

그 안에서 서로 고통스러울 바엔.

"그래, 정희야. 이대로 멀리 떠나라. 새 삶을 살 듯 널 온전히 사랑해 줄 사람에게로."

시린 겨울이었다.

차가운 심정처럼 싸늘한 바람이 머리를 스친다.

씁쓸하게 웃은 김문호도 곧 바쁘게 오가는 사람들 사이로 사라졌다.

Chapter. 62

활기차던 거리가 황량하게 바뀐 것도 그즈음이었다.

해가 넘어가고 누군 담배를 끊고 누군 다이어트에 성공하고 누군 부자 되려는 소원 기도와 신년 행사로 2020년의 시작이 한창 바빠야 할 때 말이다. 세상 누구도 바라지 않던 세계적 전염병이 터졌다.

언론에서는 연신 사람들이 병상에 누워 있거나 죽어 나가는 장면을 반복해서 보여 주며 이 전염병에 대한 위험을 알리느라 바빴고 그럴수록 국민의 두려움은 커져만 갔다.

청와대에서도 난리가 났다.

"뭐라고?! 우리나라에도 들어왔다고?!"

"옙."

말도 안 된다는 듯 장대운이 벌떡 일어났다.

이 반응이 맞다.

지금 한국에서 중국으로 갈 수 있는 이는 극소수였다. 중국과의 분쟁 이후 아직까지도 일반 비자가 풀리지 않았다. 외교와 비즈니스 외 비자 발급이 안 된다는 것.

간혹 중국에서 들어온 이들도 추적 감시 중인데.

갑자기 어디에서 전염병이 터진다는 걸까?

"경북의 한 요양원에서 집단 감염이 발발했습니다."

"경북이라고?!"

"재차 확인했습니다. 중국발 감염증이 맞습니다."

"어떻게 된 거야?"

장대운의 목소리가 가라앉았다.

"사실 첫 발견 후 추적에 혼선을 많이 겪었습니다. 감염자들이 진실을 말해 주지 않아서."

"왜?"

"종교인들이었습니다. 위협과 설득으로 그들이 대만과 홍콩을 통해 불법으로 중국 우한시에 드나든 사실을 겨우 밝혀냈습니다."

"하아……."

길목만 막아 두면 될 거라 판단했던 게 오산이었다.

종교인들의 집요함을 간과했음을 다시 한번 깨닫는 사건.

믿음을 위해선 전쟁터도 마다치 않는 이들.

그들을 너무 상식선에서만 두려 하였다.

"혹시 늦었나?"

"아닙니다. 시간을 끄는 바람에 경우의 수가 상당하게 불긴 했지만, 아직 우려할 만한 수준은 아닙니다."

"일단 감염병 위기 경보를 '심각'으로 격상하고 국무총리를 본부장으로 하는 '중국발 감염증 중앙 재난 안전 대책 본부'를 가동하세요."

"옙."

"이 사실을 국민에 알리고 국무총리가 직접 브리핑하라 하세요. 우리나라도 어떤 놈들 때문에 뚫렸다고. 대가를 치르게 해요."

"알겠습니다. 감염증에 걸린 건 어쩔 수 없는 일이지만 숨긴 건 범죄죠. 불법 입국도 또한 그렇고요. 탈탈 털겠습니다."

"하아…… 정치, 언론만 문제인 줄 알았는데 종교도 있었네."

장대운이 어금니를 앙 문다.

이는 그동안 외면했던 종교 쪽으로도 시선을 돌리겠다는 뜻이었다.

"……."

"손 봐야겠지?"

"……."

"일단 방어부터 시작하자고."

"옙."

다음 날부터 온 언론에서 중국발 감염증에 대해 떠들기 시작했다.

2009년 신종플루보다 더 강한 감염증이 한국에 상륙했다고.

이 모든 게 한 종교 단체가 불법으로 중국에 건너갔다가 옮아 왔고 대규모 집단 감염 사실을 알고도 꽁꽁 숨긴 덕분에 지금 대구·경북 지역이 감염증으로 아수라장이라고.

비상이 떨어졌다.

감염증이 호흡기로 전파된다는 소식이 떨어졌다. 깜짝 놀란 국민은 마스크 구입에 열을 올렸고 마스크 값이 천정부지로 솟았다.

1천 원 하던 게 5천 원 줘도 안 판다.

이 사실을 깨달은 몇몇이 그나마 돌던 마스크도 잠그고 풀지 않는 짓을 벌였다.

그러든 말든 정부는 소소히 쌓아 놨던 마스크 비축분 10억 장을 풀어 버렸다. 국민은 두 손을 들어 환영했고 마스크 값은 원상복구 됐다. 국민도 더는 마스크 구비에 불안을 떨지 않아도 됐다.

대신 눈앞의 이익에 휘둘렸던 이들은 국가반역죄에 준하는 형벌이 떨어졌다.

감추느라 급급했던 종교 단체도 철퇴가 떨어졌다.

교주부터 모든 간부급들이 잡혀갔고 그들의 성전 또한 폐쇄시켰다.

신도들이 성토하고 난리를 부렸으나 시민들의 시선은 냉랭하기만 했다. 도리어 숨겨진 성전마저 고발로 여죄만 더 크게 드러났다.

혼란은 점차 안정을 찾아갔다.

반강제적으로 실시한 사회적 거리 두기도 잘 따라 준 데다 몸이 좀 이상하다 싶으면 자진해서 감염증 검사를 받는 등 국민이 솔선수범해 주니 일하는 입장에서도 참으로 고마웠다.

참고로 이후 마스크 값을 100배 후려쳐 중국에 팔아먹는 이들은 놔뒀다. 국내에 도는 마스크는 충분하니까.

"또 뭐라고?!"

"그게 이태원에서 터졌습니다."

좀 진정되나 싶었더니 이태원 클럽에서 난장 까고 놀던 놈들에게서 우수수 감염자가 튀어나왔다.

본래 하루 감염자 수 10명 내외인 나라에 난데없는 숫자 100이 튀어나오니 놀란 질병청이 추적한 것이란다.

외국인들이 주동자라고.

"그 개새끼들, 한 놈도 빠짐없이 전부 잡아들여. 죄질에 따라 반역죄에 준하게 처리해."

"옙, 그럴 생각입니다. 전염병 유포죄 외 손해 배상도 물릴 작정입니다."

"대대적으로 경고해. 나대다가 걸리면 나댄 놈 포함 업주도 국가와 소송전을 치르게 될 거라고."

"그리하겠습니다."

"그건 그렇고 존 콜 마이어는 언제 들어오지?"

"곧 들어올 겁니다."

대답과 동시에 문이 열리며 도종현이 마스크 쓴 백인 남자를 데리고 왔다.

"어서 오시오."

"대통령님, 오랜만에 뵙습니다. 김 비서님도 오랜만입니다."

반갑게 웃는 남자는 오필승 바이오의 대표였다.

존 콜 마이어.

지난 10여 년간 한국에 빠져 자기 고향도 잊고 대한국인이 된 남자.

"바쁘니까 본론부터 가죠."

"경청하겠습니다."

"미국에 백신 개발 계획이 있습니까?"

"다행히 있습니다. 바이른 대통령이 하원에 긴급 자금 지원 요청을 했다는 소식을 받았습니다."

"이렇게 빨리요?"

"카밀 로리스 부통령이 감염증에 걸렸다는 소식입니다."

"오호라, 뜨끔했던 모양이네요."

"고령자일수록 치명적이란 연구 결과가 나왔고 이미 꽤 많은 고령자가 죽어 나가고 있으니까요."

"우리 백신 라이선스 계약은 문제없죠?"

"아직 백신 개발에 들어가지는 않았지만, 임상만 통과된다면 한국은 자체 수급이 가능해질 겁니다."

오필승 바이오의 설립 목적이 바로 이때를 위함이었다.

존 콜 마이어가 부지런히 움직여 화이자, 아스스타제네카,

모더나, 얀센 네 기업과 라이선스 계약 관련하여 특약을 하나 걸어 놨다. 세계적 전염병 발발 시 한국을 최우선 제공국으로 선정한다는.

"대통령님의 선견지명이었습니다. 이 계약이 없었다면 백신이 나오더라도 후 순위로 밀렸을 겁니다."

"그래도 동태 좀 잘 파악해 주시고요. 그놈들이 또 무슨 수작을 벌일지 모르잖아요."

"걱정 마십시오. 이날을 대비해 상당한 준비를 했습니다. 계약 불이행 시 백신 라이선스까지 가져올 수 있습니다."

"아! 맞다. 그랬죠. 그거면 되겠네요. 아 참, 타이레놀도 최대한 확보해 주세요."

"진통제를요? 진통제를 왜…… 아~ 아! 알겠습니다. 중증자를 제외하면 타이레놀도 꽤 효과가 괜찮겠군요."

고개를 끄덕끄덕.

"존."

"예."

"존이 도와줘야 해요."

"걱정 마십시오. 비록 겉모습은 다르지만 제 인사이트는 한국인입니다. 한국은 제게 제2의 조국이고 제 아내와 아이들이 살아갈 곳이기도 합니다. 무방비로 놔두지 않을 겁니다."

"든든하네요."

"이번만큼은 마이 턴입니다. 맡겨 주십시오."

꾸벅 고개 숙이는 존 콜 마이어의 눈빛은 자신감으로 넘쳤다.

그만큼 장대운도 어깨의 짐이 한결 가벼워지는 것 같았다.

"이제 버티는 것만 남았네요."

이 태풍이 잠잠해질 때까지.

◇ ◆ ◇

세계 보건 기구(WHO)가 마침내 팬데믹을 선언했다.

들불처럼 번져 가는 감염증의 확산에 각 정부는…… 선진국이든 개발도상국이든 두 손 두 발 다 들었고 온갖 삽질에 헛짓을 다 하며 그 안일한 실태를 드러내느라 바쁜 와중에도 한국 정부는 감염자를 한 자릿수 이내로 낮추며 기염을 토했다.

세계가 놀랐다.

진원지의 바로 옆 나라임에도 일본이 저리도 휘청이는 것에 반해 한국은 견고하게 자리를 지키고 있으니.

한국의 방역 시스템과 국민성을 대상으로 연일 탑 기사가 쏟아지고 있었다.

그만큼 잘하고 있다는 얘기다.

감염병 위기 경보를 '심각'으로 격상하고 국무총리를 본부장으로 하는 '중국발 감염증 중앙 재난 안전 대책 본부'를 설치한 이래 몇몇이 사고 친 것 빼고는 거의 완벽하게 틀어막았다고 해도 과언이 아닐 만큼 선전했으니.

무엇보다 국민의 도움이 가장 컸다.

'거리 두기'를 시행하자면 군말 없이 따라 주고 '마스크를 쓰자'면 또 열심히 써 준다.

서양처럼 개인의 인권 침해니 세계적 음모니 뭐니 나불대며 자기 마음대로 살겠다 하는 인간이 거의 없었다. 서로를 위해, 서로에게 피해를 주지 않기 위해, 또 자기 자신을 위해서라도 불편하고 어색한 정부의 수칙을 지키려 해 줬다. 당연히 도와야 한다는 듯.

언론도 이번만큼은 얌전했다.

원 역사와 달리 수차례 깨진 경험과 더불어 소위 세력이란 것들을 쳐 낸 후론 최대한 객관화된 기사를 실으려 노력하고 있었다. 사람들이 너무 죽어 나가 묻을 땅도 부족하다는 외국의 사례를 알리며 우리는 정말 잘 해내고 있다고 말이다.

"휘유~ 이거 정말 큰일이야."

"예, 맞습니다. 신종플루, 메르스는 진짜 아무것도 아니네요."

"하여튼 중국 놈들은⋯⋯."

"웃기지 않아요? 끝까지 자기들이 안 했대요. 미국이 했대요. 첫 발원지가 우한인데. 우한의 연구소인데."

"천벌을 받겠지."

"그 천벌이 너무 늦지 않았으면 좋겠네요. 뻔뻔한 놈들이 잘사는 꼴을 너무 오래 지켜봤어요."

"그렇긴 하지? 그나저나 교체 준비는 다 했냐?"

"예, 일반인으로 바꿀 거라 해서 싹 다 정리하고 있어요."

"오케이, 잘했다."

땅굴 수송은 청운으로서도 겪어 본 적 없던 희대의 대역사였다.

차량만 200대, 차량에 실은 곡물과 육류를 수급하는 것까지 치면 청운의 전 인력이 투입했다 해도 과언이 아닐 만큼 공을 들였다.

그리고 갑자기 그 사업에서 손 떼란 연락을 받았다.

'우리가 지금까지 어떻게 이어 왔는데'란 불만이 있을 만한데도 모두 가슴에 손을 올리며 안심했다.

청운도 한계에 치달았으니까. 그 일 처리하느라 정보망에도 구멍이 숭숭 뚫렸으니까. 빨리 회복해야 한다.

"근데 이 차량들은 어떻게 하죠?"

"외국에 넘기면 되잖아. 우리가 중고차 수출업자인데 무슨 걱정이야?"

"아까워서 그렇죠. 나중에 또 쓸 일이 있지 않겠어요?"

"하긴 나도 왠지 그럴 것 같은 느낌이긴 한데. 한 100대만 남겨 놓자고 할까? 이거 끌어모으는 것도 보통 일이 아니었잖아."

"그렇죠. 차량 수배하는 것도 너무 힘들었어요."

고개를 끄덕이던 석준일이 짐짓 심각한 표정으로 화제를 전환시켰다.

"내가 곰곰이 생각해 봤는데 말이야. 식량도 식량인데 진짜는 그거 아니었을까?"

"예?"

"첫날 있잖아. 우리가 가져다준 그거."

"아~ 그거요."

"그게 이번 일의 핵심일 거란 예감이 드네. 그걸 거기에 전달해 주는 것. 난 그것이 왠지 트리거가 될 것 같다는 느낌인데. 너는 안 그래?"

"난 또. 무슨 큰 깨달음을 얻으셨다고."

"이게 큰 게 아니라고?"

"그 살벌하게 생긴 장교가 혼자 그것만 갖고 떠났잖아요. 누가 봐도 그게 제일 중요한 거 아니었어요?"

"그런가?"

"에이, 그만 가요. 우린 우리가 할 일이나 끝내자고요."

"그럼 끝마친 날인데. 오랜만에 한잔할까?"

"좋죠."

마지막 수송을 끝으로 휴가까지 받은 두 사람이 의기투합하여 포장마차로 향할 즈음 청와대도 일련의 준비를 겨우 마쳤다.

청와대도 식량 수송으로 살얼음을 걷는 심정이긴 마찬가지였다.

본래 사흘 내지 일주일만 청운 손을 빌리고 곧바로 공개 수송으로 돌리려 했는데…….

인도적 차원이라는 명분으로 국민적 호응을 일으키자는 계획을 실천 중에 팬데믹 감염증이 터졌다.

그거 처리하느라 바빴던 것도 있지만.

곰곰이 생각해 보니 때가 또 이렇게나 좋을 수가 없다.

"잘 오고 있죠?"

"지금쯤이면 태평양 공해상에서 둥둥 떠서 오고 있을 겁니다."

"좋아요. 기자들을 부르세요."

다음 날 춘추관으로 기자들이 모였다.

장대운이 무표정으로 나가자 '무슨 일이냐?'며 웅성거리던 춘추관이 삽시간에 조용해진다.

그러든 말든 단상에 오른 장대운은 첫 마디부터 파격적이었다.

"우리나라에도 땅굴이 하나 생겼습니다."

"……?"

"……?"

"……?"

"……?"

"……?"

기자들 머리 위로 파바바박, 켜지는 물음표.

"정확히는 북한이 남침용 땅굴을 하나 오픈해 넘겨줬습니다. 우리 정부에."

"……?"

"……?"

"……?"

"……?"

"……?"

80년대도 아니고 웬 땅굴?

연치가 어린 기자들은 이마저도 못 알아들었다.

그러나 중년을 넘어가는 노련한 기자들은 급히 자세를 갖췄다.

앞으로 나올 내용이 특종임을 예감했기 때문이었다.

"통화하다가 화해의 증거를 내놓으라 했더니 임진강 건너 파주시 안마당까지 뚫어 놓은 땅굴을 주더군요. 확인해 봤습니다. 이건 땅굴이 아니라 20톤짜리 트럭이 왕복할 수 있는 터널이더군요. 내부엔 병참 기지 역할까지 수행할 공간도 있어요. 전쟁이 터지는 순간 탱크가 줄줄이 달릴 지하 터널이 말입니다. 그래서 우리가 또 그냥 질 수는 없을 노릇 아닙니까. 땅굴이 뚫린 김에 먹을거리를 전해 줘 봤습니다. 잘 받았다 연락이 오더군요."

"……!"

"……!"

"……!"

"……!"

"……!"

이게 뭔 소리야? 세상이 모르는 사이 북한이랑 벌써 뭔가를 써 내려갔다는 얘기가 아닌가?!

"국민의 알 권리를 위해 이 자리를 마련했습니다. 우리 정부는 북한으로부터 쓸 만한 땅굴을 넘겨받았고 그 뚫린 길을 통해 식량을 넘겨주기로 했습니다. 팬데믹에 세계 경제가 움츠려진 이때 북한은, 북한의 주민은 안 그래도 힘겨운 삶에 더더욱 고통스러운 짐을 짊어져야 할 겁니다. 그렇기에 큰마

223

음 먹고 도와주기로 했습니다. 잘못 놔뒀다간 90년대 말처럼 대량의 아사자가 발생할지도 모르기 때문이죠. 그건 정말 안타까운 일이죠."

이제부터 질문을 받겠다는 제스처를 내자마자 모두가 손들었다. 자기를 불러 달라고.

그중 한 명을 찍었더니.

"SBC의 주현민 기자입니다. 방금 땅굴을 넘겨받았다고 하셨는데 앞으로 그 땅굴의 관리자가 우리 한국이 된다는 말씀이십니까?"

"맞습니다. 이번 식량 지원도 사실 그 값을 치른다고 보시면 될 겁니다."

다른 기자들이 손을 들었다.

또 찍었다.

"KBC의 이상호 기자입니다. 방금 말씀을 되새겨 보면 비밀리에 지원하고 계셨던 거로 보이는데 이 사실을 지금에서야 밝히는 이유가 궁금합니다."

"간단합니다. TV 프로그램도 파일럿 기간을 운용해 보지 않나요? 그에 일환입니다. 정부가 먼저 안전성을 검증한 후 일반에 공개하는 건 정상적인 절차겠죠. 충분히 안전하다 판단됐고 또 기쁜 일이지 않습니까. 기쁜 일은 나눠야 배가 되겠죠."

그가 앉자 다른 기자들이 손들었다.

이번엔 외국 기자를 찍었다.

"워싱턴 타임즈의 엘딘 요니아입니다. 양국이 평화의 길로 간다는 건 아주 고무적인 일인데요. 북핵 문제가 세계적 고민 거리로 인식되고 있는 이때 그에 대한 해결책은 없습니까?"

"북핵 문제는 미국이나 고민거리겠죠. 미국이 세계적 고민 거리로 격상시킨 거고요. 남의 나라가 핵을 만들든 말든 뭐에 그렇게 관심이 많습니까? 수천 개 핵미사일을 가진 나라가. 남의 핵을 두고 감 놔라 대추 놔라 할 작정이면 미국부터 먼 저 핵을 없애는 게 순서 아닐까요? 다음."

'다음'이란 말을 무시하고 다시 질문하려는 기자를 쳐다봤다.

한마디만 더하면 쫓아낸다.

이미 그런 적도 있고 눈빛의 의미를 읽었는지 기자가 조용 히 앉는다.

기회를 잡은 다른 기자들이 손들었다.

"MBS의 박대준 기자입니다. 인도적인 차원에서 북한에 식 량을 전해 주기로 하셨는데 그 규모는 어떻게 되는 겁니까?"

"이번 일에 대한 칭찬으로 곡물 20만 톤과 육류 5만 톤을 전해 주기로 했습니다. 모름지기 잘한 일에는 보상이 뒤따라 야 할 테니까요."

"그 말씀은 더 잘한 일이 생기면 더 줄 수도 있다는 뜻으로 알아들어도 되겠습니까?"

"나는 한결같습니다. 잘한 사람에게는 더 준다. 못 해도 마 음이 움직이면 또 준다. 그런데 잘하는 와중에 마음마저 움직 이면 더 많이 준다."

다른 기자들이 손들었다.

"YTM의 김정식 기자입니다. 듣다 보니 갑자기, 순식간에 실행된 뉘앙스인데 곡물 20만 톤과 육류 5만 톤 정도는 지금 수준으로서는 감당 가능하겠지만 더 큰 일에 대한 건 국회를 통해야 하지 않겠습니까? 향후 계획에 들어가 있는지 궁금합니다."

"국회와의 의논은 차후 규모가 커지거나 문제가 복잡해질 가능성이 있을 때 고민해 볼 겁니다. 겨우 풀칠할 양을 전해 주고 생색낼 생각은 없으니까요. 오늘 기자 회견의 목적은 하나의 가능성이 생겼다는 걸 알리는 데 있습니다."

다른 기자가 다급하게 손들었다.

찍었는데.

하필 싫은 얼굴이다.

"대정일보의 이대정 기자입니다. 방금 국회와 의논하지 않겠다는 말씀이 너무 이상해서 말입니다. 인도적 차원에서 북한을 돕는다지만 국민과 합의된 일이 아니지 않습니까? 사소한 일이라도 국민의 허락을 받아야 하는 게 이치에 맞지 않습니까?"

"이 정도의 일도 전결로 하지 못하는 대통령이라면 앉아 있을 자격이 없지요? 이대정 기자 분은 지금 나의 대통령 자질을 의심하시는 겁니까?"

"그 뜻이 아닙니다. 아무리 적은 양이라도 국회 심의를 받지 않은 나랏돈이 들어간 사업이니 당연히 국회와 상의했어야 했다는 겁니다. 이게 절차니까요."

"이 일에 나랏돈은 1원도 들어가지 않았습니다."

"예?"

"다 내 개인 사재로 진행했습니다."

"……."

"당연한 거 아닙니까? 어떻게 될지도 모를 일에 나랏돈을 쓸 수는 없죠. 북한에 전해 준 식량 값은 전부 내 돈으로 한 겁니다."

"……."

"답이 됐나요?"

"그, 그래도…… 식량 안보가 중요한 이때 무턱대고 북한에만 밀어줄 수는 없을 노릇 아닙니까. 한국의 식량 자급률이 50%를 밑돈다고 알고 있습니다. 팬데믹이 세계를 불안과 공포로 몰아넣고 있는 이때 자칫 잘못했다가 식량 공급이 끊긴다면 이 일을 어떻게 책임지실 겁니까?"

"……."

아주 교묘히 깐다.

대의를 표방하는 척 국민의 불안을 선동하고.

"선의에 의해 시작한 기자 회견이라고 말씀을 드렸는데 이런 식이라면 싸우자는 거네요. 좋아요. 싸워 줄 용의는 있습니다. 이대정 기자라고 했나요? 하나 묻죠. 우리나라 사람들이 유신 정권을 욕하는 가장 큰 이유가 뭐라고 보십니까?"

"예?"

"대답을 못 하시나요? 조금 더 풀어드리겠습니다. 대한민국 대통령 5대부터 12대까지 25년간 군부 정권이 국민 대다수의 지지를 못 받으며 아직까지도 욕먹는 이유를 묻는 겁니다. 대체 무엇 때문입니까?"

"그, 그야…… 독재 때문이 아닙니까?"

독재였다.

국민의 인정과 정통이 결여된 독재라서였다.

그 하나에 잘한 모든 업적이 다 뭉개졌다.

"맞아요. 독재라서죠. 그럼 하나 더 묻죠. 우리 군부 독재가 나쁩니까? 북한의 독재가 나쁜 겁니까?"

"……!"

"대답 안 하십니까? 이도 판별 어렵습니까?"

"……대통령님, 이 자리는 그 일을 논하는 자리가 아닙……."

"이상하네요. 아까 분명 땅굴이 하나 생겼다는 걸 알리는 게 오늘의 목적이라 발표했는데 이대정 기자님은 우리의 식량 자급률 꺼냈습니다. 그 식량 자급률을 평계로 이 일이 가진 의의를 훼손하고 국민의 가슴에 불안을 심으려고 했어요. 뭐가 다르죠?"

"……."

"대답 안 하시나요?"

아니면 말고로. 도발했더니.

"하겠습니다. 당연히 북한입니다."

"이대정 기자분의 선택은 북한이군요. 그럼 시소를 태운다면 어느 정도 비중으로 더 나쁜 겁니까? 100을 기준으로 말입니다."

"그야……."

움찔, 멈추는 이대정.

답하기 곤란할 것이다. 그저께인가 유신 정권 때의 향수를 기사에 올린 놈이 있었는데 바로 이놈이었다.

성질 같아선 0 : 100 북한이라고 대답하고 싶겠지만.

이 자리는 북한과 화해의 씨앗이 뿌려지고 있었다.

파투 놓는 순간 수많은 실향민의 표적이 될 것이다.

다그쳤다.

"대답 안 하십니까? 기자로서 판단이 있을 거 아닙니까?"

"흐음…… 10 : 90입니다."

무엇인가 각오한 표정으로 비장하게 입을 여나 이게 끝일 리가 있나?

"10 : 90이라니. 그 이유는 무엇인가요?"

"한반도를 두 동강 낸 자에 비하면 유신 정권은…….."

"귀여운 수준이라는 거죠?"

"……예."

"그럼 유신 정권이 우리 국민을 얼마나 죽였나요?"

"예?!"

"그 독재 기간 동안 얼마나 많은 국민이 상했냐고 묻는 겁니다."

이번엔 이대정도 머뭇대지 않았다.

"이……자리에서 정확히는 알 수 없으나 아주 많은 사람이 죽거나 다쳤다는 건 알고 있습니다."

"상당수가 좋지 못할 꼴을 당했다죠?"

"예, 그렇습니다."

"근데 왜 유신 정권을 옹호하는 기사를 쓰셨나요?"

"그건……."

처음부터 잘못된 방법이었다는 걸 꼬집는 것이다.

첫 단추부터 잘못 끼운 것이라고 밝히는 것이다.

독재가 나쁘고 독재의 후유증이 크다는 걸 알면서도 여전히 그 독재 정권을 옹호하는 자들에 대한 비아냥이기도 했다.

너희 모습을 보건대.

너희는 북한에 살았어도 위대한 수령의 똥꼬 빠는데 주저하지 않았을 것 같구나. 라고.

"대답하기 곤란한가요? 그럼 이승만 정권으로 올라가 보죠? 1대부터 3대까지 해 먹는 동안 그놈은 얼마나 많은 수의 국민을 죽였을까요?"

"……?"

모른다. 아마도 대다수 국민이 모를 것이다.

"그 새끼는 대통령이란 놈이 한국전쟁이 발발하자마자 대전으로 피신했어요. 그러고는 라디오로 자기는 서울에 있고 지금 국군이 싸우고 있으니 걱정 말라고 발표해요. 국민은 그 사기꾼 새끼의 말을 믿었고 사흘 후 처절히 배신당했음을 깨달아요. 도망갈 한강 다리도 그놈이 끊어 버려요. 당시 강북에 얼마나 많은 국민이 살고 있었을까요? 그 많은 국민을 저 인민군 앞에 던져 놓은 겁니다. 조선 시대 희대의 암군이라는 선조도 이런 짓은 안 했습니다. 밤을 타 도망가긴 했지만 피난 갈 시간은 줬죠."

"……."

"세상은 왜 이승만 새끼는 욕하지 않는 걸까요? 그 새끼가 정치 깡패와 서북청년회를 앞세워 뭘 했나요? 온통 민간인 학살에만 열을 올리지 않았나요?"

여수·순천 10.19 사건 때의 민간인 학살.

보도연맹 학살.

경산 코발트 탄광 학살.

거창 양민 학살.

산청, 함양 양민 학살.

문경 양민 학살.

강화 양민 학살.

제주 4.3 사건 때의 민간인 학살.

도대체 얼마나 많이 죽인 걸까?

대통령을 군주로 본다면 이승만은 이 한반도에서 군림한 군주 중 역대급으로 자기 백성을 많이 살해한 배덕자였다.

마귀 같은 놈.

"그놈은 일관적인 친일 민족 반역 행위로 일본의 편에 서서 온갖 이권을 처받아 먹던 민족의 배신자들을 이 땅에 뿌리내리게 해 준 결정적 역할을 수행했고 미국에는 내장까지 탈탈 털어 주며 정권 유지에 힘썼고 국민에 돌아올 금액의 상당한 부분을 착복했죠. 거기다 한다는 짓이 화폐에다가 자기 얼굴을 새겼어요. 성질 같으면 대통령 호적에서 빼 버리고 국립

묘지에 안장된 그것도 다 파헤쳐 유골 가루라도 저 시궁창에 박아 넣고 싶답니다. 자, 이대정 기자 분 질문입니다. 그 이승만이랑 유신 정권이랑 비교하면 어떻습니까? 지금도 유신 정권이 귀여운 수준인가요?"

"……."

"유신정권의 최대 업적이라면 뭐니뭐니해도 한국 자본이 설립될 기반을 닦은 거겠죠. 새마을 운동이란 기치로 우리 민족에 배고픔을 해결하려 한 거겠죠. 다시 이대정! 기자 분께 묻겠습니다. 당신은 북한 주민이 다 굶어 죽어야 만족하시겠습니까?"

움찔 놀란다.

"저는 그런 말 한 적이 없습니다! 남 도와주기 이전에 우리부터 먼저 챙기자는 게 무슨 죄입니까?!"

"그러니까 죽은 놈들로 어그로 끌 생각 말고 현 대한민국을 이끄는 대통령의 성향이나 제대로 살피라는 겁니다. 멍청한 티 내지 말고. 국격 떨어지게."

무시해 준 장대운은 카메라를 다시 응시했다.

"지금 태평양으로 인도양으로 10만 톤급 곡물 화물선과 육류를 가득 실은 화물선이 건너오고 있습니다. 앞으로 수십 대가 건너올 예정입니다. 작년 가을부터 수주한 식량들이죠. 올해 상반기까지 한국에 들어올 물량이 500만 톤쯤 됩니다. 물론 여기에도 국가 세금을 단 1원도 쓰지 않았습니다. 이 시점 국민께 여쭙고 싶군요. 도대체 내가 더 뭘 어떻게 해 줘야

저 거지 같은 놈들의 주둥이를 닫게 할 수 있을까요?"

◇ ◆ ◇

거대한 땅굴의 발견과 더불어 한국과 북한의 교류에 대해 논란이 일긴 했지만, 생활이 크게 변한 것도 없고 식량 원조라는 인류애적 명분도 있고 하니 국민도 대체적으로 납득하는 분위기였다.

다만 언급을 하지 않았어도 내부적으로 심기가 불편한 국가들은 있었다.

미국과 일본, 중국.

외교적 라인을 타고 어떻게 한 번의 논의도 없이 이런 요망한 짓을 할 수 있냐는 반응이 전해져 왔다.

어떻게 자기를 쏙 빼놓고 일을 처리할 수 있느냐고.

미국은 미국대로, 중국은 중국대로, 일본은 일본대로.

한마디씩 던진다.

그런데 말이다.

미국은 한미 동맹에 따라 상호 존중의 의미로 섭섭함을 토로하고 정보 요구를 할 수 있겠지만.

일본은 왜 저럴까?

일본 언론이 무슨 남북 전쟁이 난 것마냥 핏대를 세우길래 나가미 가쓰야 주한 일본 대사를 불러다 물어봤다.

넌 뭔데 어깃장이냐?

그놈 말이. 아직 지소미아 유지 중이란다.

지소미아가 종료된 시기가 아니니 알아야 할 자격이 있다고.

이때 다시 한번 깨달았다.

'이 새끼들은 지소미아 종료 후에도 군사 위성을 치울 계획이 없구나.'

영세토록 자기들 군사 위성을 한반도에 걸쳐 놓고 감시하겠다는 것.

이 쌍놈의 섬나라 놈들을 어떻게 해야 하나? 속으로 이를 갈고 있을 때.

마이클 블랭크 국무장관이 한국으로 다시 날아왔다.

지소미아 유지 건과 관련하여 재협상을 하자고.

3차에 걸친 협상이 시작됐다.

"이번에 한국이 우릴 아주 크게 당황시켰습니다."

"미국을 당황시킬 의도는 없었습니다. 될까? 안 될까? 고민하다가 한번 해 본 것뿐이죠. 가볍게 여겨 주십시오."

"그렇다 해도 먼저 알려 주셨으면 얼마나 좋았을까요? 같이 논의도 하고 최적의 방안도 살펴보고 말입니다."

나 섭섭해. 나 무지 섭섭해.

어떻게 네가 나한테 이럴 수 있어?

우리 사이가 그 정도냐?

어필하는 마이클 블랭크에 정홍식은 도리어 뻔뻔하게 나갔다.

"그럼 뱃길이라도 열어 주시던가요."

"예?"

"배로 옮겼다면 한두 번이면 끝날 양이었어요. 그거 열어 달라고 했으면 또 얼마나 많은 시간을 허비했을지 상상이나 가십니까? 할 수 없이 차량으로 옮겼죠. 차량으로 하니 얼마나 고됩니까."

"그 말씀이 아니잖습니까."

"요청했으면 뱃길이 열렸을까요?"

"그건……."

"거 보십시오. 온갖 핑계를 대며 차일피일 미뤘겠죠. 대체 미국은 북한을 고사시켜서 무엇을 얻으려는 겁니까?"

"……."

불리한 건 대답 안 하는 건 세계 정치인의 공통분모였다.

그래서 정홍식은 진짜 아프게 혹 찔렀다.

"혹시 북한을 저 중국에 넘겨주기로 밀실 약속이라도 한 겁니까?"

"말씀이 심하십니다! 선을 더 넘으시면 외교적 문제로 받아들이겠습니다."

"그럼 뭐가 문젠데요?"

"이 일이 주는 심각성을 못 느끼시는 겁니까? 한미 동맹에 훼손이 일어났어요. 한국의 독단적 행동에 의해!"

언성을 높인다.

정홍식은 반사 신공을 일으켰다.

"그러는 미국은 왜 일본과 한국과의 관계에서 균형을 맞추지 않는 겁니까?"

"그건 또 무슨……."

"분명히 말하건대 미국이 일본과 안전 보장 조약을 맺은 것과 한국과 미국이 맺은 상호 방위 조약은 차원이 다릅니다. 어느 것이 우위에 있는지 설명할 필요는 없겠지요? 그리고 한국과 일본은 지금껏 어떤 동맹도 맺지 않았습니다. 왜 자꾸 일본에 유리한 지소미아를 유지시키려는 겁니까?"

"그게 무슨……."

"나가미 가쓰야 주한 일본 대사란 놈이 우리 대통령 앞에서 이렇게 말했어요. 아직 지소미아가 유지 중이니 자기들도 이번 북한에 식량을 넘겨준 사실을 알았어야 했다고요."

"……!"

"지소미아랑 식량 원조랑 무슨 관계입니까? 한반도 위에 떠다니는 일본의 군사 위성을 왜 미국은 외면하는 겁니까?"

"……."

"왜? 한국의 위성을 미국 워싱턴 위에 올려놔야 직성이 풀리시겠습니까?"

시동을 걸었다.

한마디라도 어긋났다간 바로 자리를 박차고 일어날 듯.

기세등등한 정홍식에 마이클 블랭크는 다시 한번 어려움을 느꼈다.

한국이 예전의 한국이 아님을. 까라면 까고 기라면 기던 순종적인 나라는 더 이상 없음을.

결국 이도 정홍식의 말이 옳았다.

상대는 한국이 아니라 장대운이란 걸.

게다가 폭탄은 그것만이 아니었다.

"열심히 노력한 덕분에 우린 우리 목까지 침투한 땅굴을 얻었어요. 거기서 차로 달리면 1시간 내 서울을 찍습니다. 이게 무엇을 의미하는지 모르시진 않을 테죠?"

"⋯⋯."

"이왕지사 이렇게 된 것. 우린 그 땅굴을 관광용으로 개발할 생각입니다. 시작점, 끝점 1km까지 범위를 넓혀 새로운 형태의 관광 상품으로 만드는 거죠. 동서독에 이어 마지막 남은 분단국가가 소통의 길을 열었다. 얼마나 의미가 좋습니까. 왜? 이도 반대하실 생각인가요?"

"⋯⋯으음, 오해하지 마시고 들으세요. 반대하고자 하는 말이 아니라. 안보 문제는 어떻게 하시려고?"

"그러니까 반대만 하지 말고 협조 좀 부탁드리는 겁니다. 어째서 동맹의 이익에 이리도 인색하신지."

"우리 미국이 언제 동맹의 이익을 모른 척했다는⋯⋯."

"그럼 이 일은 협의된 거로 알겠습니다."

탁 마무리 짓는 정홍식에 마이클 블랭크는 아차 해서 얼른 말을 바꿨다.

"그 문제도 백악관에서 논의 후 알려드리겠습니다. 난 전권대사가 아니라서⋯⋯."

"씨벌."

"뭐, 뭐요?"

"이게 군사 문제요?"

"……."

"관광 상품 하나 개발하는 것도 백악관의 허락을 받아야 합니까? 어이, 마이클 블랭크 국무장관. 당신 진짜 그렇게 생각해?"

으르렁.

움찔.

마이클 블랭크는 서둘러 변명했다.

"아니, 왜 그걸 그렇게 받아들이시오. 같이 잘해 보자는 것 아니오. 70년이나 동맹으로 굳건하게 이어졌다면 이 정도쯤은 용인할 수준 아닙니까."

"그럼 같이하세요. 어깃장만 놓지 말고. 백악관의 허락이 없다면 끝이라는 짓거리는 말고. 70년 우정을 이 자리에서 끝장낼 생각이 아니라면."

"허어, 거 말씀이 심하시오."

"네가 더 심하잖아. 한국이랑 일본 오가면서 살살 챙겨 먹기 바쁘고. 나 정홍식이야. DG 인베스트의 전 수장. 내 정보 라인이 너 하나 못 해결할 것 같아?"

"……!"

"허튼 생각 마라. 앞으로 행동 똑바로 해야 할 거야. 내가 보건대 넌 결정적인 순간에 일본에 돌아설 놈이거든."

"……!!!"

설사 그럴 확률이 아주 높다 하더라도.

배신자에게 배신자라고 지목하면 괜히 더 화나는 법이다.

얼굴이 시뻘게진 마이클 블랭크가 사자후를 터트리려는
순간.

"그래서 일본과 협상한 내용이 뭐지?"

정홍식이 탁 끊었다.

여기서 다른 얘기를 했다간 협상은 결렬이라는 눈빛으로.

"……"

어디서 이 가는 소리가 들리는 것 같기도…….

정홍식도 힘껏 주먹을 쥐었다. 뚜두둑.

"그딴 눈빛은 최초로 한국인에게 처맞은 미국 외교관이 되
고 싶다는 의미 같은데. 원하면 그리 해 주고."

"……!"

마이클 블랭크도 알았다.

도람프가 제아무리 쉬쉬했어도 장대운에 붙잡혀 손가락이
부러질 뻔한 일을.

중국의 외교부장 왕슈가 어떻게 처맞았는지, 탄룽이 맞는
건 직접 본 이도 있었다.

설마 했지만, 자신에게까지 이를 드러내는 정홍식에 마이
클 블랭크는 머리가 아찔해지는 기분이었다.

그리고 내부 언저리에서부터 올라오는 투쟁심에 또 안심
했다.

자신이 양이 아닌 늑대인 것을 확인했음에.

"나와도 그렇게 하시겠다? 뒷일에 자신은 있소?"

"자신감은 넘쳐."

정홍식도 확신이 있었다.

어차피 외교는 힘 대 힘의 싸움이다.

상대가 힘으로 관철하려면 이쪽도 힘으로 부딪친다.

그리고 미국 국무장관 하나 반죽음으로 만든단들 세상이 변하지 않는다는 것쯤은 경험치로 안다.

말마따나 땅굴 관광 상품 하나 만드는 데도 백악관의 재가가 필요하듯 복수도 또한 백악관의 재가가 있어야 가능하니까.

게다가 70년 동맹국과의 외교적 분쟁과 마찰은 단지 백악관만의 문제가 아니었다.

하원, 상원을 거치는 협의도 있어야 했으니 그 과정에서 언론이 들끓을 테고 증인대에 서야 할 마이클 블랭크는 그 순간부터 하나의 상징이 될 것이다.

위대한 미국의 오점으로.

"기껏 해 봤자 경제 제재나 가하겠지. 그거로 미국은 동아시아에서 가장 강력한 동맹을 잃는 거야. 공화당이 좋다고 날아오겠지. 바이른은 탄핵 대상이 될 테고. 넌 어떻게 될까?"

도람프에게 해 준 협박을 그대로 전해 줬다.

미국은 전이나 지금이나 아무것도 못 한다.

아니, 지금이 더 열악하였다.

중국발 감염증으로 뉴욕에서만 하루에 수백씩 죽어 나가는 중이다. 이럴 때 한국을 공격하자는 결의안을 내놓는다고?

미치지 않고서야.

"그게…… 가능하다고 보오?"

"그새 또 잊은 거야? 넌 한국을 보면 안 돼. 네 상대는 장대운 대통령이야."

"……"

장대운 이름 하나면 통하는 세상.

문득 마이클 블랭크는 불합리함을 느꼈지만, 내색하지는 않았다.

그저 지금까지 고스톱 쳐서 여기까지 올라온 게 아니라는 걸 증명하듯 빠르게 화제를 돌렸다.

이번 턴은 졌음을 인정하자.

"일본과의 협상 내용이 궁금하다고 했습니까?"

"……?"

"본론으로 들어가죠."

"뭐야? 바로 좌회전이야?"

"우리 두 사람의 관계가 어쨌든 일은 해야 하지 않겠소."

"……그렇긴 하지."

"좋소. 한국이 제시한 대부분의 조건을 받아들이기로 했소. 다만 지소미아 명칭에 대해서만큼은 양보 못 하겠다는 게 일본의 입장이오. 우리도 수차례 얘기했지만 이런 식이라면 일본도 지소미아를 유지할 이유가 없다고 하오."

"그럼 더 잘됐네. 이대로 종료하자고."

툭 던지며 서류를 덮긴 했지만, 훗날 정홍식이 회고하건대 이

때가 지소미아 관련 협상 중 가장 떨렸던 순간이었다고 했다.

미국이 받아들이는 순간 한국은 어쩔 수 없이 플랜 B로 가야 할 테니.

"정홍식 장관은 조금 더 협상할 자세를 갖추시오. 설사 일이 틀어지더라도 그게 상대에 대한 예의가 아니겠소."

"그럼 나도 지금부터는 조심하지. 그래서 원하는 게 뭐요?"

"지소미아 명칭만큼은 유지하는 거요. 원하는 건 그거 하나요."

"일본을 다른 국가들과 동등하게 여겨 달라? 전범국을?"

"으음⋯⋯."

"사실상 그게 제일 큰 거 아니오? 일본의 목적에만 부합한."

"⋯⋯맞소. 이렇게 된 것 서로 솔직하게 나갑시다. 일본은 사실상 한반도의 군사 정보는 둘째 문제요."

"그건 모두가 아는 사실이 아니오. 이런 데도 미국이 일본 편을 안 든다고 말할 수 있소?"

"큼, 오늘은 지소미아만 봅시다."

"나는 미국의 확실한 태도를 요구할 뿐이오. 지소미아가 미국에도 이익이라면 미국에서도 반대급부도 있어야 하지 않겠소?"

"원하는 게 무엇이오?"

"그렇게 지소미아 유지를 원한다면 한미일 지소미아로 격상합니다."

"⋯⋯!"

"……."

"……."

"……."

"일본을 보통 국가로 인식하겠다는 걸 미국이 동의했음을 알리자는 거요?"

"한국만 죽을 순 없잖소. 중간에 빠져 있지 말고 같이 갑시다. 어차피 하려던 일 아니오."

"크음……."

억눌린 신음이 터져 나왔다. 머리도 그만큼 복잡하겠지.

정홍식은 한 발 더 나갔다.

"한 가지 더 있소."

"또요?"

"말하면 안 되오?"

"……하시오."

지친다는 마이클 블랭크의 얼굴에 폭탄을 던졌다.

"한국도 군사 위성을 운용해야겠소."

"뭐요?!"

"군사 위성은 한국군의 숙원 사업이자 한국으로부터 나올 정보의 질이 획기적으로 개선될 방편이오. 설마 반대하는 거요?"

"기어코 만들어 쏘아 올리겠다는 겁니까?"

"뭘 또 바빠 죽겠는데 언제 만들고 언제 쏘아 올리고 자시고 하겠소. 간단하게 삽시다. 미국이 군사 위성 좀 팔아 주시오. 그러면 우리도 적극적으로 가담하지."

"……."

대답을 안 한다.

"혹시나 해서 되묻겠는데. 마이클 블랭크 국무장관, 아직도 우리 한국을 바보로 여기는 건 아니겠지요?"

"……."

이렇게 또 지소미아 3차 회담이 아무런 소득 없이 끝났다.

서로 원하는 바에 대해 전부 주고받았음에도 미국은 답변 없이 조용했다.

그냥 줄 수 없다는 건지 얼마 안 가 수작을 벌이기 시작했는데. 여태 가만히 있던 이들이 입을 털기 시작한 것이다.

거의 악의적으로.

【미국 외교 협회 한국담당관, 지소미아 파기는 한미 동맹의 정신에 반하는 것】

【미 전 국무부 동아태 차관보 대행, 지소미아는 역내 모든 동맹들에게 이로워】

【미국 민주주의 수호 재단(FDD) 선임 연구원, 지소미아 파기는 한국의 발등을 찍는 자충수】

【랜드연구소 선임 연구원, 지금 상황은 북한 김정운이 가장 좋아할 것】

【미 국방부, 강한 우려와 실망을 표한다】

【미 국무부, 장대운 정부, 동북아 안보 도전에 대해 심각한 오해 중】

【미 하원 외교 위원장, 지소미아는 미국 동맹들이 힘든 과정 끝에 체결한 협정, 장대운 대통령의 결정이 매우 걱정스러워】

【미 전 국무부 한일담당관, 지소미아 파기는 멍청한 짓, 한국은 이 문제로 매우 심각한 대가를 치르게 될 것】

【미 평화연구소 선임 연구원, 지소미아 종료 결정은 특히나 어려운 시기에 미국, 한국, 일본 사이의 중요한 3자 협력을 저해하는 실망스러운 정치적 결정】

【미 언론 연합, 지소미아 파기는 한국이 자기 발등을 쏜 외교적 자해 행위로 한국이 제일 큰 패배자가 될 것】

【라이트니 켄들 부산대 교수, 지소미아 종료는 나쁜 아이디어. 많은 서방 분석가들은 한국의 좌파가 일본이 파트너고 북한이 반대편이라는 지소미아 가정을 공유하지 않는다는 사실을 깨닫지 못하는 것 같다】

【전 한미 연합 사령관, 지소미아 종료는 매우 불행한 일 (Most unfortunate)】

【미 전 국무부 동아태 담당 수석부 차관보, 한국 정부의 이번 결정은 3각 공조 체제에서 사실상 탈퇴를 선언한 것. 한국 정부가 미국의 권고를 무시하고 지소미아 종료를 발표한 데 대해 워싱턴의 고위 당국자들이 매우 부정적으로 받아들일 것】

【미 전 국무부 군축·검증·이행 담당 차관보, 지소미아 종료는 매우 중대한 실수(A major mistake)】

【미 전 국무부 정책실장, 지소미아 종료는 한국의 국가 이익과 국민보다는 국내 정치를 우선시한 결과】

【미국 민주주의 수호 재단 연구원, 한국이 국내 정치와 역사적 문제를 외교·안보에 끌어들이는 큰 실수를 저질렀다. 이는 한미 동맹까지 훼손할 수 있는 것으로, 한국이 가장 큰 피해자가 될 것】

【미 국무부 차관보, 지소미아는 미국에도 일본에도, 그리고 한국에도 유익하다. 협정으로 돌아올 것을 한국 측에 촉구하고 싶다】

【전 국방부 차관보, 수십 년간 이어져 온 미한 관계가 최근 3~4년 동안 훼손된 것이 사실이다. 복구할 수 없는 정도는 아니지만 지소미아 파기는 이런 모든 상황에 도움이 되지 않고 미한 동맹에도 도움이 되지 않는다】

....
....

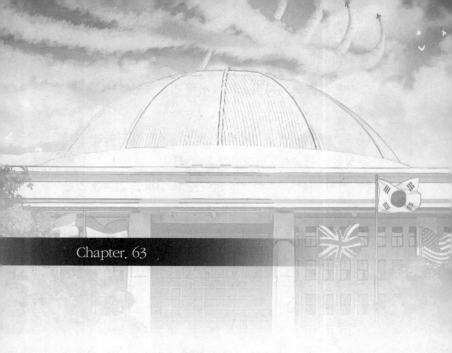

십장생들이……

이놈들 외에도 한 번도 보지 못한 놈들 수십 명이 고개를 쳐들며 떠들어 댔다. 바이른이 뭘 약속했는지 몰라도 감히 일 국의 대통령을 씹어 삼키기에 주저함 없이.

한국 언론은 더 지랄이었다.

미국 외교 협회 한국담당관, 미 전 국무부 동아태 차관보 대행, 미국 민주주의 수호 재단(FDD) 선임 연구원, 미 평화 연구소 선임 연구원…… 이딴 놈들이 도대체 얼마나 권위가 넘치길래 정부의 말도 안 믿고 받아쓰기하듯 그 말을 그대로 옮겨 실어 댈까?

엿 한번 먹어 보라는 걸까?

그러던 와중 또 하나의 소식이 한국 언론을 강타했다.

【속보, 미국 상원 본회의에서 한국 정부를 비판하는 결의
안을 상원 의원 100명 만장일치로 채택】

【미 상원 의원, 한국의 지소미아 종료 결정을 철회할 것을
촉구】

【미 국무부, 한국 정부의 지소미아 종료 결정에 대해 깊이
실망하고 우려하고 있으며 이는 한국을 방어하는 것을 더욱
복잡하게 하고(more complicated) 미군에 대한 위협(risk)을
증가시킬 수 있다】

재밌는 건 도람프만은 이들과 생각이 달랐던지 트위터에
이런 글을 남겼다.

- 다들 무슨 일이 일어날지 보게 될 것이다. 장대운 대통령
은 훌륭한 내 친구이다.

하여튼 캐릭터 하나는 강하다.

"여론이 희한하게 뒤틀리고 있습니다. 지소미아 연장 쪽에
무게를 두는 이들이 갑자기 많아졌어요. 반박 성명이라도 내
야 하지 않을까요?"

"뭘 그렇게 조급하나. 냅 둬라."

"기세가 심상치 않습니다. 마냥 두고 보는 것도 악재입니다."

"하아…… 하여튼 참 잘 잊어요. 깽깽대는 놈들이 생기면 그놈이 바로 쥐새끼다 라고 말해 줬는데도 우리 국민들은 잊어잊어 열매라도 먹은 건지 뭐든 금방 잊어먹어요. 그래서 전쟁이라도 났대?"

"그렇게만 볼 일이 아닙니다. 국민이 불안하다는 건 정부 탓도 있습니다."

"이렇든 저렇든 멱살 잡고 가라는 거냐?"

"대한민국의 주인은 국민이기 때문입니다."

"알아. 안다고. 나도 알아."

그걸 아니까 성질대로 안 하지. 미국의 개수작에 넘어가느라 바빠도 정신 차리라고 소리 안 지르지.

"근데 비서실장님은 어디 가셨어? 오늘 종일 안 보이네."

"아! 새벽에 오필승 디펜스에서 연락이 왔다고 했습니다. 무슨 내용인지 자료 좀 받으러 갔다고 하던데요."

"오필승 디펜스에서? 왜?"

"그걸 알아보러 가셨다니까요."

"그렇군."

"예."

"그나저나 이쯤에서 주한 미국 대사 한 번 불러 줘야 하나?"

"무슨 얘기 하시려고요?"

"항의해야지. 항의하고 둘 중 하나는 결론 내야지. 언제까지 종료 운운할 거야? 지겹게."

"그렇긴 하죠. 근 반년을 끌어온 이슈 아닙니까."

"안 그래도 작년에 종료됐어야 할 걸 조건부로 연장하고 있잖아. 아예 이달 말에 종료한다고 못 박을까?"

"진짜로 종료하시게요?"

"웬만하면 네 계획대로 가고 싶은데. 상황이 여의치가 않잖아. 플랜 B로 가는 수밖에."

"그렇긴 하죠. 아깝네요. 지소미아라면 조금 더 우리에게 명분을 줄 수 있을 텐데."

그때 문이 열리며 도종현이 들어왔다. 표정이 밝은 걸 보니 오필승 디펜스가 부른 게 좋은 소식인가 보다.

"대통령님, 꽤 괜찮은 무기 체계가 개발된 듯합니다."

역시나 첫마디부터 반갑다.

"새로운 건가요?"

"예."

자신 있는 대답.

"오호."

"현재로선 미국 외 누구도 구현하지 못한 체계인 건 확실합니다. 축하드립니다."

"뭔데요? 그만 뜸 들이고 알려 주세요."

"소형 레이저 대공 무기를 개발해 냈다고 합니다."

"예?"

도종현의 말은 이랬다.

어제 10회 테스트의 마지막을 장식했다고. 백발백중으로.

레이더와 연동된 시험 평가로 10km 이상 떨어진 갈매기까지 탐지해 내 타격할 수 있음을 밝혔다고.

요격 시험도 완벽 통과.

그래서 뭐?

"전방이나 주요 시설, 청와대 같은 곳에 설치하면 어이없게 미사일 맞아 죽는 일은 없어질 것 같습니다."

"아, 그래요?"

50kW 출력으로 1km 전방에 위치한 로켓 모양의 표적을 관통했고 강판 3겹을 두른 미사일도 뚫어 냈다고 한다.

무엇보다 가성비가 쩐다고.

한 발에 최소 수천에서 수억 원까지 호가하는 대공 유도탄으로는 절대 따라올 수 없는 발당 2천 원.

게다가 미사일이나 기관포와는 달리 낙탄 사고에 의한 민간인 피해도 없다.

"초속 30만km 속도로 쏘아지니 대응이 불가능하고 가까운 거리는 중력의 영향도 받지 않아 직진하므로 운동역학적 탄도 계산도 불필요합니다. 수km밖에서 직경 10cm 표적을 정밀 타격할 수 있는 체계를 갖추게 된 겁니다. 레이저 무기는 앞으로 개발될 6세대 전투기부터는 필수적으로 들어갈 무기 체계가 될 테니까요."

대충 머릿속에 그림이 연상됐다.

회피 불가능의 무기가 개발됐다.

전투기끼리 날아다니며 꼬리에 꼬리를 물고 싸우는 모습

은 더는 볼 수 없다는 뜻이었다.

상대 전투기가 모니터에 표적으로 찍히는 순간 끝이라는 것.

적이 날린 미사일도 마찬가지였다. 탐지되는 순간 꿰뚫려서 쾅.

이 수준의 정밀 타격이 가능하다고 한다.

높은 하늘에 올라 적 군사 시설을 실시간으로 파괴할 수 있다는 것.

산이나 계곡, 높은 빌딩 같은 방해물이 없어야 한다는 전제가 있지만. 단점을 완벽히 상회하고도 남을 장점이 있었다.

방어용만 달아도 더할 나위 없는 무기.

"그래서 최대 얼마까지 유효 사거리가 나오나요?"

"현재 최대 50km까지 확보했다고 합니다."

50km라고 했다.

좋았어! 쾌재를 부르는 순간 번뜩 이런 의문이 들었다.

"잠깐만요. 근데 그거 맞는 순간 바로 관통되는 건가요?"

"아~ 그건 아닙니다. 그 정도가 되려면 몇 배 더 강한 전력이 필요합니다."

"그럼요?"

"현재 오필승 디펜스가 제시한 제원은 10초입니다."

"아……."

순식간에 열기가 식는다.

10초라면 레이저 대공 무기 한 대당 방어 가능한 미사일이 2~3개가 최대란 뜻이다.

"시간을 더 줄일 순 없나요?"

"현재 나온 제원으로는 30kW급 레이저가 소형 무인기를 무력화할 정도고 150kW급에 달하면 무인기에 소형 보트, 로켓 등을 무력화할 수 있는 수준으로 알려져 있는데 원하시는 파워가 나오려면 300kW급은 돼야 할 겁니다."

옆에서 듣는 김문호는 팔에 소름이 돋는 걸 느꼈다.

지금 뭐라고? 레이저 무기 체계가 벌써 나왔다고?

전생, 국방위원회 의원과 친분이 있어 들은 적 있었다.

레이저 대공 무기가 어떤 놈인지.

당시도 그 효용성의 대두하여 토종 무기 개발 대신 미국 록히드 마틴 사의 아데나를 수입해 한국이 가진 대공 약점을 상쇄해야 한다고 하여 엄청 논란이 일었다. 그때 국방 과학 연구소(ADD)에서 깜짝 발표가 있었는데.

한국형 레이저 대공 무기 개발 성공이라는 기사였다.

'2026년이었어. 기억의 오류로 1, 2년은 차이 날 수 있어도 2020년은 절대 아니야!'

너무도 놀라웠다.

대한민국 대체 뭐임?

뭔데 시시각각 새로운 것이 튀어나오는 거임?

반도체 소재 3대장도 기가 찰 일인데 도신유전에 유기형 반도체에 그래핀에 폐기물 처리도 가능한 거로 모자라 이젠 레이저 무기까지 간다고?

'아니야. 아니야. 문호야, 정신 차려라. 집중해라. 레이저 무기 체계는 무척 중요하다. 2030년대 어디쯤인가에서 분명 미국이 300kW급 대공 레이저 무기를 개발했다는 뉴스를 본 적 있어. 전투기든 탄도 미사일이든 뭐든 다 격추시켜 버리는 무시무시한 그 괴물 때문에 한때 미사일 무용론까지 돌았잖아.'

레이저 무기가 개발되며 인간의 상상력은 우주로까지로 넘어갔다.

지구 주위를 영세토록 도는 우주 쓰레기를 먼지로 만드는 것부터 궁극적으로 상대 위성 파괴까지…… 더구나 화학 레이저, 고체 레이저, 광섬유 레이저 등 산업용으로도 그 활용도가 무궁무진하였다.

어느 순간부터 어떡하면 레이저 무기를 막을 수 있을까에 대해서도 논의가 되긴 했는데…… 공기 중에 펄스 장막을 만드는 같은 것들로 말이다. 아쉽게도 무기 과학자가 아니라 정치인이었던 관계로 깊은 내용까진 알 수 없었다.

"50kW급이라면 어중간하긴 하네요. 표적 탐지 후 파괴까지 얼마나 걸린다고 했죠?"

"10초 내외입니다."

"한 발 정도는 거뜬하게 막긴 하겠네요."

"현재로는 북한의 무인기나 드론 정도를 막을 수 있다고 보시는 게 옳겠습니다. 그리고 재작년부터 150kW급 연구에 들었으니 곧 좋은 성과가 날 거로 봅니다."

"방금 50kW급을 완성했다 하지 않으셨나요?"

김문호도 끼어들었다.

"그렇지. 완성을 본 거지."

"아~ 50kW급은 확립됐다는 거네요. 실전 배치가 가능할 만큼."

"맞아. 150kW급은 규모부터가 달라. 아예 발전소를 달고 다녀야 해. 비용이 문제라서 상당한 난제가 있지. 오필승 디펜스는 극도의 효율을 추구하니까."

"잠깐, 잠깐만요. 방금 그 말씀은 150kW급도 다 만들어 놨다는 얘깁니까?"

"원리는 같잖아. 소재도 같고 효율 문제만 해결하면 똑같아."

어랍쇼.

"그러면 한 대에 얼만데요?"

"80억쯤?"

"에엑?! 그렇게나 싸요?"

"으응?"

"80억밖에 안 된다면서요?"

"그렇……지? 그게 뭐?"

"150kW급 쓰는데 80억이면 싼 거 아니에요?"

"아니야. 아니야. 지금 50kW급 말한 거야. 50kW급 레이저 무기를 운용하려면 적어도 1,000kW급 발전기가 필요하거든."

"아……."

하긴 50kW급 레이저 무기를 가동하는 데 50kW급 발전기를 붙이는 건 말도 안 되는 일이었다. 하루에 한 발만 쏠 게 아니라면, 한 발 쏘고 퍼질 게 아니라면.

같은 뜻으로 150kW급 레이저 무기라면 그 효용과 안정성을 고려해서 적어도 5,000kW급이 필요하다는 건데.

단순하게 봐도 400억짜리 장치란 계산이 나온다. 집약된 기술로 보자면 1,000억을 불러도 무방할 정도.

겁나 비싼 것.

이걸 조금 더 간단히 풀면,

전력량을 태양광 발전소로 해결한다고 봤을 때 1,000kW급 전기를 생산하려면 축구장 2개 넓이의 태양광 패널이 설치되어야 한다. 5,000kW급이라면 축구장 10개.

그 분량을 버스 크기의 발전기에 욱여넣어야 한다는 것이다.

이러니 미국도 난색을 표할 수밖에 없었다.

현재의 기술로는 기하급수적으로 커지는 부피의 한계를 감당할 수 없으니까. 그렇다고 항공모함에나 장착되는 원자로를 차량에다 박을 수도 없고. 그 돈은 또 얼마고.

"애로 사항이 많군요."

"그래도 이게 어디야? 적어도 어쭙잖은 도발쯤은 한 방에 막을 수 있잖아."

"그렇긴 하네요."

"더 투자하라고 하세요. 내 보기엔 그놈이 앞으로 게임 체인저가 될 것 같은데."

"대통령님도 그렇게 생각하시죠? 사실 조상기 대표가 원한 것도 그것이었습니다. 조금만 더 하면 나올 것 같은데 잡힐 듯 잡히지 않아서 말입니다."

"시원스레 결제해 주세요. 아 참, 저쪽 국방 과학 연구소 (ADD) 지원은 어떻게 되고 있죠?"

"달라진 체계에 만족하는 분위기입니다. 이제야 인정받은 기분이 든다는 얘기도 돌고요."

"탈출 러시는 줄었나요?"

"현저하게 줄었습니다."

"잘 챙겨 주세요. 그 사람들이 진짜 애국자 아닙니까."

집권 후 보고서를 보고 깜짝 놀랐다.

박진주 정권 4년 동안 국방 과학 연구소 퇴사자가 160명이란다. 조사해 보니 퇴직자 열 명 가운데 여섯 명이 대학이나 타 기관으로 이직하였다고.

원인은 낮은 처우와 결과에 대한 보상이 어이없을 만큼 적었기 때문이라고.

능력자들이 굳이 붙어 있을 이유가 없었다는 것.

최근 3년간 성과 보상금이 '0원'이었다는 걸 보고 얼마나 기함했는지 모른다. SLBM 같은 고도 기술 개발자까지 어느 누구도 성과급을 받은 경험이 없었다.

연봉 수준도 31개 국책 기관 중 20위.

가뜩이나 강력한 보안이 뒤따르는 분야에 연봉도 적고 보상도 없다니 누가 붙어 있고 싶겠나?

당장에 국방 과학 연구소장부터 경질시켰다.

그 아래에서 월급 루팡이나 하던 것들도 전부 탈탈 털어 감옥에 보냈다. 미국 무기 사자고 난리 치던 국개의원 놈도.

"잘해 줘야 합니다. 하나라도 더 줄 생각으로 정책을 움직여 주세요. 곳간 앞에 자긍심이 생깁니다."

"걱정 마십시오. 국방 과학 연구소만 다녀도 노후는 걱정 없게 체계를 잡아 놨습니다. 물론 안전장치도 단단히 했고요."

"알겠습니다. 그 건은 그렇게 가는 거로 하고 지소미아의 최종 결정은 어떻게 할까요?"

"미국의 여론전이 만만치 않습니다. 국민도 동요하고 있고요."

"그렇긴 하죠."

"아무래도 플랜 B를 염두에 두고 가시는 게 어떻겠습니까?"

"도 비서실장님의 의견도 같네요."

"이렇게 된 이상 파투를 내버리는 것도 한 방법이겠죠."

"본보기로 북한에 난방용 기름이나 원조해 줄까요?"

"좋지요."

다음 날도 두 개의 기사가 떴다.

【정부, 지소미아 종료 이달 말까지 확정】
【정부, 식량 원조 외 난방용 기름도 북한에 원조하기로 결정】

미국으로선 미치고 팔짝 뛸 노릇이라.

말 잘 들으라고 난전을 꾀했는데.

한국은 도리어 한 발 더 나가 동맹까지 위협한다.

이러면 나가린데…… 중러북 라인에 대항한 한미일 삼각

편대를 조성하여 동아시아의 긴장감을 높이려는 계획에 감춰진 미국의 세계 전략이 무산될 위기가 온 것이다.

바로 로어 진 주한 미국 대사가 찾아왔다.

애는 도람프의 패배 이후 자진 사퇴한 마크 내리의 공석을 메우라고 임시로 앉혀 놓았던 대행인데 이번에 정식 발령을 받았단다.

들어오자마자 부산 사투리부터 먹이는데 솔직히 좀 헷갈렸다. 이놈의 금발 머리 외국인을 어떻게 대해야 할지 말이다.

"대통령님예. 로어입니더."

친한 척 이름만 말한다.

"어서 오세요."

"공사다망하신데도. 이렇게 만나 주셔서 감사합니더."

"그래요."

들어올 때부터 심상찮더니 호들갑이 터진다.

백인 놈의 입에서 부산 사투리가 폭발하다니.

이게 은근 한국인의 혼을 빼놓는다. 그러면서 요새 세상이 어떻고, 살기 팍팍하다며 서민 이야기를 아주 밀접한 관점에서, 주제도 다양하게 턴다.

만만치 않은 놈이었다. 사실 이런 유가 상대하기 까다롭다.

"그래서 무슨 일로 오셨나요?"

"아차차, 지송합니더. 지가 입 터지믄 중간이 없어서예."

"예."

"그러니까. 지소미아, 진짜로 종료하시는 겁니까?"

"예."

"아이고, 우짜믄 좋노. 대통령님, 진짜로 그리 결정하신기라예?"

호들갑이다.

오늘 아침부터 인왕산 자락에서 안개가 내려온다 했더니.

기분도 꿀꿀하고 슬슬 피곤해졌다.

손을 들어 끊었다.

"용건만 간단하게요. 내가 로어 진 대사만 하루 종일 만나고 있을 입장이 아닙니다."

"아, 지송합니다. 지가 또 입을 자중 못 했지예?"

"……."

"알겠심더. 단도직입적으로 말씀드리겠심더. 지소미아 종료, 철회해 주십시오."

"그 건은 이달 말에 종료하기로 결정 내렸습니다."

"갑자기 와 이러십니꺼. 이러시믄 안 되지예. 우리가 보통 사이라예. 어떻게 한마디 상의도 없이……."

"……."

피곤하였다. 신경도 더 곤두서고.

가만히 보니 순간 로어 진이 이 자식이 논에서 놀다 나왔을 때 종아리에 달라붙은 거머리같이 느껴졌다. 떼어 내고 싶은데 징그러워서 건들기 싫은.

'이런 놈이라서 대사로 삼은 모양이네. 하여튼 미국 애들은 빈틈이 없어.'

참으로 뻔뻔하지 않나?

자기들은 알지도 못하는 온갖 놈들 다 끌어다가 정부를 공격해 놓고 우리 더러는 아무것도 하지 말란다. 순종만 하란다.

장대운은 미간을 찌푸리며 고개를 돌려 버렸다.

무슨 말을 하든 듣지 않겠다는 뉘앙스로.

"우리 미국과 중국이 언제 전쟁이 터질지 모를 때 한국이 쏙 빠져 뿌믄 안보에 구멍이 뚫린다 아입니꺼. 민주주의 진영에 심대한 위협이고 나아가 한미 동맹의 결속력에도 타격이 될 결정이……."

미국과 중국이 전쟁한다고? 미국이? 중국과?

이 새끼가 지금 자기 앞에 있는 이가 어디 동네 아저씨인 줄 아나.

실로 웃기는 소리였다. 미국에서 인플레이션이 안 일어나는 이유 중 하나가 중국산 값싼 제품인데 전쟁?

뭐, 전쟁을 일주일 안에 끝낼 수 있다면야 가능하기도 하겠지만, 핵이 아닌 이상 저 넓은 땅덩어리를 무슨 수로 짧은 시간 안에 제압할까?

현대전은 전격전이다. 한꺼번에 쏟아 버리는 물량전으로 초토화시켜 놓고 느긋하게 땅따먹기하는.

그런 물량을 끌어오려면 본토에서부터 지원이 와야 하는데 그 과정을 중국이 지켜보기만 할까?

설마 중국을 이라크와 동일 선상에 놓는 건 아니겠지? 다구리 까면 이길 수 있을 만큼 만만한 상대.

중국은 핵보유국이다.

"북한에 기름을 주믄 어떡합니까. 기름이 없어야 군 운용
이 삐걱거리는데. 한국에서 줘 버리면 여태 제재한 게 전부
허투루가 되는 거 아닙니꺼."

"……."

미국이 대북한 정책 노선을 강경책으로 돌린 이후 남북한
은 통일 논의는커녕 제한된 왕래조차 하지 못했다.

그러고서는 미국이 늘 하는 말이 있다.

- 동아시아의 평화를 위해.

도대체 누구의 평화인지.

한반도가 통일하면 그야말로 동아시아의 평화가 오지 않나?

한반도의 통일이 동아시아의 평화를 망치나?

한반도가 통일하면 미국은 그들이 그토록 바라던 동아시
아의 구도에 확고한 영향력을 끼치게 될 텐데, 그 판도를 짜
기에도 상당히 수월해질 텐데도 무슨 접촉이라도 하려면 큰
일이라도 나는 듯 극렬히 견제한다.

바이른이 백악관 입성 후에는 북한과는 아예 대화조차 안
한다. 무조건 강경 대응.

결국 이유는 하나였다.

주한 미군 주둔의 명분이 약해질까 봐.

미국의 동아시아 영향력이 약해질까 봐.

나불대는 로어 진의 말을 끊고 물어봤다.

"미국은 왜 한반도의 통일을 막죠?"

"예?"

"통일을 왜 방해하냐고요."

"무슨 말이십니꺼. 통일을 와 우리가 방해 합니꺼? 미국은 동아시아의 평화에 기여 하려고……."

"그럼 왜 북한을 제재하죠?"

"……."

"북한에 기름 좀 준다고 달려온 당신을 보세요. 창피하지 않아요?"

미국의 입장이 미묘하게 바뀐…… 미국이 자기들의 군사 정책에 한국을 끌어들이려는 시도는 2019년 10월 25일 처음 나왔다.

한미연합사의 연합 방위 및 위기관리 체계를 세밀하게 규정한 '한미 동맹 위기관리 각서'를 2025년 전시 작전 통제권 반환에 맞춰 개정하는 방안을 협의 중 의제에도 없던 말을 툭 꺼낸다.

- '한반도 유사시'란 문구를 '한반도 및 미국의 유사시'로 변경하자.

뭐라고?

- '한반도 유사시'란 문구를 '한반도 및 미국의 유사시'로 변

경하자고.

　씨벌놈들이 또 지랄이다.

　이 일로 정홍식이 테이블을 확 뒤집고 미국에 항의도 모자라 세계에 알렸다.

　미국이 중국화 되고 있다고.

　중국화 돼서는 동맹국에 이딴 짓을 하려 한다고.

　'미국의 유사시'는 절대 안 된다. 몇 번이나 강조하지만, 이걸 통과시킨다면 한국은 한반도뿐만 아니라 미국의 해외 분쟁 지역에까지 우리 군을 보내야 한다.

　각서에 사인이 들어가는 순간 미국은 자기들의 정책과는 아무런 관계도 없는 한국군과 그 자산을 자기 뜻대로 동원할 수 있게 된다는 뜻이다.

　바이른이 집권하며 천명한 것도 이와 같았다.

　- 이제 미군의 임무는 세계의 경찰이 아니라 오직 중대한 국가적 이익이 걸려 있을 때만 싸우겠다.

　미국이 지금 한창 세계를 상대로 떠드는 안보 무임승차론이다.

　- 보호받고 싶음, 보호비를 내라.

미 연방 법전 10편(군대법)에 근거해 합당하단다.

그런데 물어보자.

미국의 안보에 무임승차한 나라가 세계에 몇이나 있나?

다 지들이 이익이라 찾아간 거 아닌가?

이라크, 이란 문제는 미국이 수틀려서 쳐 댄 거고.

쿠바, 멕시코 같은 나라도 다 미국에 이익이 되니까 관여하여 정치를 혼란에 빠뜨린 거 아닌가?

주둔 분담금도 쳐 받으면서 제멋대로 구는 놈들이.

'미군이 한국에 주둔한다고 한국군과 한국의 자산을 마음대로 이용하겠다는 논리는 도대체 어디에서 나오는지?'

속도 참 편하다. 이런 게 소시오패스의 관점인지.

언론에는 드러나지 않아 국민은 잘 모르겠지만.

이때도 사생결단 낼 것처럼 싸웠다. 그리고 끝내 각서에서 '미국 유사시'를 지웠다.

"내가 말입니다. 요새 미국이 하는 짓을 보면 영~ 양아치 같아서요. 그러고 보니 2010년대에 들어서부터 쭈욱 그러네요. 연례행사 같아요. 백악관에 들어가는 인간들마다 한국을 한 번씩 건드는 게."

"대통령님……."

"로어 진, 지금 미국이 하는 꼴을 보세요. 한반도 안보 위기를 언급하며 국민의 불안도를 높이고 있네요. 미국이 왜 저러나. 내가 그 이유를 말해 볼까요?"

"……."

"내가 말을 안 들으니 한민당에 힘을 실어 주고 싶은 거죠. 기꺼이 자신이 손발이 되어 줄 놈들에게. 곧 있을 총선에서 어떤 계기를 만들어 주고 싶은 거 아니겠어요? 겸사겸사 국정 운영에도 지장을 주면 좋고. 지금 그러고 싶어 하는 게 너무 잘 보이잖아요. 내가 민주당을 다시 한번 시궁창에 처박아 버리고 싶은 것처럼."

"……."

분위기가 달라진 걸 눈치챘는지 침만 꼴깍 삼킨다.

"로어 진."

"……예."

"당신이 한국에서 잔뼈가 굵었다는 거 압니다. 호의적이라는 것도 알고요. 그래서 조금 거슬려도 난 당신의 커리어까지 끝장낼 생각이 없었어요. 현재까진."

"……!"

이건 컸는지 움찔한다. 말이 먹힌다는 뜻.

장대운이란 이름이 가진 무게감을 미국이 인지하고 있다는 것. 아직까진.

"자, 지금부터 미국의 다음 행보가 어떻게 나갈 건지 열거해 볼까요?"

"……! 대통령……님. 저더러 정보를 누설하라는……."

"오오, 그렇게 들렸을 수도 있네요. 오해하지 마세요. 내가 예상치를 나열해 보겠다는 거니까."

"……."

"1991년 걸프전은 전쟁의 패러다임을 바꿔 놓죠. 이라크는 34개 다국적군에게 43일 만에 무릎을 꿇어요. 해군, 공군이 40일 동안 때리고 육군은 겨우 3일간의 진군으로 끝났다죠? 이후 군의 전략은 해군, 공군의 첨단 화력으로 적의 지휘부를 정밀 타격하는 효과 중심 작전이 대세를 이루게 됩니다."

"……."

"이 상태로는 얼마 안 가 미국은 내가 망가뜨려 놓은 수구 세력들과 접촉해 어떤 힌트를 주겠죠. 그놈들은 미국이 자기 편이 된 거라 착각하고 신나서 이 장대운 정부를 좌파 정부, 종북정부라 몰아 댈 겁니다."

"대통령님, 그건……."

"명분 좋잖아요. 지소미아를 종료하겠다는 데다 북한에 식량과 기름을 원조하겠다니."

"그래도…… 그건……."

"전전전 정부 시절, 한국은 육군 병력을 축소하고 해군, 공군 전력을 강화하는 '국방 개혁 2020'을 수립. 한국군의 체질 개선에 주력한 적이 있죠. 그때 미국이 무슨 짓을 했나요?"

"……!"

수구 세력들이 그걸 빌미로 들고일어날 때 미국도 발맞춰 우려를 표명, 그들을 도왔다.

그렇게 전전전 정부의 손발을 다 잘라 놓고 아무것도 못 하게 만들었다.

그도 모자라 다음 한민당 정부 출범 후에는 국방 예산 감축과 전작권 전환까지 손대려 했다. 세계 경제 위기라는 점과 국방비의 효율성을 내세워 '국방 개혁 2020'을 중단해 버린다. 이전 정부를 가리켜 좌파 정부, 종북정부라 부르며.

사실 옳게 운영만 잘해 줬으면 누가 대통령이 되든 상관이 없었다.

그런데 2017년에 들어 실제로 파헤쳐 본 대한민국의 국방력은 실로 어이없을 만큼 처참했다. 보수 정부의 9년간 한국의 국방력은 퇴보를 거듭했고 미국에 대한 의존성만 높였다.

현무 미사일을 6천 기나 제작해 놓고 실전 배치 한 건 겨우 1백여 기.

국방 과학 연구소 연구원들은 탈출하기 바쁘고. 개엉망.

"돌아가세요. 돌아가서 내 고집을 꺾을 수 없었다고 보고 하세요."

"……예."

순순히 듣고 돌아가는 로어 진.

결국 저놈도 다른·미국 놈이랑 같았다.

애국심이나 평화니 입바른 소리나 지껄일 줄 알고 커리어 건든다니까 입 뚝 얌전해진다.

"내가 약했다면 어떻게 됐으려나?"

콧방귀도 안 뀌고 달려들었겠지.

바락바락 대들며 최대한의 이익을 끌어냈겠지. 입꼬리 사악 올리는 비웃음과 함께. 한국은 울며 겨자 먹기로 양보하고.

"아닌가? 오히려 약삭빨라서 일이 잘 풀렸나?"

난 미국은 어떻게 할 수 없어도 로어 진 하나는 확실히 파멸로 이끌 힘이 있다.

미국 대사든 미국 사령관이든 미국 대통령이든 누구든 개별로 붙으면 감히 승리를 장담할 수 없는 힘이 있다.

이 정도라도 포지션을 잡을 수 있었다는 건 그 힘 덕택이었다.

"로어 진이 막을 수 있을까? 안 되겠지? 이런 일은 여러 개의 루트를 사용하니."

역시나 며칠이 안 가 이런 기사가 떴다.

【정부의 환원유 북한 지원 결정. 우려할 만한 점은 없나?】

【북한에 대한 지원. 개인 사재라고는 하나 대통령직을 맡은 이상 공적인 일일 수밖에 없다】

【지소미아 종료와 북한 지원. 정부는 도대체 어디로 향하고 있는가?】

살짝 간을 보더니.

반응이 없자 용기가 치솟음에 또 며칠이 지나지 않아 상당수의 언론이 입을 털기 시작했다. 보다 노골적으로.

기사를 보는데 이런 의문이 들었다.

언론 애들은 진짜 닭대가리만 보아났나?

어째서 자꾸 역사를 잊지?

【급선회한 정책, 정부는 어째서 북한을 도와주게 됐나?】

271

【치밀한 약속의 흔적? 김정운과 장대운은 판문점에서 무엇을 나누었는가?】

【지소미아 종료 선언으로 한반도의 안보 위기가 극렬하게 치솟은 시점, 북한과의 관계 정상화에만 관심을 두는 대통령】

【길을 잃은 정부. 표류하는 대 북한 정책. 대한민국의 안보는 어디로 흘러가는가?】

【알 수 없는 행보 중인 장대운 대통령. 그 번뜩이는 천재성에도 한계가 온 건가?】

【종북의 기운이 넘실넘실, 장대운 대통령의 본심은?】

이럴 때 시기도 좋게 중국 군용기 2대와 러시아 군용기 7대가 독도 동북방 KADIZ(한국 방공 식별 구역)에 진입했다가 이탈한 사건이 일어났다.

한반도를 사실상 포위하다시피 한 무력시위였는데.

그걸 저지해야 할 한국 공군은 전투기 노후화로 견제하지 못했다. 세계 6위의 국방력의 나라가 자기 영공조차 수호하지 못함이 드러났다.

'이미 오래전에 퇴역해야 했을 무기로 뭘 견제? 군 사기나 엉망으로 만들겠지.'

이전 두 보수 정권이 국방력을 보완하고 검토했으면 이런 일이 벌어지지 않았을 것이다.

그렇게 마침내 한민당 의원 하나가 깃발을 들고 외쳤다.

≪정부와 국군이 우리나라를 수호하지 못했습니다. 국위 선양을 외치더니 안으로 곪고 있었던 겁니다. 도무지 믿을 수가 없습니다. 이런 와중에 지소미아 종료를 외칩니다. 북한에 쌀과 기름을 원조한다고 합니다. 우리나라를 통째로 북한에 들어 바치려는 시도가 아닐 수 없습니다. 나라 꼴이 어떻게 돌아가고 있는지…… 저는 국민이 주신 권한으로 이 종북 좌파 정부와 끝까지 싸울 것을 국민 여러분께 맹세합니다.≫

온갖 비리로 처맞고 삽질하다 쌍욕 먹고 한동안 조용하다 했더니. 미국이 움직이자마자 비 오는 날 뛰쳐나오는 지렁이처럼 고개를 내민다.

한편으로는 신기하고 한편으로는 기가 막혔다.

도대체 어떤 관념을 가져야 저리도 자신의 이익에만 충실할 수 있을까? 거국적인 측면에서 여야가 손잡는 훈훈함은 정녕 없는 건가?

언론들도 난리였다.

제일 이해 안 가는 족속들이 바로 언론이었다.

이놈들이야말로 진짜 무뇌아나 다름없었다.

"이행하세요."

"옙."

다음 날, 국세청이 움직였다.

소득 탈루 혐의가 있는 중앙 일간지, 방송사, 통신사 등 언론사 23곳을 털어 5,080억 원의 세금을 추징키로 했다. 여기에서 끝나는 게 아니라 언론사 6개사 및 사주 3명 등 총 12명을 검찰에 고발했다.

사업자 취소까지 갔으면 좋겠건만.

그것만은 마음대로 안 된다.

한국의 법은 개인이 파산 절차를 밟지 않는 한, 스스로 사업자를 포기하지 않는 한, 강제로는 손 못 대게 돼 있다. 국가 반역이 아닌 이상.

여지를 남겨 둔 것 같아 입맛이 찝찝했는데…… 나중에 어떤 독버섯으로 작용할지 뻔히 보이니.

독립투사처럼 나섰던 한민당 의원 놈도 하는 김에 처리했다.

≪그깟 기술 개발해서 뭐 할 것이오?! 미국 무기 사면 되지. 쓸데없는 소리 말고 미국 무기 구입으로 방향을 틀 거니 알아서 하시오. 어딜 연구원 나부랭이가 국가 정책에 관여하려 해. 미국이 알아서 무기 개발해서 팔아 주는데 얼마나 좋아. 왜 편한 길을 놔두고 예산 빼먹을 작정만 하는지. 하여튼 다 짤라 버려야 하는데.≫

2013년 국회 국방 위원회 심의 과정 중 나온 발언이었다.

제2타로 미국 록히드 마틴 사 간부와 술자리 하는 사진이 포털사이트에 턱 하니 걸렸다.

개기름 질질 흘리며 취해서는 난동 부리는 영상도.

장대운도 나섰다.

"제발 좀 부탁합시다. 국민 여러분! 옆에서 누가 깽깽대면 내가 뭐라고 했지요? 어떤 개새끼의 이익을 우리가 심대하게 침해한 거로 아시라고 했잖습니까. 미국이 왜 깽깽대겠습니까? 일본이 왜 깽깽댈까요? 한민당 저 거지 같은 국회의원 놈이 왜 깽깽대고 언론이 왜 또 깽깽대고 난리를 부릴까요? 그렇게 당하고도 아직도 또 당하고 싶으십니까? 멍청하게."

멍청하게? 라고?

설마 국민께 한 말이야?

뜻밖의 강경한 발언에 기자들마저 움찔.

"한두 번 당하면 너무 믿은 걸 수도, 사람이 좋아서 혹은 몰라서 그럴 수도 있지만 수십 번, 수백 번 당하면 그놈이 멍청한 거 아닙니까. 국민 여러분, 지나가는 사람 앉혀 놓고 똑같이 물어보십시오. 이게 멍청한지 안 멍청한지."

청와대 실무진마저 어쩔 줄 몰라 하는 가운데.

그들도 깜짝 놀랄 수밖에 없었다.

춘추관에 들어설 때까지만 해도 장대운의 주변은 봄날 화창한 햇살처럼 맑았기 때문이다.

"내가 종북좌파 정권의 수괴요? 어이가 없어서. 내가 북한과 붙어 뭘 얻어먹을 게 있다고 종북좌파 짓을 합니까? 이보세요. 내가 북한보다 더 부자예요. 당장 미국으로 떠나도 미국 시민권자로서 탑클래스에서 살 수 있어요. 아니, 세계 어느 나란들 내가 간다면 거절할 나라가 있을까요? 왜 이런 어이없는 선동에 지지율이 요동치죠? 집권한 이래 국가와 민족에…… 아니, 사회생활을 시작한 이후 국가와 민족에 해된 짓을 한 적 있나요? 왜 이렇게들 멍청하게 구십니까? 자라나는 어린아이들 보기 부끄럽지 않으세요?"

진짜로 국민한테 멍청이라 지적질하고 있었다.

훈계라니.

보좌진들도 났다.

이젠 모르겠다. 대통령님, 하고 싶은 대로 하세요.

"우리 공군이 문제라고요? 2000년 이후 F-4, F-5 전투기 15대가 추락하고 조종사는 무려 17명이나 순직했습니다. 이게 공군 문제라고요? 아니죠. 이 빌어먹을 나라가 정치가 국방부가 문제인 거죠. 미국 전투기가 툭툭 떨어질 때 국민 여러분은 뭐 하고 계셨길래 이제사 튀어나와 정부 욕을 하시죠? 조종사가 17명이나 죽어 나갈 땐 뭐 하고 계셨냐는 말입니다. 그때도 정부 욕하고 정치인 욕하고 국방부 욕하고 그랬어야죠! 내가 만만해 보이십니까?!"

점점 심도를 더해 가는 장대운의 분노에 청와대 실무진들은 다시 덜컥 겁이 났다.

이러다 뭔 일이 나는 건 아닌지…….

이럴 때 도 비서실장이나 김 비서라도 있었으면…….

"이 대한민국이 망한다고요? 이 대한민국을 진짜 망하게 해 드릴까요? 진짜 IMF를 닥치게 해서 외국 도둑놈들에게 가진 거 다 빼앗기게 해 드려요? 잘 다니던 직장 문 닫고 공장 멈추고. 오성 그룹이요? 현도 그룹이요? 다 문 닫게 해 드려요? 내가 마음만 먹으면 이 나라 정도는 1년 안에 망조 들게 할 수 있습니다. 그 힘을 오직 외국 개새끼들과 싸우는 데만 쓰잖습니까. 왜 이렇게 지랄들이세요. 일하는 사람 짜증 나게."

웅성거리던 춘추관도 어느새 조용해졌다.

"조종사들이 왜 죽었는지 아십니까? 이게 모두 F-4, F-5 전투기에 신형 사출 좌석이 없어서랍니다. 달면 되는 걸. 우리가 개발한 KF-16에는 그게 달렸습니다. KF-16은 2000년 이후 7차례 추락 사고가 이어졌지만 한 차례를 제외하곤 조종사가 생존했습니다. 내가 그걸 알고 비판을 일삼자 공군은 그제야 F-5 180여 대에 대당 2억1천만 원짜리 신형 사출 좌석으로 교체했죠. 소요된 비용이 460억 원이랍니다. KF-16 전투기 한 대 값. 그걸 아끼자고 귀한 조종사를 죽인 겁니다. 그 개자식들이."

말하면서도 열받는지 넥타이를 풀어 던져 버리는 장대운이었다.

"이래 놓고 매일 예산 타령만 해 댑니다. 미친놈들이. 이래 놓고 값싼 미국 무기를 쓰자 합니다. 유지 보수 확실한 국산 무기는 놔두고 계속 해외에서 무기를 구입한대요. 예산 자른 놈들이 누굽니까? 여보세요. 국민들. 이 예산 자른 놈들이 누구냐고요?!"

누가 손든다.

그래도 기자 중에 용자가 한 명 있었다.

장대운이 오페라를 부르는 와중 끊다니.

"그것도 중요하지만, 북한 지원에 관한 문제도 덧붙여 설명해 주셨으면 좋겠습니다."

이도 바로 튀어나온다.

"북한 지원이 뭐가 문젠데요? 옆 나라 일본에서 지진만 났다 하면 인도적인 차원에서 도와줘야 한다고 연신 물자를 실어 나르더니 북한은 왜 안 된답니까? 웃긴 게 GDP는 일본이 우리보다 더 높아요. 우리가 도와줬단들 1도 고마워 안 해요. 한국이 도와줬다는 발표도 없어요. 일본 국민도 한국이 자기들 도와준 걸 몰라요. 이런 나라는 실컷 도와줘 놓고 북한은 왜 안 되는데?"

"그래도…… 북한은 우리의 주적이잖습니까."

"아니죠. 우리의 주적은 우리 안에 있습니다. 바로 당신! 바로 국민들! 그중에서도 아주 멍청한 국민! 나라가 앞으로 나아갈라치면 발목 잡는 놈들 띄워 주는 바보 같은 국민! 이 지랄이니 섬나라 돼먹지 않은 놈들도, 저 큰 땅덩이에 사는 인간 같지 않은 놈들도 우릴 무시하는 거 아닙니까."

"말씀이 좀 심하……."

"내가 지금까지 한 말 중 안 심한 말이 있나요? 여러분 일제강점기 때를 그새 잊은 겁니까? 위안부 할머니들이 아직도 살아 계세요. 얼마나 죽이고 수탈해 댔는지 1910년보다 1945년 GDP가 더 낮아요. 남들 발전할 때 말이죠. 그래요. 북한 때문에 허리가 갈라졌어요. 지금까지 총부리 겨누고 싸우고 있죠. 그래서 일본은 되고 북한은 안 된다는 겁니까? 이 얼마나 이

율배반적입니까. 너무 비겁하잖아요. 이 비겁한 놈들아!!"

"……."

"무슨 사업 하겠다고 뛰쳐나가 조상 대대로 농사짓던 전답 다 팔아먹고 집안 망하게 한 큰아버지도 아니고 사사건건, 누가 좀 뭐라고 하면 왜 이렇게들 지랄들이십니까. 우리 국민 여러분! 정신 차리세요. 저 바깥 놈들이 당신들을 조금이라도 생각하신다고 보십니까? 미국 보잉이, 록히드 마틴이 한국인을 어떻게 생각하는지 들어 보고 싶나요? 저 백악관의 계획에 한국이 어떤 포지션인지 꼭 귀로 들어야 하겠습니까? 하긴 귀로 듣는다 한들 금붕어처럼 3초 만에 잊고 이리 흔들 저리 흔들대겠지요. 정말 한심합니다. 금붕어 짓하려면 그냥 일 좀 하게 놔두세요. 제발. 9년간 이 나라를 말아먹은 박한업, 박진주 정부도 그리들 잘 떠받들면서 왜 국위선양하느라 바쁜 이 장대운 정부는 못 잡아먹어서 난리입니까?!"

쿵.

훗날 '21세기 시일야방성대곡' 혹은 2월 5일에 터졌다고 해서 '이오대첩'이라 불릴 개난장이 펼쳐졌다.

지켜보던 모든 이들은 물론 전 세계 언론마저 입을 떡 벌린 사건.

필터를 거치지 않는 신랄한 비판에 잠시 넋이 나간 이들은 자신이 지금 무엇을 들었는지 옆 사람에게 확인하는 지경에 이르렀다.

그건 동진 배터리에서 이정희와 만난 김문호도 마찬가지

였다.

'헐~.'

급발진이었다. 명백한 급발진. 절대로 해선 안 될 급발진.

서둘러 포털사이트에 접속했다.

역시나……

→ 대통령이 되더니 국민 알기를 개떡같이 생각하나 봐. 뭐? 한국을 망하게 하는 데 1년도 안 걸린다고? 씨벌, 이게 대통령 입에서 나올 말이야?!

→ 잘한다 잘한다 했더니 이젠 상투까지 잡으려 하네. 우와~ 내가 별생각 없이 던진 표가 이렇게 돌아오다니. 이런 게 나비 효과인가?

→ 그렇게 대통령 하기 힘들면 하야해라. 너 아니어도 대통령 하겠다는 사람 많다. 우리도 쌍욕까지 들어 먹으며 네가 대통령 하는 거 보기 싫고.

→ 사람이 변했구만. 얘도 권력 맛에 물들었어.

→ ㅋㅋㅋㅋㅋ, 다 예견된 일 아니었어요? 왜들 놀라시나. 난 예전부터 얘 인성 글러 먹은 거 알고 있었는데.

→ ㅅㄱ 굿바이. 미국으로나 가세요~~~ 훨훨. 다신 한국에 들어올 생각 말고.

→ 정신 나간 거죠? 대통령이 막 국민을 욕하고. 이젠 국민이 대통령 눈치도 봐야 하나 봐요. ㅋㅋㅋ.

→ 한국의 주적이 한국 국민이랍니다. 더 뭘 말해요? 적이

된 이상 싸워야지.

→ 멍청하다잖아요. 자기 천재라고. 이게 천재의 본성이죠. 사람 무시하는 거.

→ 나 참, 살다살다 국민더러 일 안 한다고 욕하는 대통령은 처음 보네.

→ 우리가 멍청하다고? 댁은 얼마나 똑똑하길래?

ㄴ 이 양반 장대운 천재인 거 모르나? 당신 같은 것들 때문에 우리가 멍청이 취급받는 거라고.

ㄴ 우와~ 여기 멍청이 인증한 놈 하나 있네. 이러면 장대운의 말이 입증된 거야?

ㄴ 진짜 황당하네. 이러면 장대운의 말이 맞을 수도 있다는 거잖아. 너 일부러 수어사이드 한 거야?

→ 솔직히 말해 그동안 좀 어이없는 짓을 많이 하긴 했죠. 무조건 밀어줬잖아요. 누구랑 친하다고 하면 선거에서 이기고. 이번에도 실상 아무것도 변한 게 없는데 지레 겁먹은 거 아니에요?

→ 뭐야? 윗사람 민들레야? 민들레 꺼져라.

ㄴ 너나 꺼지세요. 자기 말도 못 하게 막는 놈이.

ㄴ ㄱㅐㅅㅔㄲㅑ

ㄴ 반사. ㅋㅋㅋ

....

....

가끔 옹호하는 글도 있긴 했지만, 대다수가 악플이었다.

악플 받을 만했다.

아무리 잘못했더라도 대놓고 욕먹으면 원망이 생기는데 하물며 대통령과 국민의 관계였다. 누가 봐도 뚜렷한 역학.

김문호는 두통이 올 것 같았다.

"왜 이런 짓을 했을까? 왜 이런 짓을 벌였을까?"

장대운이 멍청해서?

그 장대운이?

"분명 어떤 의도가 있을 텐데…… 분명히 의도가 있어야 할 거야."

"김 비서님? 김 비서님?"

"예?"

"빨리 들어가 봐야 하는 거 아니세요?"

이정희가 걱정스러운 눈빛으로 바라보고 있었다.

아차! 잠깐 이 자리의 본분을 잊었다.

"죄송합니다. 사안이 사안이다 보니 몰입해 버렸습니다."

"아니에요. 근데 들어가 봐야지 않나요?"

들어가 보라면서 아쉬운 눈길은 뭔지.

김문호는 고개 저었다.

장대운과 하루 이틀도 아니고 이런 일에 흔들려선 안 된다.

"이미 벌어진 일입니다. 30분 늦게 간들 달라질 것도 없습니다. 계속하시죠."

"정말요?"

"지금 들어가는 것과 끝마치고 가는 것 중 하나를 고르라면 전 끝마치고 가는 쪽입니다."

"……예."

왜 안심하는데?

"그럼 1,200km급으로 상향 조정하는 건 합의 본 것 같고 본격적인 출하 시기를 잡아야 하는데 동진 배터리 측 입장은 어떻게 됩니까?"

"저희야 오더대로 움직이면 됩니다."

"미리 생산한 1,000km급은 어떻게 되고요?"

"오성, 엘진, SY에서 전부 가져가기로 했습니다."

"그렇군요. 대통령 의중은 이번 분쟁을 지나…… 아니, 총선 후로 잡는 게 어떠냐고 하시던데요. 괜찮으십니까?"

"문제없습니다."

"그렇군요. 그럼 이거로 미팅을 마치기로 하죠. 저는 아시다시피 빨리 돌아가야 해서."

일어나는 김문호를 이정희가 잡았다.

"저기……."

"예."

여전히 사무적인 김문호에 이정희는 입술을 잘근 깨물고는 입을 뗐다.

"정말 이대로가 좋으신 겁니까?"

"……."

"제 마음 아시잖아요. 그날은 저도 모르게 무참한 기분이 들어서 돌아서고 말았지만, 진짜 마음은 그게 아닙니다."

"압니다."

"그럼……?"

기대감이 스친다.

"그때의 마음도 지금의 마음도 진심인 걸요."

"예?"

"사람은 항상 진심이죠. 진심이니 행동하는 겁니다. 행동과 태도는 선택의 순간 마음이 큰 쪽에 영향을 받게 마련이고요."

"아…….."

안색이 급격히 어두워진다.

김문호도 더는 이런 어중간한 관계가 싫었다.

솔직하게 나갔다.

"절 처음 본 날 어떤 운명을 느끼셨다고 하셨습니다."

"맞아요. 저도 이해할 수 없는 느낌이에요. 지금도 마찬가 지고요."

"저도 같습니다. 이정희 씨를 처음 본 날 비슷한 감정을 받 았죠."

"예?!"

"다만 이정희 씨의 호의와는 정반대 쪽이었습니다. 원망과 원통함, 의심과 고통이었죠."

"……!!!"

"이정희 씨를 떼어 놓으려고 하는 말이 아닙니다. 첫 만남 을 기억하신다면 제 행동에 이상하거나 어색한 점이 있었다는 걸 아실 겁니다. 저도 충격받았으니까요."

"그럼 그 때문에……?"

"대통령부터 제 주위 모든 사람이 당신과 만나길 원하지만 그런 느낌을 받고 함부로 움직일 순 없었습니다. 그래서 웬만하면 안 만날 생각이었고요."

"……."

"미안합니다. 노력해 봤지만 사라지질 않더군요. 이런 마당에 더 진행된다면 서로에게 고통만 되지 않을까요?"

"……."

"그럼 전 돌아가 보겠습니다."

고개를 푹 숙이는 이정희를 두고 돌아 나오며 김문호는 다짐했다.

이번 생은 혼자 살겠다.

더는 이정희에 휘둘리지 않겠다.

Chapter. 64

"왜 이렇게 늦게 들어왔냐?"

청와대에 들어가니 장대운이 앉아서 고개를 삐딱하게 하고는 물었다.

"저 기다렸습니까?"

"쿠쿠쿡, 잘 만나고는 왔냐?"

이 양반은 그 난리를 쳐대 놓고 웃음이 나오나?

그리고 이쪽도 사실 그리 유쾌한 건 아니었다.

"그만 끝내자고 했습니다."

"뭐?! 아, 왜?"

벌떡 일어난다.

이게 그렇게 중요한 일인가?

국민한테 '멍청이'라고 소리친 것보다?

"이정희 씨와 저는 안 맞습니다. 그리고 전 결혼할 생각이 추호도 없습니다."

"이대로 내 옆에서 늙어 죽겠다?"

"안 바쁘십니까? 지금 여론이 난리인데?"

"난 이게 더 중요해. 문호야. 너 어쩌려고 그래?"

"전 괜찮습니다. 사람이 살면서 다 가질 순 없습니다. 꿈에 올인했으면 다른 것쯤 포기해도 됩니다."

"문호야!"

"이럴 시간이 없습니다. 여론이 널뛰기하고 있어요. 미국의 의도대로 끌려가고 있단 말입니다!"

"하루에도 열두 번씩 바뀌는 인기 따위 나한텐 하나도 중요하지 않아. 문호야, 너까지 왜 이래?!"

그때 문이 열리며 도종현이 들어왔다. 백은호와 함께.

장대운은 두 사람에게도 이 사실을 알렸다.

"뭐라고요? 아아…… 일이 그렇게 됐군요."

"그 여성분이 마음에 안 드셨던 거군요."

"아니라니깐요. 분명 마음이 있었어요. 그걸 오늘 가서 끊어 버린 거라고요. 혼자서, 문호가 싱글로 고독하게 살겠다는 거잖아요. 적어도 우리는 방관하면 안 되지 않나요?"

"대통령님, 문호도 숙고한 것 아니겠습니까?"

"자초지종은 모르겠지만 그럴 거라 보입니다. 두 사람 간에 합의 보았다면 제삼자가 끼어드는 건 안 좋습니다."

"하아……."

안타까워하며 한숨 쉬는 장대운에 김문호는 자기도 모르게 미안한 마음이 들었으나 괜찮았다. 괜찮다. 괜찮다. 하나도 힘들지 않다.

"……."

"……."

"……그래, 여론은 어떤가요?"

결국 장대운이 화제를 돌렸다. 일단은 넘어가겠다는 뜻이다.

도종현이 서둘러 태블릿 PC를 내밀었다.

"초반 악플 위주였던 분위기에서 서서히 반전이 오고 있습니다. 아직 대등하게까지는 아니지만, 의문 제기 정도는 충분히 하고 있습니다. 물론 여전히 대세는 괘씸죄입니다. 왜 그러셨습니까?"

"저도 여쭙고 싶었습니다. 왜 그런 일을 벌이셨습니까?"

백은호까지 걱정스러운 빛을 드러내는 걸 보아 사전에 조율된 게 아닌 게 확실해졌다.

충동 아니면 급발진이 맞다는 것. 역시나…….

"이쯤에서 해 줄 말은 해 줘야 한다고 판단했어요. 언제까지 우쭈쭈 해 줄 순 없을 노릇 아니에요?"

"그래도 주권자인 국민께 '멍청이'란 말은 상식에 어긋납니다. 사석도 아니고 공개 석상에서 생방송으로 말이죠."

도종현이 말 한번 잘했다.

세상에 어느 국가의 수장이 국민한테 대놓고 욕을 할까?

독재자도 감히 입에 못 올린다. 공산당도 마찬가지였다. 하물며 선거에 의해 죽고 사는 민주주의 국가에서…….

"참으셨어야 합니다. 아무리 멍청하게 굴더라도 참으셨어야 했습니다."

"……미안해요."

"아시니 다행입니다. 자, 그럼 이제부터 대책을 논의해 볼까요?"

사과 한 번에 또 쿨하게 입장 선회한 도종현.

그의 자세는 대통령 비서실장으로서 부족함이 없었다.

김문호도 동조했다.

"맞습니다. 어차피 벌어진 일이니 그에 맞게 전략을 수정하면 될 겁니다. 달려오면서 생각해 봤는데 차라리 판을 더 키우는 것도 한 방법이라 봤습니다."

"판을 더 키우자고요? 수습하는 게 아니라?"

도종현이 묻는다.

왜 그렇게 생각했느냐고?

"묻어 버리고 뭉갠다고 사라질 일이 아니라고 봤습니다. 국민의 지지를 받아 대통령직을 수행하는 이로부터 공개적으로 국민을 모욕하는 말이 나왔습니다. 어느 역사에도 없던 일이죠. 수없는 밈으로 재생산돼 세계에 뿌려질 겁니다. 내일이 되면 세계인의 절반이 알게 되겠죠."

"……."

"……."

"……."

"이참에 아예 캐릭터화시키죠. 딱 까놓고 말해 대통령 입에서 욕지거리가 나온 게 한두 번입니까? 그동안 만류했어도 고쳐지지 않는 거로 모자라 국민도 그 대상에 포함시켰어요. 앞으로도 계속 욕이 나올 거란 뜻입니다. 우리가 이런들 막을 수 있겠습니까?"

"……커흠흠."

"그……렇군요."

"아니, 왜요? 반응들이 왜 이래요? 내가 언제 그렇게 욕을 많이 했다고."

장대운이 저항해 보나 의미 없는 몸짓이다.

가볍게 무시해 주고.

"잘못한다면 누구라도 혼나야죠. 여기엔 남녀노소가 없습니다. 대통령은 지도자입니다. 지도자가 보기에 잘못했다면 국민도 혼나야죠. 잘못된 길을 간다면 어린아이라고 안 혼내겠습니까? 노인이라고 면제권이 있습니까? 대통령도 잘못하니까 탄핵당했잖습니까. 이대로 쭉 가 보시죠. 가뜩이나 헌정사상 최강이라 불리는 대통령입니다. 이렇게 캐릭터를 잡아서 가면……."

"오오옷, 방금 그 말을 컨셉으로 잡으면 되겠네요. 누구든 혼나는 사회. 잘못했다면 누구든 혼낼 수 있는 사회. 오오~ 그거 괜찮네요."

장대운이 눈치도 없게 찬동하고 나서자 모두 한숨을 쉬었
지만.

달리 방법이 없긴 했다.

다음 날로 영상 하나가 포털사이트 최상단에 떴다.

장대운이 분노를 터트리는 장면만 편집해 모아 놓은 영상
이었다.

≪개놈의 새끼들…… 기생충 놈들…… 천하에 쓰려고 해
도 쓸모를 못 찾을 쓰레기들…… 내가 기필코 너희들을 조져
줄 거야. 태어난 걸 후회하게 만들어 주지. 개놈의 새끼들……
기생충 놈들…… 천하에 쓰려고 해도 쓸모를 못 찾을 쓰레기
들…… 내가 기필코 너희들을 조져 줄 거야. 태어난 걸 후회하
게 만들어 주지. 개놈의 새끼들…… 기생충 놈들…… 천하에
쓰려고 해도 쓸모를 못 찾을 쓰레기들…… 내가 기필코 너희들
을 조져 줄 거야. 태어난 걸 후회하게 만들어 주지…….≫

반복적 영상과 대사 끝에 검지로 정면을 가리키며 '멍청이'
라고 부르는 장대운이 나왔다. 손가락으로 콕 찍어 보는 사람
으로 하여금 자기가 지목된 것처럼 여겨지는 장면이 내레이
션과 함께.

≪혼나야죠. 누군들 잘못하면 혼나야죠. 범죄자들만 혼나
나요? 아니죠. 자식만 혼나야 하나요? 아니죠. 부모, 어른, 아

이, 청년 할 것 없이 잘못했다면 다 혼나야 합니다. 대통령도 잘못하면 탄핵당하는 세상입니다. 내가 잘못했다면 탄핵하세요. 대신 나는 국가의 리더로서 이끌어 갈 국민이 잘못하고 있다면 마땅히 혼낼 의무가 있습니다. 성경엔 한 마리 양이라도 반드시 찾아오겠다고 했지만, 오른뺨을 맞으면 왼뺨도 내놓으라 했지만, 나는 그런 성인군자가 아닙니다. 맞으면 때립니다. 공격당하면 반드시 되돌려 줍니다. 언제까지 우쭈쭈해 줄까요? 당신들은 언제까지 우쭈쭈 받고 싶습니까? 나잇값 못 하고…….≫

달래는 건지 아님, 더 킹받게 하려는 건지 모를 동영상이었지만.

조회 수만큼은 폭발적이었다. 게시한 지 단 한 시간 만에 1백만 뷰를 돌파하더니 계속 우상향 곡선.

→ 이거 실화야? 이런 걸 청와대에서 올렸다고?

→ 이거 미친 거 아냐? 진짜 국민이랑 한판 붙겠다는 거야?

→ 우와~ 살다 살다 이런 걸 또 보네. 이걸 대체 어디 기준에다 맞춰야 하는 거지?

→ 대통령이 미쳐 돌아갔다. 대통령이 미쳤다. ㅋㅋㅋㅋㅋㅋㅋ

→ 온 세상이 미쳐 돌아가는구나. 나만 이상한가?

→ 이게 뭐야? 난 이걸 왜 자꾸 보고 있고? 이상해. 이상해.

→ 나도 그래. 이상한 게 나만 아니네. 이상하게 통쾌하네. 특히 애 어른 할 것 없이 다 혼나야 한다는 대목에선.

→ 뒤에서 개돼지 취급하는 놈들은 봤어도 대놓고 멍청이 취급하는 대통령은 처음이네. 이도 신선한 경험이야. ㅋㅋㅋ

→ 하긴 멍청한 짓 많이 했지 ㅋㅋㅋ 뭐. 틀린 말 하나도 없잖아. 청와대도 억울하겠지. 안 그래도 죽기 살기로 공부하는 애한테 자꾸 공부하라고 하면 짜증 안 나겠어?

→ 나는 속이 후련하던데. 우리 부모님은 이걸 보고 욕하고. 근데 왜 욕하지? 재밌기만 한데. 나만 그런 건가?

→ 뭘 그런 걸 혼자 즐기세요. 나도 통쾌했어요. 특히 우리의 주적 대목에서.

→ 우리의 주적이 우리였다니…… 아주 철학적인 메시지로세.

→ 국민이 왕이다. 주권자다. 대통령은 국민을 우롱했다.

└ 왕 좋아하시네. 국민도 잘못하면 처 맞아야지. 국민이 왕인데 교도소에는 왜 집어넣냐?

└ 왕이라면서 댁은 무얼 했수? 맨날 키보드만 잡고 있는 거 아님?

└ 멍청이란 말을 듣고도 괜찮다는 걸 보니 노예근성으로 똘똘 뭉친 놈들만 모여 있나 보네. ㅋㅋㅋ 이러니 장대운 같은 놈들이 설치지.

└ 여기 또 무뇌아 한 명 등판하셨네. 너는 너희 커뮤니티나 가서 물고 빨고 하셔요. 물 흐리지 말고.

ㄴ 멍청이, 멍청이, 멍청이, 멍청이, 멍청이, 멍청이, 멍청
이, 멍청이, 멍청이, 멍청이, 멍청이, 멍청이, 멍청이, 멍청이,
멍청이, 멍청이, 멍청이, 멍청이, 멍청이, 멍청이, 멍청이, 멍
청이, 멍청이, 멍청이, 멍청이, 멍청이, 멍청이, 멍청이, 멍청
이, 멍청이, 멍청이, 멍청이, 멍청이, 멍청이, 멍청이, 멍청이,
멍청이, 멍청이, 멍청이, 멍청이, 멍청이, 멍청이, 멍청이, 멍
청이, 멍청이, 멍청이, 멍청이, 멍청이……

ㄴ 몇 마디 해 줬더니 도배로 스크롤 압박. 커흫.

→ 장대운 대통령 취임 후 범죄율이 40%나 줄었다지 않나
요? 외국과의 마찰은 전부 우리 권리를 주장하기 위해서였고
이번 건도 미국의 선동에 휩쓸린 일부를 향해 던진 말 같은
데. 아님 말고요.

→ 설마 잘하는 사람한테 그랬겠어요? 아직도 한민당이라
면 죽고 못 사는 노인네들한테 그러는 거죠. 그동안 얼마나
발목 잡았어요?

→ 민생당도 잘한 건 없죠. 맨날 지들끼리 싸우다 섹스 스
캔들 터지고 뇌물 사건 터지고 어휴~.

→ 그러고 보면 미래 청년당만 큰 문제를 안 일으켰네요.
일반인들이 나서서 그런가?

ㄴ 미래 청년당은 경선 때부터 선거까지 전부 무료래요. 오
직 사명감만 본대요.

ㄴ 거기 후보 심사 엄격하대요. 당선되더라도 지원팀이 꾸
려져 업무에 투입된다고 하네요. 완전히 체계적이죠.

ㄴ 엄격해야죠. 공짜로 선거하는데. 다른 당들은 경선 후보 되는 것부터가 다 돈이잖아요.

→ 욕먹을 짓 하면 혼나야죠. 대통령 말이 맞죠. 여기에 성역이 어딨어요? 대통령이라고, 나이 먹었다고 용서하면 그게 법치 국가인가요?

→ 난 앞으로도 계속 욕해 줬으면 좋겠던데요. 대통령 입에서 욕이 튀어나올수록 우리나라가 발전할 것 같거든요.

→ 맞아요. 국민 신분이 뭐 벼슬이라고 욕을 안 먹어야 해요? 선거 때마다 답답한 게 참 많았는데 난 오히려 잘됐다 봐요. 욕쟁이 대통령 좋다!

욕쟁이 대통령을 두고. 여론이 뒤엉키고 있지만.

국방부 시계는 무심하게도 돌았다.

자칭 전문가란 이들이 튀어나와 자기 뜻을 펼치며 논란을 가중시킬 때도 한 걸음 한 걸음 지소미아 종료 임박이 다가오고 한국 정부도 또한 그에 대한 준비를 차근차근 진행시켜 가자 결국 로어 진 주한 미국 대사가 다시 들어왔다.

"아이고, 대통령님예. 졌습니더. 졌어예. 그 조건 다 들어 드리면 됩니꺼? 그거 다 들어 드리면 유지하시겠습니꺼?"

"……."

"지송합니더. 말이 변명 같아도 지는 몰랐심미더. 일이 진행되고 있는데 대사란 놈이 파투칠 순 없을 노릇 아입니꺼. 그래서 지켜볼 수밖에 없었어예."

"……."

"……지랑 대화하기 싫으십니꺼? 그 마음 이해합니더. 실망이 크셨지예. 맞습니더. 지도 쪼매 면목없심더."

"……."

"그래도 지소미아는 고마 합의하시지예."

알아서 떠들고 알아서 결론 낸다.

늘 느끼지만, 머리 노란 것들은 우주가 자기중심인 줄 안다.

만나는 인간마다 자기 주제를 인식시켜 줘야 하다니.

언제쯤 겸손으로 무장한 외교관이 앞으로 올까?

"니가 관련 없다고?"

"예, 예, 하모예. 지는 몰라가 어쩔 수 없었심더."

"그럼 거기 책임자 데려와야지. 아무것도 모르는 니가 왜 온 거야?"

"예?"

"넌 모른다며? 나는 아는 놈이랑 대화가 하고 싶어. 즉 너랑은 할 얘기가 없다는 거다. 사주한 놈 데려와. 그놈이 안 오면 미국이랑도 끝이야. 아니, 민주당이랑은 영원토록 끝내 주지."

설마 이런 말까지 할 줄은 몰랐던지 뻔뻔한 얼굴에 당황이 들어섰다.

당황한다는 건 이 몸이 한다면 하는 놈이란 걸 인식한 것.

하긴 자기 나라 국민한테도 '멍청이'라고 직격하는 놈인데 남의 나라쯤이야.

"진……심이십니꺼?"

"내가 너 따위에게 블러핑이라도 써야 할까?"

"대통령님예."

그러지 마이소.

"너도 줄 잘 서라. 부산 사투리 쓰는 게 귀여워서 놔뒀는데 자꾸 얄밉게 굴면 그 자리에서 쫓겨날 거다. 아직 젊은데 미래는 지켜야지?"

"……."

"나가. 나가서 기획한 놈이랑 실행한 놈 다 데려와."

"……대통령님예."

"다시 큰소리가 나게 되면 민주당이랑 나랑 적으로 만든 놈이 너라고 지목할 거다."

"헙!"

"나가. 나가서 데려와."

"아, 알겠심더."

로어 진을 떠나보내고 오후엔 기자들과의 접견이 있었다.

주제는 지소미아 종료, 대국민 호통, 북한과의 관계였다.

"대통령님, 진짜로 지소미아를 종료하실 겁니까?"

"현재로는 말도 안 되는 조항들이라 갈 수가 없어요. 우리는 우리의 요구를 던졌고 미국과 일본이 받아들이지 않은 상태죠. 오전에 로어 진 주한 미국 대사가 다녀갔는데 재협상을 하자는데 잘 모르겠네요."

"그럼 유지할 수도 있다는 겁니까?"

"대외비긴 하지만 조건을 들어 봐야 가능한 것 아니겠습니까? 또 어설픈 공작으로 건들면 모두 재미없을 겁니다."

"아아~ 그래도 물밑 협상 중이셨군요. 다행입니다."

그제야 그동안의 행동이 이해가 간다는 투였으나.

장대운은 딱 끊었다.

"아니요. 종료를 원칙으로 움직인 겁니다. 말도 안 되는 조항의 연속인 협정은 없어져야죠. 그걸 미국과 일본이 필사적으로 막으려 한 겁니다."

으르렁.

똑바로 기사 안 쓰면 너도 죽는다.

"아…… 예."

수긍한다는 듯 고개를 끄덕이자 다른 기자가 손들었다.

바라봐 주니.

"얼마 전, 대국민 호통 건으로 질문드리고 싶은데 괜찮으십니까?"

"예."

"감사합니다. 너무도 신랄하고 또 너무도 충격적이어서 아직도 논란인데 대통령님의 의도를 알고 싶습니다."

"왜 그런 짓을 했냐고요?"

"아…… 예."

"멍청이 짓을 반복하니까요. 나는 처음과 끝이 같습니다. 그리 가기 위해 선택 과정부터 신중을 기하죠. 끝이 같아지려면 첫 단추를 잘 끼워야 하지 않나요? 또 그러기 위해선 부단히 자기 절제를 해야 합니다. 늘 끝이 같아야 하니까요."

"처음과 끝이 같아야 한다라……."

"리더는 비전을 얘기하는 자입니다. 상황에 따라 처음 비전이 흔들려선 곤란하겠죠. 내가 외압이든 내 욕심이든 그때그때의 이익에 따라 움직인다면 오히려 더 국민이 혼란스럽지 않을까요? 대통령직에 있는 자가 그런 자라면 어떨까요?"

"아…… 맞습니다. 하지만 너무 과격했다는 평은 가시질 않습니다."

"그래서 더 돌아보지 않았나요? 국민들 스스로가?"

고개를 끄덕끄덕.

맞다는 듯 동의하지만 장대운은 기자들을 믿지 않았다.

이들은 언제든 상황에 따라 자기 이익에 따라 펜을 구부릴 수 있는 위인들이니까.

또 그런다고 무턱대고 밀어 버릴 수도 없었다.

국민과의 소통 창구로 언론보다 좋은 툴은 없었으니까.

"공군 문제도 잠시 다루고 싶은데 괜찮으십니까?"

"하세요."

"현 공군의 가장 큰 문제점이 뭐라고 생각하십니까?"

"아니요. 질문이 잘못됐네요."

"예?"

"국방부의 문제점을 물으셔야죠. 공군만으로 한정시키기엔 덩어리가 크잖아요."

"아, 예. 그럼 국방부의 문제를 말씀해 주시겠습니까?"

"우선 별이 너무 많아요. 쳐 낸다고 쳐 냈는데 하는 일도 없는 것들이 권리만 누리고 삽니다. 그래서 이번 참에 국방부부터 조질까 생각 중입니다."

"아……."

이 일이 그렇게까지 가냐는 표정이다.

"뭐든 고이면 썩죠. 영예로워야 할 별들이 정치질에만 열중이에요. 그런 것들을 쳐 내야 군이 제대로 돌아갈 겁니다."

"……."

"예를 하나 들어 볼까요? 미국 아파치 한 대 가격이 1천억 원이랍니다. 그놈이 그렇게나 비싼 건 레이더 때문인데요. 8km 밖에서 미사일 쏘고 튀기 때문에 전차한테는 악몽이죠. 탑재되는 정밀유도 미사일도 한 발에 1억이라네요. 가히 돈 잡아먹는 하마 같은 놈이죠."

"……?"

못 알아듣는 표정이다.

"그래도 위력 하나는 최고라 하니 사려고 덤볐답니다. 그런데 미국이 그 초코파이처럼 생긴 레이더를 쏙 빼고 판답니다. 전략 물자라고. 말도 안 되는 짓인데 국방부 머저리들은 그럽시다. 라고 합니다. 그 레이더 없으면 일반 헬기나 다름없는 놈을 대당 수백억에 사와요. 그게 36대랍니다."

"……!"

"레이더가 없으니 어떻게 조준할까요? 레이저 사수가 직접 인근까지 침투해 조준하고 있어야 한답니다. 그것도 1분 가량. 전시라면 100% 격추당하겠죠? 그 사수도 죽겠죠? 헬파

이어 미사일도 안 판답니다. 그렇게 1조 원 넘게 투자해 놓고 보관할 창고도 마련해 놓지 않았답니다. 글쎄, 그 비싼 놈을 황무지에다 세워 놓고 창고 다 지을 때 먼지 다 뒤집어쓰게 했답니다. 그 민감한 기계를 덮개 하나 씌우지 않고 말이죠."

입을 떡.

설마설마했어도 이 정도일 줄은 몰랐다는 표정들이었다.

2, 3억짜리 슈퍼카도 이렇게는 관리 안 한다. 자기 것이라면 절대로 그렇게 방치해 두지 않았을 것이다.

"그래서 그 관련자들은 1에서 10까지 다 잡아 손해 배상과 함께 이등병 불명예 제대에 중국 수용소에 처넣었죠."

"아……."

"1년간 방치했답니다. 36대의 아파치 중 현재 기동할 수 있는 놈이 몇 대일까요?"

"……."

침을 꼴깍.

"더 지랄 같은 건 이때 사업의 일환으로 미국으로 교육 간 학생들이 있습니다. 국비로 아파치 조종 기술과 정비 기술을 배우러 수십 명이 연수받으러 갔는데 그 사람들도 어디로 갔는지 하나도 없어요."

"……!!"

"찾아보니 다 진급해서 떠났더라고요. 이게 군 인사입니다. 실컷 배우게 해 놓고 진급했다고 다른 부대로 전출시켜 버려요. 지금 우리나라엔 아파치 조종사, 정비 기술자가 없어요."

"아니, 어떻게 그런 일이……."

"남아 있겠다고 진정서 낸 놈도 없어요. 교육받으러 간 놈이나 없는 돈에 그놈들을 아득바득 보낸 사령관 놈들이나 전부 개새끼들이라는 겁니다. 내가 그놈들을 어떻게 했을까요?"

"……."

"다 중국인 수용소에 있어요. 감히 국가 돈 떼먹고 어딜 감히 등 따시고 배부르게 살아요? 그놈들 때문에 우리 아파치 교육생들은 대만에서 구입한 비디오를 보며 정비 공부 중이래요."

이것만 봐도 우리나라 군대가 전쟁할 준비가 돼 있는지 판단이 가능했다.

이래 놓고 군인의 처우 개선을 해 달라고 한다.

다 좋다.

그러나 기본은 해야 할 것 아닌가?

이래서 군의 리더, 별 단 놈들이 제일 문제란 거였다. 노후까지 다 닦아 놨다 생각했는지 재임간 아무것도 안 하려 한다. 퇴역하면 군수업체, 군수 납품 업체, 공기업이나 예비군 동대장 혹은 브로커로 활동하니까. 임기 동안에 최대한 버티면서 쪽쪽 빨아 댈 생각이나 한다.

이러니 군으로만 가면 뭐든 비싸지는 거다.

2천 원이면 살 교재가 20만 원이 넘어가는 미친 수익률.

이 마당에 충성마트에 들어가는 품목들이 과연 공정하게 선정되었을까? 그 수익금은 어디로?

참고로 모든 부대에 '깡' 업자가 따라다니는 건 아는가?

"내가 아파치 건을 보고 하도 어이가 없어서 미국에 항의했어요. 이게 뭐냐고?"

"……."

"답변이 뭐라고 왔는지 아세요? 너희가 그렇게 산다고 했잖아. 이럽니다."

"……."

"씨벌 것들이 전략 물자다 뭐다 다 막아 쳐 놓고 그렇게 살 수밖에 없게 해 놓고 너희가 원해서 그렇게 팔았다고 합니다. 70년 혈맹국이라 말하는 나라에."

"……."

"내가 그랬습니다. 설사 그렇더라도 너희가 안 된다고 했어야지. 양심이 있으면 이런 빈 깡통을 팔게 놔둘 수 있겠냐? 이거로 전쟁이 되겠냐? 이게 사람이 할 짓이냐? 이 와중에 더 어이없는 게 뭔지 아십니까?"

"……?"

"이 새끼들이 그나마 빈 깡통인 물건의 GPS에다 유사시 락을 걸 수 있게 만들어 놨다는 거예요."

"……??"

"미국 놈들 허락 없이는 기동도 못 하게끔 해 놨다는 겁니다."

"……!!!"

"전쟁 터졌는데 언제 누구의 허락을 받아요? 이게 비단 아파치의 문제만일까요? 다른 무기는요? 기자 분들 우리가 언제

과한 걸 요구했어요? 돈 냈으니 돈값하고 국가 간 공정한 거래하고 이런 거 아닌가요? 이걸 하자는데 왜 이 난리일까요?"

"……."

"이쯤에서 내가 하나 물어봅시다. 대통령이, 대한민국 국군통수권자가 계속 사기당하는 게 맞습니까? 미국이든 일본이든 중국이든 세계 어떤 나라든 내가 이 나라의 수장으로 있는 이상 어떤 놈도 함부로 굴지 못하게 막는 게 맞습니까?!"

다음 날로 수백 개의 기사가 다시 미국 무기 수입에 조명을 맞춰 떠들기 시작했다.

미국 무기에 대한 문제점은 도람프 때 한 번 다루었던 것만큼 더 강력하고 심도 있게 들어갔는데.

방산 비리와도 밀접하여 연결돼 온 나라가 또 한 번 들썩거렸다.

이 일은 다시 장대운이 칼을 들 명분이 됐고.

군 장성들에 대한 사정으로 이어졌다.

며칠이 안 돼 수십 명의 장성과 수백 명의 영관급, 수천 명의 위관급 인사들이 줄줄이 붙잡혀 들어갔다.

처벌 수위는 간단했다.

협의가 없으면 '혐의 없음' 도장 쾅.

혐의가 입증된 놈은 그 즉시 이등병 불명예 제대와 동시에 30년 형에 처해 중국인 수용소로 이동했다. 더해 다시 한번 군 기강 문제도 걸고넘어져 사병들의 구타 가혹 행위도 손댔는데 악랄한 종자들에 대해서는 관용 없이 교도소행이었고

혹여나 그 부모까지 관련됐다면 사회적 매장 차원으로 망가 뜨려 버렸다.

"어휴~."

이 지랄을 하고 나서야 2017년 집권 당시 쳐 낸 150명에 더해 400명에 달했던 군 장성 수가 170명으로 확 다이어트 되며 군 체질 개선 목표를 어느 정도 이루게 됐다.

70년 묵은 때가 벗겨지며 한결 가벼워진 군으로 말이다.

"군은 이 정도면 됐고 다음은 뭔가요?"

"로어 진 주한 미군 대사입니다."

"준비 단단히 했대요?"

"어제 거물이 들어왔습니다."

"그렇군요. 오라고 해요."

30분도 안 돼 세 사람이 청와대로 들어왔다.

한 명은 로어 진 주한 미국 대사, 다른 두 사람은 일찍이 본 적 있는 마이클 블랭크 미 국무장관과 찰스 스미스 CIA 아시아태평양 국장이란 자였다.

어색하기 그지없는 자리였다.

좋은 일로 모인 게 아니니까.

일전 로어 진에게 지소미아 관련으로 협상하고 싶으면 주동자와 실행자를 데려오라 했더니 미 국무장관과 CIA 아시아태평양 국장으로 CIA 부국장급이 온 거다. 찰스 스미스는 일본에 본부를 두고 움직이는 친일본파다.

웬만한 나라의 수장쯤은 갈아 버릴 막강한 권력자들이 청와대로 불려 온 것이다. 역시나 자세도 거만하기 짝이 없었다.

"이 사람들이란 거군. 나의 한국을 상대로 수작 부린 놈들이."

"대통령님······."

첫마디부터 로어 진이 어쩔 줄 몰라 하였다.

옆에 앉은 마이클 블랭크와 찰스 스미스의 표정도 썩어 들어갔다. 대놓고 이런 말을 던질 줄은 몰랐다는 듯.

"씨벌 놈들이 인상을 쓰네. 당장에 찢어 죽여도 모자랄 것들이."

"욕까지······ 이거 너무 하신 거 아닙니까."

찰스 스미스가 벌떡 일어났다.

그래도 정홍식으로부터 교육? 받은 마이클 블랭크는 섣불리 움직이지 않았다.

"오호라, 자존심을 세우겠다? 좋아. 어디 한번 끝까지 세워 봐라. 백 경호실장님, 이 새끼 중국인 수용소에 넣으세요. 제일 더럽고 악질들만 있는 방에. 대통령령입니다."

"옙."

백은호도 바라던 바라는 듯 경호원들을 불러 그를 잡았다.

로어 진, 마이클 블랭크가 놀라 벌떡 일어나든 말든, 붙잡힌 찰스 스미스가 고래고래 소리 지르고 난동을 피우든 변할 건 없었다. 명령은 떨어졌고 미국의 초엘리트 코스만 밟아 왔던 한 남자의 운명도 수용소 내 중국인처럼 나락으로 추락했다.

"대, 대통령님예."

로어 진이 떨리는 음성으로 부르나 장대운은 마이클 블랭크를 뚫어지게 쳐다보았다.

항의해 봐라.

항의하는 순간 한국 내 CIA 주요 거점부터 개박살 나 수면 위로 떠오를 것이다. 미국의 추악한 민낯과 함께.

침을 꿀꺽.

마이클 블랭크의 울대가 울렁였다.

떨릴 수밖에.

여기에서 한마디라도 더 떨어진다면 찰스 스미스와 같은 꼴을 당하게 될 테니.

제아무리 미국의 고위직이라도 여긴 한국이었다.

장대운이 똬리를 틀고 두 눈을 부릅뜨고 버티고 있는 대한민국.

잡혀가는 순간 죽지는 않을 것이나 전쟁을 염두에 두지 않는다면 석방까지 대체 얼마나 걸릴 것이고 그 기간 동안 자신의 커리어는 어떻게 될까?

판단한 장대운이라면 어떻게든 임기 끝날 때까지 붙잡아 두겠지.

모두 다 끝이었다. 끝.

'이게 미스터 정이 말하던 장대운…….'

그런데 그런 그의 입에서 의외의 말이 나왔다.

"넌 바이른이 대신해서 보냈나 봐."

"……."

진짜 주모자마저 누군지 알고 있다는 것.

"바이른 대신 자기 커리어를 작살 낼 만큼 충성도가 높은 거야? 아니면 내가 어쩌지 못할 거라는 확신을 가진 거야?"

"……."

"묻잖아. 대답 안 할 거야?"

"대통령님예."

로어 진이 발발 떨며 말리려 했다.

"로어야, 넌 좀 가만히 있어라. 왜 낄 데 안 낄 데 구분을 못 하니."

"지, 지송합니다."

"이 정도면 정리할 시간은 충분할 텐데."

"……반반이었소."

무거운 입이 열렸다.

"반반이라…… 근거는?"

"미스터 정, 정홍식 장관을 겪어 봤소. 그가 경고했소. 한국을 상대한다 생각하면 큰코다칠 거라고."

"상대는 나 장대운이라고?"

"그렇소."

"옳게 봤네. 참고로 민주당에 20년 암흑기를 던져 준 게 나야. 나랑 민주당이 왜 틀어졌다 생각하지?"

"이해관계인 것도 아오. 미국에 경고한 것도. 한국은 건들지 마라."

"잘 아네."

20년이나 이어진 공화당 정권을 보면서 민주당은 절치부

심했을 것이다.

패배의 원인과 결과 그리고 새로운 비전을 수도 없이 시뮬레이션했겠지.

그 과정마다 반드시 나온 이름이 '장대운'이었다.

"실망이야. 20년 만에 정권을 얻어 놓고 고작 한다는 짓이 동맹국 뒷공작이나 해 대고. 미국에 산적한 현안만 해도 고작 4년의 임기론 어쩌지 못할 텐데."

자기들 일이나 잘하지.

"⋯⋯."

"내가 널 지금 고이 놔두는 이유는 아까 끌려간 새끼랑은 달리 네가 협상자의 자세기 때문이야. 널 치워 버리면 바이른이 직접 와야 할 테니까. 나도 다 죽어가는 노인네 쥐패고 싶지 않거든."

"⋯⋯."

"우리 조건은 알지?"

"아오."

"지소미아 종료가 이제 5일 남았어. 기존에다 조건을 추가하지."

"갑자기⋯⋯요?"

"이전 건 너희가 수작을 벌이기 전의 것이고. 아니야?"

"크음⋯⋯."

"듣기 싫어?"

"말해 보시오."

"다른 조건은 놔두고 군사 위성만 10기로 늘이자."

"10기요?!"

"안 돼?"

"그건……."

"거절하면 지소미아에 대한, 아니 한국에 대한 미국의 의도를 의심할 수밖에 없어. 왜 그런지는 설명할 필요 없겠고. 정 안 되면 러시아를 끌어들일 거야."

"러시아……."

지소미아를 종료시키자마자 러시아와 손잡겠다는 뜻이었다.

미국 국무장관 앞에서 천연덕스럽게도 그리 말했다.

"내가 마음먹으면 안 될 게 있을 것 같아? 그동안 내가 얌전히 있었던 건 순전히 평화를 위해서야. 어때? 이마저도 싫으면 협상 결렬."

자기 할 말은 끝났다는 태도로 대화를 탁 끊는 장대운을 보며 마이클 블랭크는 절감했다.

이 남자 앞에선 미국 국무장관이든 미국 대통령이든 누가 오든 똑같겠구나.

도람프의 손가락을 부러뜨리려 한 게 허세가 아니구나.

다행인 점도 있긴 했다.

이런 스타일이야말로 태도가 간명했으니.

적 아니면 친구.

고개를 저은 마이클 블랭크는 그날부로 미국으로 돌아갔고.

사흘이 지나 다시 날아왔다.

한미일 지소미아 협정서 초안을 들고. 미국의 정보 제공은 동아시아에 한정한다는 내용이 든.

꽤 시달렸는지 얼굴이 야위어 있었다.

지소미아 협상이 종료 이틀을 남긴 시점, 한국, 미국, 일본 대표가 한자리에 모여 협상을 재개했다는 소식이 뉴스로 나갔다.

그 사이 장대운은 정홍식을 미국에 급파했다.

"10기 모두 달면 좋겠지만, 최대한 달아 주세요. 혹시 모르잖아요. 이놈이 우리를 구해 줄지."

미국으로 떠난 그의 짐가방에는 100kW급 레이저 대공 무기 10대가 들어가 있었다. 100kW급이라면 유사시 한 방을 노릴 수 있고 적어도 50kW급 파워 정도는 쉬이 사용할 수 있을 테니.

제21대 국회의원 선거가 끝났다.

이번 선거는 시작 전부터 사실상 승리가 예견돼 있었다.

한미일 지소미아 성사.

한일 지소미아였던 것이 한미일 지소미아로 격상된 순간 모든 언론이 장대운 정부의 외교력을 칭송했다.

'한일'에 미국 하나 추가됐다고 뭐가 달라지냐 하는 이도 있었지만.

귀 기울여 들어 주는 사람은 없었다.

한일과 한미일의 차이는 단지 비아냥댄다고 없어질 만큼 작은 갭이 아니니까.

"휴우~ 우리 미래 청년당이 178석을 차지했네요. 드디어 과반수 당이 됐어요. 수고하셨습니다."

"축하드립니다. 실로 역사에 남을 쾌거입니다."

"맞습니다. 이제 미래 청년당의 시대가 열렸군요."

"옳습니다. 여기에서 멈추면 안 됩니다. 할 일이 산적해 있습니다. 이번 기회를 잡아 모두 처리해야지요. 하하하하하하."

조촐하게 축하연을 열었다.

집무실 한편에다 샴페인 하나 까고 주전부리 몇 개 놓고.

통쾌한 승리.

국회 300석 중 미래 청년당이 178석으로 과반.

민생당이 52석으로 제1야당이 됐고,

한민당이 43석으로 뒤를 이었다.

나머지 27석은 군소정당과 무소속이 나눠 가졌다.

"이게 참 좋은데…… 사람의 마음이 간사한 게 조금만 더 가져갔으면 어땠을까? 란 아쉬움이 남긴 하네요."

"어떤 부분에서입니까?"

"한민당의 의석에서 절반만 더 가져왔더라면 하고 말이죠."

"아…….''

"그건 저희도 아쉬운 부분입니다. 누구의 '멍청이' 발언만 아니었다면 더 죽일 수 있었을 텐데 말이죠."

도종현이 은근히 깐다.

"또 그걸 얘기하는 거예요?"

곤욕이긴 했다.

선거에 나온 타당 후보마다 전부 대통령이 국민을 '멍청이'라고 모욕했다고 공격해 대는 통에 한동안 반강제적으로 칩거에 가까운 생활을 해야 했다.

참모진들로부터 넌 앞으로 선거 끝날 때까지 입도 뻥긋하지 말라는 말이나 듣고.

"그렇습니다. 그 '멍청이' 발언 때문에 경상도 특히 경북지역의 결집이 강화됐어요. 한민당이 그들을 빨아들이며 명맥을 잇게 된 거죠. 누구 덕분에 말입니다."

"……와~ 말 한 번 잘못했다가 엄청 당하네요."

"잘못하신 건 인지하십니까?"

"그 잘못이 그 잘못은 아니죠."

"사실 저희도 그렇습니다. 리더가 구성원에 너무 잘 보이려고 구는 것도 알맞지 않지 않겠습니까? 생존 경쟁에서 도태되지 않으려면 밸런스가 중요하죠."

"예, 예, 감사합니다. 그럼 다음에 진행할 건 뭐죠?"

"1,200km급 배터리 출시입니다."

김문호의 대답이었다.

장대운도 조금은 낮아진 톤으로 되물었다.

그러나 표정은 씰룩씰룩.

"으흠, 동진 배터리랑은 잘 진행하고 있나요? 총선 이후로 미루기로 했잖아요."

"문제없이 진행하고 있습니다."

낌새가 이상해 최대한 사무적으로 대응했으나.

"호오, 우리 김 비서가 생각보다 더 냉정한데요?"

공격이 들어온다.

도종현도 얼씨구나 받는다.

"그렇습니다. 절연을 선언하고도 두 번이나 더 다녀갔는데 눈썹 하나 꿈쩍 안 했습니다."

"이 정도면 냉혈한이죠?"

"피가 나오나 찔러 볼까요?"

"……."

김문호는 움찔움찔.

대응하지 않으려 참았다. 대응하면 더 커지니까.

"그 여성분도 대단하네요. 그 정도로 일방적으로 차인 거면 원망이나 원한을 품을 만도 한데 일 처리는 또 말끔하네요. 사랑과 일이 구분될 만큼 절제력이 강하다는 뜻이겠죠?"

"그래서 우리가 좋게 봤지 않습니까? 외모도 출중한 데다 현숙하기까지 하니."

"쯧쯧쯧, 그래서 어른들이 장가가기 전까진 남자들은 전부 애라고 한 건가 봅니다."

"제 생각도 같습니다. 모태솔로 노총각 주제에 감사하다고 떠받들어도 모자랄 판에 어울리지 않는다고 잘라 버리다니. 갱생의 여지가 없습니다."

317

"……그만들 하시죠."

못 참고 툭 튀어나온 저항.

역시나 바로 받아친다.

"자기 욕하는 건 또 잘 알아먹네요. 그런 눈치를 왜 사랑에는 쏟지 못할까요?"

"이 경우 내면에 비틀린 무언가가 자리 잡고 있다고 봐야 하지 않겠습니까? 정상적인 사고방식이라면 이런 선택은 절대 하지 않았을 테니까요."

"김 비서의 특별함이 오히려 정상적인 생활을 막는다는 건가요?"

"천재들이 일상을 영위하기가 더 어렵다는 건 익히 알려진 사실입니다. 물론 대통령님은 제외하고요. 사실 대통령님은 돌연변이에 가깝죠."

"하하하하하하, 제가 좀 특별하죠. 이런 특별함을 김 비서가 닮았더라면 어땠을까요?"

"그게 제일 아쉽습니다. 10여 년을 지근거리에서 살면서 어찌 안 닮았을까요? 배우려면 충분히 배우고도 남았을 시간인데 이런 게 천재의 고집일까요?"

"……더 안 참습니다."

으르렁.

"이크, 비틀린 천재가 열 받았나 봅니다."

"더 나가면 삐칠 것 같은데 우리도 그만할까요?"

"그게 좋을 것 같습니다. 광기 어린 천재만큼 세상에 위협도 없으니까요."

"……."

"큼큼, 김 비서, 그럼 1,200km급은 바로 진행 가능한가요?"

"……예."

못 이기는 척 대답하는 김문호를 귀엽게 쳐다본 장대운은 가볍게 손을 올렸다.

"그럼 진행하세요."

나쁘지 않았다.

큰 산이었던 지소미아 협상도 끝났고 1,200km급 배터리도 오성, 엘진, SY에 의중을 전달하면 내년 신차쯤에서 선보이지 않을까?

옆에 깔린 신문을 보았다.

일본이 다시 한국을 화이트 리스트로 승격시켰다는 뉴스가 헤드라인이었다.

에칭 가스, 플루오린 폴리이미드, 리지스트를 다시 정상적으로 수급하게 됐다는 내용.

이상한 점은 누구 하나 의문을 표하지 않고 있다는 것이다.

일본의 수출 규제는 작년 가을이었다.

그때 남은 에칭 가스 물량이 3개월분이라 했는데.

지금은 2020년 4월.

소재가 바닥났을 시기가 지나도 한참 지났는데도 반도체 업계는 정상적으로 잘 돌아갔다. 이게 어떻게 된 일인지 파고 드는 놈이 하나도 없다. 오성, SY가 일본에 수입 오퍼를 내리지 않고 있다는 것도.

대충 그러려니 할 생각인지…… 거대 그룹의 엄살 정도로.

"어쨌든 잘 끝난 것 같아 다행입니다. 막판에 미국이 승인하지 않았다면 어떻게 됐을까요?"

"동아시아의 향방이 미궁으로 흘렀겠죠."

"거의 도박이었습니다."

"누가 더 절실한지에 대한 확인이었죠."

"음, 그렇긴 하네요. 이렇게 됐으니 북한과 중국에 대한 더 확실한 압박 카드를 손에 쥐게 된 건가요?"

"이도 사실 THAAD와 비슷한 케이스가 될 겁니다."

"THAAD와 말이죠?"

살짝 의문을 표하는 도종현.

장대운은 결국 같다고 판단했다. 이번 한미일 지소미아도, 사드에 숨겨 둔 미국의 의도란 것도.

미국의 자기 우위를 위한 포석이 아니겠나?

이해를 돕기 위해 예를 들어 줬다.

"말이 나와서 하는 말이긴 한데 하는 짓이 너무 어이없지 않습니까? 한국과의 FTA나 주한 미군 때문에 미국이 엄청나게 손해 보고 있다면서 분담금 인상을 요구하면서도 또 사드는 그냥 줬어요."

"아~ 그렇네요. 그렇군요. 앞뒤가 안 맞는데도 언론은 눈 감고 귀 닫고 정부 공격에만 열을 올렸습니다."

"이래서 사드도 지소미아와 같은 개념이라는 게 성립되는 겁니다. 전부 미국의 이익을 위한 방편이라는 것. 그렇다면 우린 이 상황에서 무엇을 최선으로 삼아야 했을까요?"

"그게 군사 위성이었다는 거군요. 좋습니다. 그럼 사드와 지소미아가 미국이 북한과 중국을 압박하기 위한 카드란 건 알겠습니다. 다만 너무 한쪽으로만 치우친 해석은 지양해야 하지 않을까요? 다른 측면도 있는지 살펴야 할 것 같은데."

이 말도 옳다.

포석은 포석일 뿐.

포석도 환경, 국제 역학 때로는 이슈에 따라 뻗어 나가는 줄기가 달라질 수 있었다.

도종현의 말은 경우의 수를 살펴야 한다는 건데.

잊지 말아야 한 건 그 포석을 포석으로 인식하는 것도 아주 중요하다는 점이다.

"제 생각은 달라요. 미국은 여러 방편을 통해 우리 국방력을 증대시키고 안전을 기약한다 하지만 진짜 그렇다면 사드가 아닌 함대를 가지고 왔어야 했어요. 더 좋은 전투기나 헬기 부대를 말입니다. 즉 이번 건도 미국의 이익을 위하여 성립됐음으로 못 박아야 합니다. 나중은 나중 일이죠."

"그 말씀은 옳습니다. 다만 이번에도 터졌다시피 우리 군의 전투력에 대한 우려도 외면해선 안 됩니다. 군 기강이 너무 해이해져 있습니다."

"그걸 트집 잡아 다시 국민의 불안을 일으킬지도 모른다?"

"현재의 미국이라면 충분히 그러고도 남을 겁니다."

"기가 막히지 않나요? 1년 국방 예산이 얼마인데 우리 국민은 북한 따위를 두려워한답니까? 옆집 개도 웃을 일인데."

"이참에 이도 다 방산 비리 등 군의 부정부패 때문이라고 몰아 버리시면 안 되겠습니까? 수십억, 수백억 해 처먹으면서 걸리면 생계형이라던데. 진짜 생계를 위협해 주는 거죠."

"좋네요."

"지금이 기회입니다. 모두가 몸 사릴 때 하나하나 파헤쳐 표준 로드를 만들어야 합니다."

"좋아요. 지금의 군납 시스템은 그들만의 리그라죠? 굳다 못해 너무 단단해져서 처음부터 다시 시작하는 게 좋을 정도라 보고받았습니다. 다시 말씀드리지만, 잊지 말아야 할 건 우리의 적이 북한만이 아니라는 겁니다. 또 누구도 우리 대신 나라를 지켜 주지 않는다는 거죠. 정신 번쩍 들게 파헤쳐 주세요."

대통령 장대운의 사인이 들어간 한미일 지소미아 협정서를 손에 쥐고 돌아가려는 미 국무장관 마이클 블랭크를 불러다 이런 말을 물은 적이 있었다.

아주 단도직입적으로다.

∞ 미국이 사드와 위안부 문제에 개입했습니까?

∞ …….

∞ 위안부 합의해 주고 사드 배치한 것이 미국이 주도한 일이냐고 물었습니다.

∞ 그건…… 한국과 일본의 오랜 은원을 끝내고 조금 더 나

은 화합을 이끌어 내고자 합의한 거 아닙니까? 왜 우리에게 묻는 겁니까?

∞ 모른다는 겁니까?

∞ …….

∞ 사인 받았으니 이제 배짱부리시겠다?

∞ …….

∞ 동맹 끊고 싶습니까?

∞ ……대통령님!

∞ 아무래도 바이른의 손발을 다 잘라 남은 기간 아무것도 못 하게 등신처럼 만들어 줘야 정신 차리겠군요.

∞ 갑자기 왜 그러십니까? 그게 지금 이 순간 그것이 무에 중요합니까.

∞ 미국의 가정 교육은 잘못했으면 사과하라고 가르치지 않나 봅니다. 이 간단한 이치를 국무장관이라는 자가 모르네요.

∞ …….

∞ 마지막으로 묻겠습니다. 사드와 위안부 합의 미국이 개입한 거 맞습니까?

∞ …….

∞ 아무래도 실력 행사가 있어야겠군요. 알겠습니다. 돌아가십시오.

∞ ……전 정부의 일입니다. 우리와는 관계없습니다.

∞ 말이 많네요. 그래서 있다? 없다?

∞ ……후우~ 알겠습니다. 자세한 건 모르지만, 일부 관여

는 된 거로 알고 있습니다. 어쨌거나 한국과 일본의 미래에 도움되는 일이었고 제 판단도 그렇습니다. 한국의 전임 대통령도 동의했기에 응한 거지 않습니까.

∞ 그래서 화합이 됐습니까?

이게 미국이었다.

한국과 일본의 화합을 위해 위안부 합의를 강요했다고 한다. 동아시아의 평화를 위해 THAAD를 배치했다고 한다.

결과는 동아시아의 역사적 외교적 역학 관계와는 전혀 상관없는데도.

'내가 쿠바나 멕시코에 현무 미사일을 배치하겠다고 하면 어떻게 나올까?'

박진주도 동의한 거지 않냐고 반박한다. 탄핵당하면서도 이게 무슨 일인지조차 인지 못 하는 사람을 두고 말이다.

법원도 금치산자, 심신상실의 상태에 있는 사람은 반드시 보호자가 붙게 돼 있었다. 그리고 그가 어떤 선택을 하든 무효로 처리해 버린다. 심신미약이니까.

이래서 자립이 중요했다.

이래서 자주국방이 중요했다.

"저기 뭐냐. 그…… KF-21 사업은 어떻게 돌아가고 있나요?"

KF-21은 5세대 스텔스 전투기보다는 부족하고 제공권 장악에만 주안점을 둔 4세대보다는 나은 곳에 위치한 4.5세대쯤에 속하는 초음속 전투기를 말했다.

한국의 국방력을 비약적으로 올려 줄 꽃놀이패.

"조금 더 정확하게 물어 주십시오."

"아, 별다른 건 아니고 사업 진행에 문제는 없나 해서요?"

"미국과 유럽에 비하면 이래도 되나 싶을 만큼 순조롭긴
합니다."

"그래요?"

좋은 소식.

의외이기도 했다.

암초에 부딪히고 좌초되고 좌충우돌 문제점투성이일 줄
알았는데.

"개발 당시부터 반대가 심하다 하지 않았나요?"

"보고서에도 상당한 반대에 부딪혔다고 적혀 있긴 했습니다."

"또 한민당인가요?"

"이번 건은 무작정 나쁘다고만 볼 수 없는 게 반대의 입장
도 상당히 논리적입니다."

"그래요? 일리가 있다고요?"

"이해를 돕기 위해 조금 더 설명해 드리면, 유로파이터의
경우 1982년에 개발에 착수해 12년만인 1994년 첫 비행에 성
공하고 그러고도 9년 만인 2003년에야 도입됐습니다."

"아, 그런가요?"

그러니까 몇 년 만이라고?

21년?

전투기 하나 도입하는데 21년이 걸렸다고?

"지금 한창 문제가 되는 F-35도 또한 1993년에 개발을 시작해서 7년만인 2000년에 시재기를 완성했습니다. 그리고 또 7년만인 2007년에야 배치가 시작됐죠."

"오~."

14년이면 훌륭하네.

미국이 좀 나은가?

"오~ 하실 게 아닙니다. 실전 도입된 지 28년 차인 F-5를 보십시오. 아직까지 결함 문제가 사라지지 않고 있습니다. 그에 따른 유지 보수·운용 비용이 계속 상승 중이죠."

"……?"

"유럽과 미국, 세상에 존재하는 여러 전투기 중 그나마 7년만에 시재기를 낸 기종은 F-35가 유일합니다. 그래서 대단한 것이냐? 그것도 아닙니다. 속내를 들여다보면 미국 정부가 JSF(Joint Strike Fighter) 계획의 일환으로 테스트 기간을 한정했기 때문입니다. 그 기간을 통과했다는 건 전투기 제조 관행상 평상시와는 달리 밤낮을 가리지 않고 연구 개발에 몰두했다는 뜻이 됩니다."

JSF 계획은 미국에서 개발 중인 지상 공격기 개발 계획으로 공군, 해군, 해병대에서 사용하는 각종 항공기의 기능을 한 기종으로 통합한 합동 타격 전투기 프로젝트를 말한다.

4세대에서 5세대로 넘어가는 길목.

"아~ 그랬군요."

"예, 미국 전투기 제조의 1에서 10이라 평가받는 보잉과 록히드 마틴 사는 전투기 제조에 스페셜리스트지요. 그들이 아니었다면 7년은 불가능했다는 뜻이기도 합니다. 어쨌든 2001년 록히드 마틴 사가 사업권을 획득하게 됩니다. 그러나 문제는 지금부터입니다."

"……."

"이후 엄청난 결함에 시달리게 됩니다. 말도 못할 정도였죠. 얼마나 기가 막힌지 2014년 존 메케인 의원이 이런 말을 던집니다. F-35는 군, 군수업체, 의회 복합체가 낳은 최악의 산물이라고요."

"호오……."

어디에서나 등신은 있고 또 어디에서나 정신 똑바른 놈이 있다는 얘기 같았다.

한국이든 미국이든.

이놈이나 저놈이나.

"제원도 엉망입니다. F-35B의 수명이 8,000시간으로 발표됐는데 2008년 실질 평가엔 2,100시간도 못 미친다고 나왔죠. 유로파이터도 6,000시간을 보장했지만 실제로는 3,000시간을 채우지 못했습니다. 그럼에도 비용은 천문학적으로 들어갔죠."

"……."

"KF-21 개발에 대해 설전이 오갈 때 당시 군은 이런 약속을 정치권에 던졌습니다."

"……무슨 약속을요?"

"2021년 시재기를 완성시키겠다. 최대 2025년까지 6대의 시재기에 의한 시험 비행을 마치고 2026년부터 양산에 들어가겠다."

"......!"

유럽 21년, 미국 14년이 걸린 일을.

그마저도 아직까지 결함을 찾지 못해 헤매는 일을 고작 10년 만에 끝내겠다?

〈9권에서 계속〉